張愛玲典藏09

雷峯塔

趙丕慧◎譯

《雷峯塔》／《易經》引言

【張愛玲文學遺產執行人】宋以朗

一九五七年至一九六四年間，外界一般只知道張愛玲寫了些電影劇本和一篇英文散文〈Return To The Frontie〉（中文版即〈重訪邊城〉）。就文學創作來說，這時期似乎不算碩果豐盛。

但根據張愛玲與宋淇夫婦的通信，在五七至六四年間，她原來正寫一部兩卷本的長篇英文小說，主要取材自她本人的半生經歷。下面是相關的書信節錄，全由張愛玲寫給宋淇夫婦：

一九五七年九月五日

新的小說第一章終於改寫過，好容易上了軌道，想趁此把第二章一鼓作氣寫掉它，告一段落，因為頭兩章是寫港戰爆發，第三章起轉入童年的回憶，直到第八章再回到港戰，接著自港回滬，約佔全書三分之一。此後寫胡蘭成的事，到一九四七年為止，最後加上兩三章作為結尾。這小說場面較大，人頭雜，所以人名還是採用「金根」「金花」式的意譯，否則統統是Chu Chi Chung式的名字，外國人看了頭昏。

一九五九年五月三日

我的小說總算順利地寫完第一二章，約六十頁，原來的六短章（三至九）只須稍加修改，接上去就有不少，希望過了夏天能寫完全書一半。

一九六一年二月二十一日

小說改名《The Book of Change》（易經），照原來計畫只寫到一半，已經很長，而且可以單獨成立，只需稍加添改，預算再有兩個月連打字在內可以完工。

一九六一年九月十二日

我仍舊在打字打得昏天黑地，七百多頁的小說，月底可打完。

一九六一年九月二十三日

我打字已打完，但仍有許多打錯的地方待改。

一九六三年一月二十四日

我現在正在寫那篇小說，也和朗朗一樣的自得其樂。

一九六三年二月二十七日

我的小說還不到一半，雖然寫得有滋有味，並沒有到欲罷不能的階段，隨時可以擱下來。

一九六三年六月二十三日

《易經》決定譯，至少譯上半部《雷峯塔倒了》，已夠長，或有十萬字。看過我的散文〈私語〉的人，情節一望而知，沒看過的人是否有耐性天天看這些童年瑣事，實在是個疑問。下半部叫《易經》，港戰部份也在另一篇散文裏寫過，也同樣沒有羅曼斯。我用英文改寫不嫌膩煩，因為並不比他們的那些幼年心理小說更「長氣」，變成中文卻從心底裏代讀者感到厭倦，你們可以想像這心理。

〔……〕

把它東投西投，一致回說沒有銷路。在香港連載零碎太費事，而且怕中斷，要大部寄出才放心，所以還說不出什麼時候能有。

一九六三年七月二十一日

Dick正在幫我責《易經》[1]，找到一個不怕蝕本的富翁，新加入一家出版公司。

1・Dick是理查德・麥卡錫(Richard McCarthy)，五〇年代曾任職美國駐港總領事館新聞處的處長。參見〈張愛玲與香港美新處〉，高全之《張愛玲學》，台北：麥田出版，二〇〇八年。

[……]

《雷峯塔》還沒動手譯，但是遲早一定會給星晚譯出來，臨時如稿擠捺下來我決不介意。

一九六四年一月二十五日

Dick去年十月裏說，一得到關於賣《易經》的消息不論好壞就告訴我，這些時也沒信，我也沒問。

[……]

譯《雷峯塔》也預備用來填空，今年一定譯出來。

一九六四年五月六日

你們看見Dick McCarthy沒有？《易經》他始終賣不掉，使我很灰心。

[……]

《雷峯塔》因為是原書的前半部，裏面的母親和姑母是兒童的觀點看來，太理想化，欠真實，一時想不出省事的辦法，所以還沒譯。

自是以後，此事便沒再提起。後來我讀到高全之〈張愛玲的英文自白〉一文[2]，發現她曾在別的地方間接談及《雷峯塔》和《易經》，其一是一九六五年十二月三十一日致夏志清信：

有本參考書《20th Century Authors》，同一家公司要再出本《Mid-Century Authors》，寫信來叫我寫個自傳，我藉此講有兩部小說賣不出，幾乎通篇都講語言障礙外的障礙。

其二是張愛玲寫於一九六五年的英文自我簡介，載於一九七五年出版的《世界作家簡介・1950-1970》（World Authors 1950-1970），以下所引是高全之的中譯：

> 我這十年住在美國，忙著完成兩部尚未出版的關於前共產中國的長篇小說〔……〕美國出版商似乎都同意那兩部長篇的人物過分可厭，甚至窮人也不討喜。Knopf出版公司有位編輯來信說：如果舊中國如此糟糕，那麼共產黨豈不成了救主？

照寫作時間判斷，張愛玲指的該包括《雷峯塔》和《易經》——若把它們算作一部長篇的上下兩卷，則《怨女》可視為另一部。

一九九五年九月張愛玲逝世，遺囑執行人林式同在其遺物中找到《The Fall of the Pagoda》（《雷峯塔》）及《The Book of Change》（《易經》）的手稿後，便按遺囑把它們都寄來宋家。讀這疊手稿時，我很自然想問：她在生時何以不出？也許是自己不滿意，但書信中她只怨「賣不掉」，卻從沒說寫得壞；也許她的寫法原是為了迎合美國廣大讀者，卻不幸

2・〈張愛玲的英文自白〉，見高全之之《張愛玲學》，台北：麥田出版，二〇〇八年。

失手收場；也許是美國出版商（如Knopf編輯）不理解「中國」，只願出一些符合他們自己偏見的作品，結果拒絕了張愛玲。無論如何，事實已沒法確定，我唯一要考慮的，就是如何處理這些未刊稿。

我大可把它們珍藏家中，然後提供幾個理論去解釋不出的原因，甚至不供給任何理由。但對於未有定論的事，我（或任何人）有資格作此最後裁決嗎？幸好我們活在一個有權選擇的時代——所以我選擇出版這兩部遺作，而讀者也可按不同理由選擇讀或不讀。這些理由是什麼，我覺得已沒必要列舉，最重要的是我向讀者提供了選擇的機會。

無可否認，張愛玲最忠實的讀者主要還是中國人，可惜有很多未必能流暢地閱讀她的英文小說。沒有官方譯本，山寨版勢必出籠。要讓讀者明白《雷峯塔》和《易經》是什麼樣的作品，就只有把它們翻成漢語。但法國名言謂：「翻譯像女人：美麗的不忠，忠實的不美。」（Les traductions sont comme les femmes: quand elles sont belles, elles ne sont pas fidèles; et quand elles sont fidèles, elles ne sont pas belles.）所以我們的翻譯可以有兩種取向。一是唯美，即用「張腔」翻譯，但要模仿得維肖維妙可謂癡人說夢，結果很大可能是東施效顰，不忠也不美。二是直譯，對英語原文亦步亦趨，這可能令中譯偶然有點彆扭，但起碼能忠實反映張愛玲本來是怎樣寫。不管是否討好，我們現在選擇的正是第二條路，希望讀者能理解也諒解這個翻譯原則。

【導讀】

童女的路途

——張愛玲《雷峯塔》與《易經》

【逢甲大學中文系教授】張瑞芬

琵琶儘量不這樣想。有句俗話說：「恩怨分明」，有恩報恩，有仇報仇。她會報復她父親與後母，欠母親的將來也都會還。許久之前她就立誓要報仇，而且說到做到，即使是為了證明她會還清欠母親的債。她會將在父親家的事畫出來，漫畫也好……

——《易經》（第七十九頁）

二〇一〇年溽暑中看完《雷峯塔》（The Fall of the Pagoda）與《易經》（The Book of Change）這兩本應是（上）（下）冊的「張愛玲前傳」，一股冷涼寒意，簡直要鑽到骨髓裡。原先想像的中譯問題[1]並沒有發生，倒是這書裡揭露的家族更大秘辛令人驚嚇。如果書中屬實，舅舅和母親無血緣關係，是抱來的（這點《小團圓》也說了），弟弟也不是她的親弟弟

1・李黎《中國時報》二〇一〇年七月二日〈坍倒在翻譯中的雷峯塔〉一文認為，讀《雷峯塔》英文本感覺「英文的張愛玲顯得面目全非」，再由他人譯回中文恐怕也將失真。

（那個可疑的教唱歌的義大利人……），母親和姑姑在錢上面頗有嫌隙，姑姑甚且和表姪（明表哥）亂倫，有不可告人的關係。在這一大家子的混沌關係中，張愛玲像是逃出了瘋狂牢獄，精神卻停滯在孩童狀態。她幽閉繭居，精神官能症或偏執狂般聚精會神玩著骨牌遊戲，一遍又一遍的推倒長城，然後重建。鬼打牆一般，非人的恐怖。這回，可和胡蘭成一點關係都沒有。然而她在這部巨幅自傳小說中無端虛構弟弟的死亡，又是為了什麼？

《雷峯塔》與《易經》是張愛玲六〇年代初向英美文壇叩關失敗的英文小說，因篇幅太長故一分為二，總計三十餘萬字，近八百頁篇幅，直到她去世十五年後的今日，手稿才由遺產執行人宋以朗找出出版。《雷峯塔》從幼年寫到逃離父親家裡，投奔母親；《易經》寫港大求學到二戰中香港失守，回返上海。《雷峯塔》、《易經》，下接《小團圓》，按理可稱為張愛玲的人生三部曲，但《雷峯塔》與《易經》仍是一個整體，從書中人名與《小團圓》完全兩樣可知。[2]《雷峯塔》與《易經》是張愛玲的英文自傳小說，《小團圓》則是為中文讀者寫的，成書晚些，約在七〇年代中期，與〈色，戒〉同時。

熟知張愛玲的人，讀《雷峯塔》與《易經》，初初會有些失望（大致不出〈私語〉、〈童言無忌〉和《對照記》內容），但李黎所謂「張愛玲到底不是珍．奧絲婷，她的童年往事實在無法撐起一本近三百頁的小說讓人手不釋卷」，則未必屬實。讀張愛玲這部形同〈私語〉和《對照記》放大版的自傳小說，最好把自己還原為一個對作者全無瞭解的路人甲，愈不熟知她愈好（正如讀《紅樓夢》不要拿榮寧二府人物表焦慮地去對照曹雪芹家譜）。你只管順著書裡的緩慢情調和瑣碎細節一路流淌而去，像坐在烏篷船裡聽雨聲淅瀝，昏天黑地，經宿未眠，天明已至渡口。當然，記得要先找出霉綠斑斕的銅香爐薰上第一爐香，從《雷峯塔》看起。

《雷峯塔》一開始，就是以孩童張愛玲（沈琵琶）的眼，看大人的世界。那四歲時就懷疑一切的眼光，看著母親（楊露）和姑姑（沈珊瑚）打理行李出國，父親（沈榆溪）抽大煙，和姨太太廝混，宴客叫條子。在大宅子另一個陰暗的角落裡，廚子花匠男工閒時賭錢打牌，婢女老媽子做藤蘿花餅吃，老婆子們解開裹腳布洗小腳，說不完的白蛇法海雷峯塔。就像張愛玲《對照記》裡說的，悠長得像永生的童年，相當愉快的度日如年：

「每個人都是甕聲甕氣的，倒不是吵架。琵琶頂愛背後的這些聲響，有一種深深的無聊與忿恨，像是從一個更冷更辛苦的世界吹來的風，能提振精神，和樓上的世界兩樣。」

《雷峯塔》取意何在？或許是象徵著父權／封建舊時代的倒塌，但是「娜拉出走」以後，正如魯迅所說：「在經濟方面得到自由，就不是傀儡了嗎？也還是傀儡……不但女人常作男人的傀儡，就是男人和男人，女人和女人，也相互地作傀儡。」在這一大家子的敗落裡（包括母親、姑姑或繼母），沒有一個是贏家，結尾是落了片白茫茫大地真乾淨。歸結到底，《雷峯塔》與《易經》形同《紅樓夢》民國版，續集，或後四十回。眼看它起高樓，眼看它宴賓客，眼看它樓塌了，遺老遺少和他們的兒女同舟一命，沉淪到底。

2・不知為何，只有張愛玲好友炎櫻同樣名為「比比」，其餘人名均異。

在現代文學作家裡，張愛玲的身世是少見的傳奇，「像七八個話匣子同時開唱」。她的弟弟張子靜就說：「與她同時代的作家，沒有誰的家世比她更顯赫」。那是清末四股權貴勢力的交滙，父系承自清末名臣張佩綸、李鴻章，母系是長江水師提督黃翼升後人，繼母則是北洋政府國務總理孫寶琦之女。都是歷代仕宦之家，家產十分豐厚，然而巨塔之傾，卻也只要一代，在張愛玲父親時，因為親戚佔奪，加上坐吃山空，早成了空殼子。《雷峯塔》與《易經》裡，永遠是付不出的學費，戒不掉的鴉片、嗎啡和姨太太，老宅子裡煙霧繚繞，令人瞌睡……

「雷峯塔不是倒了嗎？」「難怪世界都變了」。這兩句婢女葵花和保母何干的閒話，像里巷街議，也像賈雨村甄士隱在石獅子前笑談榮寧二府。《雷峯塔》（The Fall of the Pagoda）接著是《易經》（The Book of Change），也就可想而知了。《易經》作為自傳小說之名，還真有點凌叔華《古韻》（Ancient Melodies）的味道，也很符合張愛玲書名或標題一貫的雙關意涵。

張愛玲初到美國未久，以一個新人之姿打算用英文發表私我性很高的小說，或許是個錯招，但這並不表示這書沒有可讀性。看得出她是下了功夫的，書中除了加重對白的份量，還原那個時代敗落家族的氛圍，也前所未有的揭開了人性在物質下的幽暗（骨肉手足為了錢，打不完的官司），包括對親情的決絕。這些「不能說的秘密」，從未在張愛玲其他作品中這麼詳盡的被披露過，卻很可以用來理解張愛玲後半生的怪異行徑。

在美四十年，張愛玲不曾再見過任何一個親人，唯一的弟弟張子靜一九八九年和她通上信，得來兩句「沒能力幫你的忙，是真覺得慚愧，唯有祝安好」，張愛玲和好友宋淇、鄺文美夫婦越洋寫信，倒囉囉嗦嗦有說不完的話和問候。《張愛玲私語錄》裡那些機智可愛閃閃發亮的句子，像是一個沒有防備的人在知己前的天真健談。她說：「世上最可怕莫如神經質的女人」，「文章寫得好的人往往不會撿太太」。還有還有——「面對一個不再愛你的男人，作什麼都不妥當。衣著講究就顯得浮誇，衣衫襤褸就是醜陋。沉默使人鬱悶，說話令人厭倦。要問外面是否還下著雨，又忍住不說，疑心已問過他了。」鄺文美形容張愛玲在陌生人面前沉默寡言，不善辭令，可是遇到知己時，就彷彿變成另外一個人，[3]就很能說明張愛玲熱情和孤僻兩面衝突的性格。

一般人總以為父親和胡蘭成是張愛玲一生的痛點，看完《雷峯塔》與《易經》，你才發覺傷害她更深的，其實是母親。「雷峯塔」一詞，囚禁女性意味濃厚，也幾乎有《閣樓上的瘋婦》（The Madwoman in the Attic）的隱喻。雷峯塔囚禁的兩個女人，一個叫七巧，一個叫長安，母女倆同樣戴了沉重的黃金枷鎖，小說早已預示了真實人生。張愛玲《易經》裡有一段描述當年被迫結婚的母親隆重的花轎婚禮：「他們給她穿上了層層衣物，將她打扮得像屍體，死人的臉上覆著紅巾，她頭上也同樣覆著紅巾。婚禮的每個細節都像是活人祭，那份榮耀，那份恐怖與哭泣」，「每一場華麗的遊行都敲實了一根釘子，讓這不可避免的一天更加鐵證如山」。張愛玲描述的婚禮猶同葬禮中封槨釘棺，恐怖已極。她和母親一樣，奮力想掙脫傳統的

3・鄺文美，〈我所認識的張愛玲〉，發表於一九五七年香港，今收入《張愛玲私語錄》，皇冠，二〇一〇年七月出版。

枷鎖，卻終其一生，帶著沉重的枷劈傷了好幾個人。女兒總是複製母親的悲劇，無止無歇，於張愛玲，還加上了對母親的不信任，雷峯塔於是轟然倒塌。

張愛玲帶著這童年的巨創，度衡並扭曲了所有的人際關係，直到人生的終點，還在《對照記》裡戀戀於母親年輕時的美麗，這種愛恨交織的糾結，證明了她從來不曾從母親帶給她的傷害中走出來（倒不是父親或胡蘭成，《對照記》裡這兩男人連一張清楚的照片也沒有）。張愛玲〈私語〉一文曾提到「能愛一個人愛到問他拿零用錢的程度，那是嚴格的試驗」，「母親是為我犧牲了許多，而且一直在懷疑著我是否值得這些犧牲」。在現實人生中，正是這些瑣碎的難堪，尤其是錢，是使她看清了母親，也一點一點毀了她對母親的愛。

《雷峯塔》起首是母親出國離棄了她，《易經》的結尾則是戰事中拼了命回到上海，那棟母親曾住過的公寓。「打從她小的時候，上海就給了她一切承諾」，這句話潛意識裡或有對母親的依戀，尤其是《易經》用了極大的篇幅著墨母女之間，這是張愛玲早期作品不曾有過的。《雷峯塔》起筆於一九五七年，正是她母親去世前後（父親則一九五三年就已去世），是否也說明了什麼？正如七〇年代中期《小團圓》的動筆，也是張愛玲聽聞（親近胡蘭成的）朱西甯欲寫她的傳記，才起的想頭，何不自己來寫胡蘭成？

在《易經》裡，一個首次坦露的具體情節，是母親楊露從國外回來探視正讀香港大學生活拮据的琵琶，當時歷史老師布雷斯代[4]好心資助了琵琶一筆八百元的學費，琵琶將這好不容易得來的一點錢全數交給了母親，後來竟無意間發現母親輕易把這錢輸在牌桌上了。楊露以為女兒必然是以身體作了交換，她催促琵琶親自前往老師住處道謝，之後並偷偷窺看琵琶入浴的身體，想發現異狀，這事卻使琵琶感到羞辱極了。

任何人讀了母女間這樣的對話後，都要毛骨悚然：

「我知道你爸爸傷了你的心，可是你知道我不一樣。從你小時候，我就跟你講道理。」

不！琵琶想大喊，氣憤於露像個點頭之交，自認為極了解你。爸爸沒傷過我的心，我從來沒有愛過他。

再開口，聲音略顯沙啞。「比方說有人幫了你，我覺得你心裏應該要有點感覺，即使他是個陌生人。」

是陌生人的話我會很感激，琵琶心裏想。陌生人跟我一點也不相干。

「我是真的感激，媽。」她帶笑說。「我說過我心裏一直過意不去。現在說是空口說白話，可是我會把錢都還你的。」

——《易經》第一四一—一四二頁

這是一個多時不見母親的女兒，巴巴地轉兩趟公車到淺水灣飯店的對話。何等扭曲的關係，父親叫作「二叔」，母親叫作「二嬸」，比陌生人還緊張防備，時時記得還錢還情，永遠

4・這段情節《小團圓》稍稍提及，沒有細節，歷史老師名為安竹斯。

看到母親在整理行李。琵琶從父親和繼母的家領受到寄人籬下的羞辱，從母親和她不斷更換的男友感到另一種無靠。最後母親告訴她當初被自己的母親逼迫結婚，並暗示了她為何不能如此有所圖報，母女間的信任決了堤。

琵琶不敢相信自己原先居然還想依靠她，在狂奔回宿舍之後，惡夢追逐，痛楚圈禁，一輩子都沒有回過神來。在榮華表象下，她只像小貓小狗般的妝點著母親應有的華美生活，還不如保母何干在廚房絮絮叨叨邊弄吃的邊罵鄉下來的不成材兒子，讓他睡在廚房地上住了個把月才趕他回去。母親沒有愛過她，母親怪別人還來不及呢！

張愛玲在〈造人〉這篇散文裡曾說：「父母大都不懂得子女，而子女往往看穿了父母的為人。」《易經》裡琵琶是這麼說的：「我們大多等到父母的形象瀕於瓦解才真正了解他們。」這難堪的華袍長滿了蚤子，張愛玲第一次近距離檢視自己的生命傷痕，離開了她的上海和前半生後，在自己憧憬的西方世界自我監禁了四十年，與外在環境全然無涉，連與賴雅的婚姻也不能改變這事實。她聚精會神反覆改寫那沒人想看的童年往事，在更換旅館的不便裡，在蚤子的困擾中，在絮絮叨叨問候宋淇和鄺文美的瑣碎裡，直到生命的終結。「許久之前她就立誓要報仇，而且說到做到，即使是為了證明她會還清欠母親的債」。

這是一個太悲的故事。繁華落盡，往事成煙，只留下一個活口來見證它曾經的存在。由於傷重，過早封閉了心靈的出路，張愛玲的創作生命實在萎謝得太快，像她自己形容的，如同看完早場電影出來，滿街大太陽，忽忽若失。她的寫作不僅速度緩慢，也算得上坎坷，六年寫了二十餘萬字，再壓在箱子底四十年，和《粉淚》（Pink Tears）這部英文小說一樣無人問津，也幾乎要白寫了。

真實人生裡，另有一樁更不堪的事，發生在弟弟張子靜身上。一九九五年孤居上海晚景淒涼的張子靜，驟聞姊姊去世，呆坐半天，找出《流言》裡的〈童言無忌〉再讀「弟弟」，眼淚終於忍不住的汩汩而下，在《我的姊姊張愛玲》書裡說：「父母生我們姊弟二人，如今只餘我殘存人世了。……姊姊待我，總是疏於音問，我瞭解她的個性和晚年生活的難處，對她只有想念，沒有抱怨。不管世事如何幻變，我和她是同血緣，親手足，這種根柢是永世不能改變的。」[5]這個事實，在《雷峯塔》裡被無情地推翻了。在這部自傳性很高的小說裡，張愛玲筆下的弟弟不但早夭，而且「眼睛很大」的他，很可能血緣和舅舅一樣有問題：

「他的眼睛真大，不像中國人。」珊瑚的聲音低下來，有些不安。

「榆溪倒是有這一點好，倒不疑心。」露笑道。「其實那時候有個教唱歌的義大利人——」，她不說了，舉杯就唇，也沒了笑容。

這是張愛玲八歲，弟弟七歲，母親（露）與姑姑（珊瑚）剛返國時的對話。在《雷峯塔》卷尾，琵琶逃出父親的家後未幾，弟弟（沈陵）罹肺結核，在父親和繼母（榮珠）疏於照料下

5・一九九五年張愛玲去世後，季季於上海訪談張子靜，與他合作寫成《我的姊姊張愛玲》一書，一九九六年時報出版公司出版，二〇〇五年印刻出版社再版。

猝逝，才十七歲。琵琶覺得心裡某個地方很迷惘，「將來她會功成名就，報復她的父親與後母。陵從不信她說這話是真心的。現在也沒辦法證實了。他的死如同斷然拒絕。一件事還沒起頭就擱起來了」。

弟弟的死，顯然不是事實。真實人生裡的張子靜一生庸碌，唸書時辦了個刊物，向已成名的張愛玲邀稿被拒：「你們辦的這種不出名的刊物，我不能給你們寫稿，敗壞自己的名譽。」熬過文革時期，他中學教員退休，落寞蝸居在父親唯一留下的十四平方米屋子裡，在季季訪問他兩年後（一九九七年）去世。或許血緣之事只是虛構的波瀾，我只想著張愛玲這麼早就下筆這麼重了，假設六〇年代這部小說在美國「功成名就」，或一九九五年她去世時與其他作品一起出版了，一直仰慕著她的弟弟讀了，那恐怕就是震驚，而不是眼淚汩汩而下了。因此我不相信張愛玲一九九二年致書宋淇「《小團圓》要銷毀」是因為顧慮舅舅的兒女或柯靈的感受[6]，她的作品更早就無情傷害過父親、繼母、舅舅許許多多人，以及……弟弟了。

寫作是何等傷人傷己且妨害正常生活的行當，回憶，就是那劈傷人的，沉重的枷鎖。如今張愛玲的第一爐香和第二爐香都已經燒完，故事也該完了。在爐香裊裊中，那個童女彷彿穿越時空異次元，仍然圓睜著四歲時的眼，懷疑一切，並且相信文字永遠深於一切語言，一切啼笑，與一切證據。

6・季季，〈張愛玲為什麼要銷毀《小團圓》？〉，《中國時報》二〇〇九年四月二十三—二十四日。

一

琵琶把門帘裏在身上，從絲絨穗子往外偷看。賓客正要進去吃飯，她父親張羅男客，他的姨太太張羅女客。琵琶四歲母親出國，父親搬進了姨太太家，叫做小公館。兩年後他又帶著姨太太搬了回來，帶了自己的傭人，可是吃暖宅酒人手不足，還是得老媽子們幫著打點。從不聽見條子進這個家的門，可是老媽子們懂得分寸，不急著巴結姨太太，免得將來女主人回來後有人搬嘴弄舌。虧得她們不用在桌邊伺候。正經的女太太同席會讓條子與男客人臉上掛不住。

客室一空琵琶就鑽了進去，藏在餐室門邊的絲絨門帘裏，看著女客走過，都是美人，既黑又長的睫毛像流蘇，長長的玉耳環，纖細的腰肢，喇叭袖，深海藍或黑底子衣裳上鑲著亮片長圓形珠子。香氣襲人，輕聲細語，良家婦女似的矜持，都像一個模子打出來的，琵琶看花了眼，分不出誰是姨太太。男客費了番工夫才讓她們入席。照規矩條子是不能同席吃飯的。

男傭人王發過來把沉重的橡木拉門關上，每次扳住一扇門，倒著走。輪子吱吱咯咯叫。洗碗盤的老媽子進客室來收拾吃過的茶杯，一見琵琶躲在帘子後，倒吃了一驚。

「上樓去。」她低聲道。「何干哪兒去了？上樓去，小姐。」

姓氏後加個「干」字是特為區別她不是餵奶的奶媽子。她服侍過琵琶的祖母，照顧過琵琶的父親，現在又照顧琵琶。

洗碗盤的老媽子端著茶盞走了。客室裏只剩下兩個清倌人，十五六歲的年紀，合坐在一張沙發椅上，像一對可愛的雙胞胎。

「這兩個不讓她們吃飯。」洗碗盤的老媽子低聲跟另一個在過道上遇見的老媽子說。「不知道怎麼，不讓她們走也不給吃飯。」

她們倒不像介意挨餓的樣子，琵琶心裏想。是為了什麼罰她們？兩人笑著，漫不經心的把玩著彼此的鐲子，比較兩人的戒子。兩人都是粉團臉，水鑽淡湖色緞子，貂毛滾邊緊身短襖，底下是寬腳袴。依偎的樣子像是從小一齊長大，彷彿枱燈座上的兩尊玉人，頭上泛著光。她沒見過這麼可愛的人。偶爾她們才低聲說句話，咯咯笑幾聲。

火爐燒得很旺。溫暖寧謐的房間飄散著香烟味。中央的枝型吊燈照著九鳳團花暗粉紅地毯，壁燈都亮著，比除夕還要亮。拉門後傳來輕微的碗筷聲笑語聲，竟像哽咽。她聽見她父親說話，可能在說笑話，可是忽高忽低，總彷彿有點氣烘烘的聲口。之後是更多的哽咽聲。

希望兩個女孩能看見她。她漸漸的把門帘裹得越緊，露出頭來，像穿紗麗服。她們還是不看見她。她的身量太矮。圓墩墩的臉有一半給劉海遮住，露出兩隻烏溜溜的眼睛。家裏自己縫的扣帶黑棉鞋從絲絨帘子上伸出來。要是她上前去找她們倆說話，她們一定會笑，可也一定會惹大家生氣。讓她們先跟她講話就不要緊了。

她漸漸放開了帘子，最後整個人都露了出來。她們還是不朝她這邊看。她倒沒料到她們是為了不想再惹怒她父親的緣故。她終於疑心了。兩個女孩坐在沙發上那麼舒服的樣子，可是又不能上前去。她們像是雪堆出來的人，她看得太久，她們開始融化了，變圓變塌，可是仍一逕笑著，把玩彼此的首飾。

洗碗盤的老媽子經過門口，一眼看見琵琶，不耐煩的嘖了一聲，皺著眉笑著拉著她便走，送上樓去。

老媽子們很少提到她母親，只偶爾會把她們自己藏著的照片拿出來給迥然不同的兩個孩子看，問道：「這是誰呀？」

「是媽。」琵琶不經意的說。

「那這是誰？」

「是姑姑。」

「姑姑是誰？」

「姑姑是爸爸的妹妹。」

姑姑不像媽媽那麼漂亮，自己似乎也知道，拿粉底抹臉，總是不耐煩的寫個一字。琵琶記得看她洗臉，俯在黃檀木架的臉盆上，窗板關著的臥室半明半暗，露出領子的脖頸雪白。

「媽媽姑姑到哪去啦？」老媽子們問道。

「到外國去了。」

老媽子們從不說什麼緣故，這些大人越是故作神秘，琵琶和弟弟越是不屑問。他們聽見跟別人解釋珊瑚小姐出洋念書去了，沒結婚的女孩子家隻身出門在外不成體統，所以讓嫂嫂陪著。老媽子們每逢沈家人或是沈家的老媽子問起，總說得冠冕堂皇。珊瑚小姐一心一意要留洋，她嫂嫂為了成全她所以陪著去。姑嫂兩個人這麼要好的倒是罕見，就跟親姐妹一樣，沒幾家比得上。小兩口子吵歸吵，不過誰家夫妻不吵架來著。聽的人也只好點頭。別家的太太吵架就回娘家，可沒動輒出洋。他們也聽過新派的女人離家上學堂，但是認識的人裏頭可沒有。再有上的學堂也近便些。

「洋娃娃是誰送的？」丫頭葵花問道。

「媽媽姑姑。」琵琶道。

「對了。記不記得媽媽姑姑呀？」永遠「媽媽姑姑」一口氣說，二位一體。

「記得。」琵琶道。其實不大記得。六歲的孩子過去似乎已經很遙遠，而且回想過去讓她覺得蒼老。她記不得她們的臉了，只認得照片。

「媽媽姑姑到哪去啦？」

「到外國去了。外國在哪啊？」

「喔，外國好遠好遠啊。」葵花含糊漫應道，說到末了聲音微弱起來。

「他們還好，不想。」洗碗盤的老媽子道，微微有點責備的聲氣。

何干忙輕笑道：「他們還小，不記得。」

琵琶記得母親走的那時候。忙了好幾個禮拜，比過年還熱鬧，親戚們來來去去的，打北京和上海來的。吵架，吃飯，打麻將，更多口角，看戲。老媽子們一聚在一塊就開講，琵琶站在何干兩腿間，她們壓低了聲音，琵琶只覺得頭頂上嘶嘶嘶的聲音，有蟲子飛來飛去，她直扭身低頭躲蟲子。

老媽子們一聽見女主人在麻將桌上喊，就跳起來應聲「噯」，聲量比平常都大。

「別忘了張羅楚太太的車夫到樓下吃飯。」

「嗳！」竟答應得很快心，哄誰高興的聲口。

漸漸的客人不來了，開始收拾行李了。是夏天，窗板半開半閉，迴廊上的竹簾低垂著。陰暗的前廳散著洋服，香水，布料，相簿，一盒盒舊信，一瓶瓶一包包的小金屬片和珠子，鞋樣，鴕鳥毛扇子，檀香扇，成捲的地毯，古董——可以當禮物送人，也可以待善價而沽之——裝在小小的竹篋裏，塞滿了棉花，有時竹篋空空的，棉花上只窩著一個還沒收拾的首飾，織錦盒裝的古書，時效已過的存摺，長錊罐裝的綠茶。琵琶頂愛在這幽暗的市集裏穿梭，走過老媽子面前，她們像販子一樣守著，遞東西給她媽媽姑姑。

「嗳喲！別亂碰，聽見了麼？」她母親會哀聲喊道。「好了，好了，看看可以，走動的時候留點神，別打碎了東西。」

琵琶小心翼翼的走動，避開滿地的東西。露理箱子理到一個時候，忽然挺直了身，一眼就看見她。

「好了，出去吧。」她說，微帶惱怒，彷彿她犯了什麼錯。「到外頭玩去。」

琵琶走了。

臨動身那天晚上來了賊。從貼隔壁的空屋進來的，翻過了迴廊間的隔牆，桌上的首飾全拿了，還在地下屙了泡屎，就在法式落地窗一進來的地方。作賊的都這樣，說是去霉氣。收拾行李弄得人仰馬翻，人人都睡死了。琵琶早上要鹹鴨蛋吃才聽見這回事。何干說：

「嚇咦，昨兒夜裏鬧了賊，你還要找麻煩？」

琵琶真後悔沒見著小偷的面。她也沒見到巡捕。巡捕來了趿著大皮鞋巴噠巴噠上樓檢查出事現場，她跟弟弟都給趕去了後面的房間。

露與珊瑚改了船期。沈榆溪動員了天津到北京上海的親友來勸阻他的太太妹妹，不見效，就一直不到這邊的屋子來。琵琶反正是父親不在也不會留意。她很難過首飾被賊偷了，卻不敢告訴她母親姑姑她也為她們倆難過。她們決不當著她的面說。姑嫂兩人又留了一段時間，看出巡捕房的調查不會有結果。唯一的嫌疑犯是家裏的黃包車夫，一半時間在大房子這邊，一半時間在小公館。他消失了蹤影。有人說是讓巡捕嚇壞了。也可能背後指使的是姨太太，甚至是榆溪。不過一切都屬臆測。她們又定好了船票，又一回的告別親友，回家來卻發現行李沒了。

「挑夫來搬走了，我們以為是搬到船上。」老媽子們道，嚇壞了。

「誰讓他們進來的？」

「王爺帶他們上樓的。」

王發道：「老爺打電話來說挑夫會過來。我以為太太跟珊瑚小姐知道。」

她們氣極了，知道王發也搗鬼。王發向來看不慣老爺的作為，這一次他卻向著他。兩個年青女人離家遠行，整個是瘋了。這個家的名聲要毀了。

她們要他去找榆溪，堅持要他回家來。小公館不承認他在那。她們讓親戚給他施壓。末了榆溪不得不來。

「噯，行李是我扣下了。」他說。「時候到了就還給你們。」

她們嚷了起來，老媽子們趕緊把孩子帶到聽力範圍之外。

「有沒有行李我們都走定了。」

「就知道你會做出這種事來。」

「對你們這種人就得這麼著。你們聽不進去道理。」

琵琶只聽見她父親一頭喊一頭下樓，大門砰的摔上了。習慣了。老媽子們聚在一塊嘰嘰喳喳的。

親戚繼續居中協調。臨上船前行李送回來了。

「老是這麼。」王發嘀咕道：「虎頭蛇尾，雷聲大雨點小。」

啟航那天榆溪沒現身。露穿著齊整了之後伏在竹床上哭。珊瑚也不想勸她了，自管下樓去等。她面向牆哭了幾個鐘頭。珊瑚上來告訴她時候到了，便下樓到汽車上等。老媽子們一起進來道別，擠在門洞裏，担心的看著時鐘。她們一直希望到最後一刻露會回心轉意，可是天價的汽船船票卻打斷了所有回頭的可能。唯一的可能是錯過了開船時間。她們沒有資格催促女主人離開自己的家。琵琶跟陵也給帶進來道別。琵琶比弟弟大一歲。葵花一看老媽子們都不說話，便彎下腰跟琵琶咬耳朵，催她上前。琵琶半懂不懂，走到房間中央，倒似踏入了險地，因為人人都寧可擠在門口。她小心的打量了她母親的背，突然認不出她來。脆弱的肩膀抖動著，抽噎聲很響，藍綠色衣裙上金屬片粼粼閃閃，彷彿潑上了一桶水。琵琶在幾步外停下，唯恐招得她母親拿她出氣，伸出手，像是把手伸進轉動的電風扇裏。

「媽，時候不早了，船要開了。」她照葵花教她的話說。

她等著。說不定她母親不聽見，她哭得太大聲了。要不要再說一遍？指不定還說錯了話。她母親似乎哭得更悽慘了。

她又說了一遍，然後何干進來把她帶出房間。

全家上下都站在大門外送行，老媽子把她跟弟弟抱起來，讓他們看見車窗。

她父親沒回來。何干與照顧她弟弟的秦干一齊主持家務。天高皇帝遠，老媽子們頂快活，對兩個孩子格外的好，彷彿是托孤給她們的。琵琶很喜歡這樣的改變。老媽子們向來是她生活的中心，她最常看見的人就是她們。她記得的第一張臉是何干的。她沒有奶媽因為她母親相信牛奶更營養。還不會說話以前，她站在朱漆描金站桶裏，這站桶是一個狹長的小櫃，底是虛的。拿漆碗餵她吃飯。漆碗摔不破也不割嘴。有一天她的磁調羹也換成了金屬的。她不喜歡那個鐵腥氣，頭別來別去，躲湯匙。

「唉哎噯！」何干不贊成的聲口。

琵琶把碗推開，潑撒了湯粥。她想要那隻白磁底上有一朵紫紅小花的調羹。

「今天不知怎麼，脾氣壞。」何干同別的老媽子說。

她不會說話，但是聽得懂，很生氣，動手去搶湯匙。

「好，你自己吃。」何干說。「聰明了，會自己吃飯了。」

琵琶使勁把湯匙丟得很遠很遠，落到房間另一頭，聽見叮噹落地的聲音。

「唉哎噯。」何干氣惱的說，去撿了起來。

忽然嘩嘩嘩一陣巨響，腿上一陣熱，濕濕的襪子黏在腳上。剛才她還理直氣壯，這下子風水輪流轉，是她理虧了。她麻木自己，等著挨罵，可是何干什麼也沒說，只幫她換了衣服，刷洗站桶。

何干一向話不多。帶琵琶一床睡，早上醒來就舔她的眼睛，像牛對小牛一樣。琵琶總扭來扭去，可是何干解釋道：「早上一醒過來的時候舌頭有清氣，原氣，可以明目，再也不會紅眼睛。」露走了以後她才這樣，知道露一定不贊成。但是露立下的規矩她都認真照著做，每天帶琵琶與陵到公園一趟。

二

父母都不在的兩年在琵琶似乎是常態。太平常了，前前後後延伸，進了永恆。夏天每晚都跟老媽子們坐在後院裏乘涼。王發一見她們來，就立起身來，進屋去在汗衫上加件小褂，再回來坐在屋外的黑夜裏。

「王爺還真有規矩，」葵花低聲道：「外頭黑不溜丟的，還非穿上小褂子。」

「王爺還是守老規矩。」何干說。

她們放下了長板凳，只看見王發的香烟頭在另一角閃著紅光，可是卻覺得有必要壓低聲音。

「小板凳搬這兒來，陵少爺。」秦干說。「這裏，靠蚊香近些，可別打翻了。」

「秦大媽你看這月亮有多大？」何干問，倒像是沒想到過。每次看就每次糊塗。

「你看呢？」秦干客氣的反問。

「眼睛不行了，看不清了。你們這小眼睛看月亮有多大？」她問兩個孩子。

琵琶遲疑的舉高了一隻手對著月亮，拿拇指尖比了比。「這麼大。」

「多大？有銀角子大？單角子還是雙角子？」

不曾有人這麼有興趣想知道她說什麼。她很樂於回答。「單角子。」

「唉，小人小眼！」何干嘆口氣道：「我看著總有臉盆大。老嘍，老嘍。佟大媽，你看有多大？」

佟干是漿洗的老媽子，美其名是保母，窘笑著答：「何大媽，你說臉盆大麼？嗳，差不多那麼大。嗳，今晚的月亮真大。」

「我看也不過碗那麼大。」秦干糾正她。

「你小，秦大媽。」何干說。「比我小著好幾歲呢。」

「還小。歲月不饒人吶。」秦干說了句俗語。

「嗳，歲月不饒人啊。」

「你哪裏老了，何大媽，」葵花說，「只是白頭髮看著老。」

「我在你這年紀，頭髮就花白了。」

「你是那種少年白頭的。」葵花說。

「嗳，就是為了這個才進得了這個家的門。老太太不要三十五歲以下的人，我還得瞞著歲數。」

老太太自己是寡婦，頂珍惜名聲，用的人也都是寡婦，過了三十五才算是過了心如止水的年紀。基於人道的理由，她也不買丫頭。況且丫頭麻煩，喜歡跟男傭人打情罵俏，勾引年青的少爺。何干其實才二十九歲，謊報是三十六歲。始終提著一顆心，唯恐有人揭穿了。同村的人不時出來幫工，沈家與多數的親戚家裏的傭人都是從老太太的家鄉薦來的。那塊土地貧瘠，男人下田，女人也得幹活，所以才不裹小腳。沈家到現在還是都用同一個地方來的老媽子，都是一雙大腳，只有秦干是陪嫁過來的，裹小腳。她是南京城外的鄉下來的，土地富庶，養鴨子，種稻，女人都待在家裏呵護一雙三寸金蓮。

「小姐會不會寫我的名字？」漿洗的老媽子問。

「佟，我會寫佟字。」

「小姐也幫我扇上燙個字。」

「我現在就燙。」她伸手拿蚊香。

「先拿張紙寫出來。」何干說。

「不會寫錯的。」

「先寫出來，拿給志遠看過。」何干說。楚志遠識字。

「我知道怎麼寫。」她憑空寫個字。

「拿給志遠看過。一燙上錯了也改不了了。」

楚志遠不同別的男傭人住一塊，在後院單獨有間小屋，小小的拉毛水泥屋，倒像是貯煤箱或更夫的亭子。琵琶從不覺得奇怪他和葵花是夫妻，兩人卻不住在一塊。都是為了迴避在別人家裏有男女之事的禁忌。讓外人在自家屋子裏行周公之禮會帶來晦氣。志遠雖然不住在屋裏，斗室仍像是單身漢住的。葵花有時來找他，可是她在樓上有自己睡覺的地方。老媽子都管她叫志遠的新娘子，不叫葵花了，葵花是她賣身當丫頭的名字，她已經贖了身。在這個都是老婦人和小孩的屋子裏，她永遠是新娘子。婚姻在這裏太希罕了。

琵琶走進熱得跟火爐一樣的小屋。志遠躺在小床上，就著昏暗的燈泡看書。

「寫對了。」她出來了，一壁說。志遠的窗子透出微光，她就著光拿著蚊香在芭蕉扇上點字，點得不夠快，焦褐色小點就會燒出一個洞來。

「志遠怎麼不出來？裏頭多熱啊。」秦干說。

「不管他。」葵花不高興的咕噥。「他願意熱。」

「志遠老在看書。」何干說。「真用功。」

「他在看《三國演義》。」琵琶說。

「看來看去老是這一本。」他媳婦說。

「你們小兩口結婚多久了？」何干問。「還沒有孩子。」她笑著說。

葵花只難為情的應付了聲：「兒女要看天意。」

「回來，陵少爺，別到角落裏去，蜈蚣咬！」秦干喊。

「人家說顴骨高的女人剋夫。」何干說。「可是拿我跟秦大媽說吧，我們兩個都不高。倒是佟大媽，她的顴骨倒高了，可是他們兩口子倒是守到老。」

「我那個老鬼啊，」佟干罵著，「活著還不如死了的好。」

「你這是說氣話。」何干說。「都說老夫老妻嘿。」

「老來伴。」葵花說。

「我那個老鬼可不是。」佟干忙窘笑道：「越想他死，他越不死，非得先把人累死不可。」

「秦大媽最好了。」葵花說。「有兒子有孫子，家裏還有房子有地，不用操心。」

「是啊，哪像我。」何干說。「這把年紀了還拖著一大家子要我養活。」

「我要是你啊，秦大媽，就回家去享福了。何苦來，這把年紀了，還在外頭吃別人家的米？」葵花說。

「是啊，像我們是不得已。」何干說。

「我是天生的勞碌命。」秦干笑道。

一聽她的聲口，大家都沉默了。太莽撞了。秦干是能不提就絕口不提自己家裏。一定是同兒子媳婦嘔氣，賭氣出來的。不過兒子總定時寫信來，該也不算太壞。她五十歲年紀，清秀伶俐，只是頭髮稀了，臉上有眼袋。她識字。寫信回家也是去請人代寫，找街上幫人寫信的，不像別的老媽子會找志遠幫她們寫。

「今年藤蘿開得好。」葵花說。

「噯，還沒謝呢。」佟干說。

她們總不到園子裏坐在藤蘿花下。屋子的前頭不是她們去的地方。

「老太太從前愛吃藤蘿花餅，摘下花來和在麵糊裏。」何干說。她的手藝很高，雖然日常並不負責做飯。

「藤蘿花餅是什麼滋味？」秦干說。

「沒有多大味道，就只是甜絲絲的。太太也叫我做。」

一提起太太葵花就嘆氣。她是陪房的丫頭，算是嫁妝的一部分。「去了多久了？」她半低聲說。「也不知什麼時候回來。」

何干嘆口氣。「噯，只有天知道了。」

秦干也是陪嫁來的，總自認是娘家的人，暫借給親戚家使喚的。她什麼也沒說，不是因為不苟同背地裏嚼舌根，就是礙於在別人家作客不好失禮。

「說個故事，何干。」琵琶推她的膝蓋。只要有一會兒沒人說話，她就怕會有人說該上床了。

「說什麼呢？我的故事都說完了。讓秦干說一個吧。」

「說個故事，秦干。」琵琶不喜歡叫秦干，知道除非是陵問她，她是不肯的。可是陵總不說話。能搖頭點頭他就一聲也不吭，連秦干也哄不出他一句話來。

「要志遠來說《三國演義》。」秦干說。

「志遠？」他媳婦嗤笑道。「早給他們拖去打麻將了。」

「打麻將？這麼熱的天？」秦干驚詫的說。

「聽，他們在拖桌子倒骨牌了。」

何干轉過頭去看。「王爺也走了。」

「裏頭多熱。他們真不在乎。」秦干說。

老媽子們默默聽著骨牌響。

「說個故事，何干。」

「說什麼呢？肚子裏那點故事都講完了，沒有了。」

「就說那個紋石變成了漂亮女人的故事。」

「你都知道啦。」

「說噯。說紋石的故事。」
「我們那兒也有這麼一個故事，說的是蚌蛤。」秦干說。「撿個蚌蛤回家更有道理。」
「噯，我們那裏說紋石，都是這麼說的。」何干說。
「陵少爺！別進去，臭蟲咬！」秦干趁他還沒溜進男人住的地方，便把他拉了回來。
「喲，我們有臭蟲。」廚子老吳在麻將桌上嘟囔。
打雜的嗤笑。「她自己一雙小腳，前頭賣薑，後頭買鴨蛋。」他套用從前別人形容纏足身材變形的說法，腳趾長又多疙瘩，腳跟往外凸，既圓又腫。
志遠瞅了他們一眼，制止了他們。怕秦干聽見，她的嘴巴可不饒人。
「坐這裏，陵少爺，坐好，我給你講個故事。」秦干說。「從前古時候發大水，都是人心太壞了，觸怒了老天爺，所以發大水，人都死光了。就剩下兩個人，姐弟倆。弟弟就跟姐姐說：『只剩我們兩個了，我們得成親，傳宗接代。』姐姐不肯，說：『那不行，我們是親姐弟。』弟弟說沒辦法，人都死光了。末了，姐姐說：『好吧，你要是追得上我，就嫁給你。』姐姐就跑，弟弟在後頭追，追不上她。哪曉得地上有個烏龜，絆了姐姐的腳，跌了一跤，給弟弟追上了，只好嫁給他。姐姐恨那烏龜，拿石頭去砸烏龜，所以現在的烏龜殼一塊一塊的。」
「可不是真的，烏龜殼真是一塊一塊的。」葵花笑著說。
琵琶聽了非常不好意思，不朝弟弟看。他也不看她。兩人什麼事都一起，洗澡也同一個澡盆洗，省熱水，傭人懶得從樓下的廚房提水上來。家裏有現代的浴室，只有冷水。有時候何干忙就讓佟干幫著洗澡。看姐弟倆扁平的背，總嘆氣。

「不像我們的孩子，背上一道溝。」她跟秦干說，可憐的笑著。「都說溝填平了有福氣。」

「我們那兒不作興這麼說。」

琵琶跟陵各坐一端，腳不相觸，在蒸氣中和他面對面，老媽子們四隻手忙著，他的貓兒臉咧著嘴，露出門牙縫，潑著水玩。她知道哪裏不該看。秦干常抱著他在後院把尿，撥開開襠袴，扶著他的小麻雀。

「小心小麻雀著了涼。」葵花會笑著喊，而廚子會說：

「小心小雞咬了小麻雀。」

「六七歲的孩子開始懂事了，」何干有次說，「這兩個還好，聽話。」

他們坐在月光下，等著另一陣清風。秦干說了白蛇變成美麗的女人，嫁給年青書生的故事。

「畜牲嫁給人違反了天條，所以法海和尚就來降服白蛇。她的法力很高強，發大水抵抗。淹了金山寺，可是和尚沒淹死。末了把她抓了，壓在鉢裏，封上了符咒，蓋了一個寶塔來鎮壓。就是杭州的雷峯塔。她跟書生生的兒子長大後中了狀元，到寶塔腳下祈禱痛哭，可是也沒有別的法子。人家說只要寶塔倒了，她就能出來，到那時就天下大亂了。」

「雷峯塔不是倒了麼？」葵花問道。

「幾年前倒的。」秦干鬱鬱的說道。

「是了，露小姐上次到西湖就是瓦礫堆，不能進去，」葵花說，「現在該倒得更厲害了。」

「難怪現在天下大亂了。」何干詫道。

「哪一年倒的？那時候我們還在上海。嗳，就是志遠說俄國老毛子殺了他們的皇帝的那一年。」葵花道。

「連皇帝都想殺。」佟干喃喃道。

「這些事志遠知道。」何干讚美道。

「秀才不出門能知天下事。」秦干套用古話。

「我們呢，我們只聽說宣統皇帝不坐龍廷了。」何干說。「不過好像是最近幾年才真的亂起來的。」

「雷峯塔倒了，就是這緣故。」葵花笑道。

「有人看見白蛇麼？」琵琶問道。

「一定是逃走了。」葵花道。

「都不知道她現在在哪麼？」

「哪兒都有可能。像她那樣的人多了。」葵花嗤笑道。

「那麼美麼？」

「多得是蛇精狐狸精一樣的女人攪得天下不太平。」

「有時候她還變蛇麼？」

「還問，」秦干道，「就愛打破砂鍋問到底。」

男傭人的房裏傳來的燈光聲響很吸引人。琵琶走過去，立在門口。

「回來，陵少爺。裏頭太熱了，又出一身汗，澡就白洗了。」

琵琶沒注意弟弟跟在她後頭，這次拿她做掩護，蹦蹦跳跳進屋去了。

「琵琶小姐，你想誰贏錢？」王發從麻將桌上喊。

她想他贏錢，可是她也喜歡志遠。

何干來到她背後，教她說：「大家都贏錢。」

「大家都贏錢，那誰要輸錢？」廚子說。

「桌子板凳輸。」何干套了句老話。

琵琶走過去，到志遠記賬的桌上。有次傍晚何干帶她過來，跟志遠說：「在她鼻孔裏抹點墨，說是止血。一個冬天靠著爐子，火氣大。」志遠拿隻毛筆幫她點上墨，柔軟的筆尖冷而濕，一陣輕微的墨臭。從那時起她就非常喜歡這個地方，每天晚上進來拿紙筆塗塗抹抹，很熟悉屋子裏的氣味，甚至熟悉了微鹹的墨味。

「有紙麼，志遠？」

「他們忙，別攪糊人家。」何干說。

「報紙底下。」志遠說。

「又畫小人了。」廚子老吳說。「碰！」他喊，大賺一手。

琵琶畫了一族的青年勇士，她和弟弟是裏頭最年青的。硯台快乾了。沒上漆的桌子上有香烟燙焦的跡子，擱了杯茶，她把冷了的茶倒了一點。蚊子在桌子底下咬她。唇上的汗珠刺得她癢酥酥的。王發取錯了牌，咒罵自己的手背運。花匠也進來了，坐在吱嘎響的小床上，一陣長長的咳聲，從喉嚨深處著實咳出一口痰來，埋怨著天氣熱。一局打完了，牌子推倒重洗，七八隻手在攪。廚子老吳悻悻然罵著手氣轉背了。花匠布鞋穿一半，拖著腳過來看桌上一副還沒動的牌。每個人都是齉聲齉氣的，倒不是吵架。琵琶頂愛背後的這些聲響，有一種深深的無聊與忿恨，像是從一個更冷更辛苦的世界吹來的風，能提振精神，和樓上的世界兩樣。

三

她與弟弟每天都和老媽子待在樓上。漫長的幾個鐘頭，陽光照在梳妝台上，黃褐色漆，桌緣磨白了。葵花會上樓來，低聲說些樓下聽來的消息，小公館或是新房子的事，老爺的堂兄弟或男傭人的事。

「王爺昨晚跟新房子的幾個男傭人出去了，在堂子裏跟人打了一架。」她和何干相視一笑，不知該說什麼。「他們是這麼說的。他倒真是烏了隻眼，臉上破了幾處。」

「什麼堂子？」琵琶問道。

「嚇咦！」何干低聲嚇噤她。葵花吃吃傻笑。

「到底什麼是堂子啊？」

「嚇咦！還要說？」

何干至少有了個打圓場的機會。她很尊重王發，像天主教的修女尊重神父。琵琶想堂子是個壞地方，可是王爺既然去也就不算壞到哪兒去。

佟干進來了，嘴裏嚼著什麼。

「吃什麼？」陵問道。

「沒吃什麼。」她道。

他嗚嗚咽咽的拉扯她的袴子。「明明在吃嘿。」

「沒有吃。」

「這個時候她能吃什麼?」何干道。

他揪了一把佟干的袴子，死命的搖。「吃什麼?我要看。」

「噯呀，這個陵少爺，這麼饞。」葵花笑道。「人家嘴巴動一動，他都要管。」

「好，你自己看。」佟干蹲下來，張開嘴。

他爬上她的膝，看進她嘴裏，左瞧右瞧，像牙醫檢查牙齒。

「看見了麼?」

「你吞進去了。」他又哭了起來。

「陵少爺!」秦干銳聲喊，小腳蹬蹬蹬的進了房間。「丟不丟臉，陵少爺。」把他拉開了。

「噯，這個陵少爺。」葵花嘆道。「也不能怪他，這不能吃那不能吃的。」

「想吃?那就別鬧病。」秦干把他摟進懷裏擦眼淚。

吃飯的時候常常有些菜陵不能碰，他總是哭鬧，秦干就會拿琵琶給他出氣。弟弟吃完了琵琶還沒吃完，秦干就說：「貪心的人沒個底。」

琵琶下一頓吃得快了，跟何干抱怨說：「咬了舌頭。」

「怎麼吃那麼急?」何干說，秦干便唱道：

「咬舌頭，貪吃鬼，

咬腮肉，餓死鬼。」

這次換琵琶先吃完，秦干又唱道：

「男孩吃飯如吞虎，
女孩吃飯如數穀。」

琵琶筷子拿得高。秦干就預卜說：

「筷子抓得遠，嫁得遠；
筷子抓得近，嫁鄰近。」

「我不要嫁人。」

「誰要留你在家裏？留著做什麼？將來陵少爺娶了少奶奶，誰要一個尖嘴姑子留在家裏？把她嫁掉，嫁得越遠越好。」

琵琶改把筷子握得低一點。「看，我抓得近了。」

「筷子抓得遠，嫁得近；
筷子抓得近，嫁得遠！」

「不對！你以前不是這麼說的。」

「就是這麼說的，俗話就是這麼說的。」

「才不是！你說：『抓得遠嫁得遠。』」

「噯喲，現在就想嫁人的事了。」

何干不插手，只是微笑看著秦干嘲弄，設法讓他們繼續吃飯。

琵琶一次又一次揀一盤豬肉吃。

「豬肉吃多了不好。」秦干說。

「魚生熱，肉生痰，青菜豆腐保平安。」

下次吃豆腐，琵琶愛吃，她又說：

「豆腐軟，像竹條，一下肚，變鐵片。」

「你自己說豆腐好。」

「豆腐是好，就是一落胃會變硬。」

陵掉了一隻筷子，自然是好兆頭：

「筷子落了地，四方買田地。」

可是琵琶掉了筷子，她就漫聲唱道：

「筷子落了土，挨揍又吃一嘴土。」

「不對，我會四方買田地。」琵琶說。

「女孩子不能買田地。」

「女孩跟男孩一樣強。」

「女孩是賠錢貨，吃爹媽的穿爹媽的，沒嫁妝甩都甩不掉。兒子就能給家裏掙錢。」

「我也會給家裏掙錢。」

「你是這兒的客人，不姓沈。你弟弟才姓沈。你姓碰，碰到哪家是哪家。」

「我姓沈我姓沈我姓沈！」

「唉哎噯。」何干不滿的哼了聲。「別這麼大嗓門。年青小姐不作興亂喊亂叫的。」

「你這個脾氣只好住獨家村。」秦干說。

「我不跟你說話了。」琵琶吃完了飯，放下碗。還剩了幾個米粒。

「碗裏剩米粒，嫁的男人是麻子。」秦干還說。

她們爭執陵是不插口的，可是琵琶有時也恨他是男孩子。她記得第一次看見他，兩個小娃並排坐在床上，隔了有兩尺。都像泥偶，她決心轉頭不看他，招人嘲笑。她面前擱了一隻盤子，抓週，她的第一次生日。從盤子上抓的東西能預測未來。後來她聽老媽子們說紅漆盤裏擱了一隻毛筆，一個頂針，一個大的古銅錢拿紅棉繩穿著中央的方洞眼，一本書，一副骰子，一隻銀酒杯，一塊紅棉胭脂。

「我抓了什麼？」她那時問。

「抓了毛筆，後來又抓了棉花胭脂，不過三心兩意，拿起來又放下。」何干說。

「女孩子喜歡胭脂不要緊，要是男孩就表示他喜歡女人。」葵花笑著說。

「弟弟抓了什麼？」

「陵少爺抓了什麼？」她們彼此互問。琵琶感覺他也跟平常一樣沒個定性。

「抓了錢吧？」秦干說。

「噯，他將來會很有錢。」葵花說。

好東西總擱得近，銅錢、書、毛筆。骰子和酒杯都擱得遠遠的，夠不到。

會走路之後，琵琶到弟弟房裏，看見他在嬰兒床的欄杆後面，一隻憔悴衰弱的籠中獸。後來他挪到大鐵柱床上，秦干帶他一床睡。有次生病，哭鬧著要吃松子糖，松子糖裝在小花磁罐裏，旁邊有爽身粉，擱在梳妝台上。

「吃點松子糖不要緊吧？」秦干同露說。

「不能吃甜的，他在發燒。」露說。

他大哭，把隻拳頭完全塞到嘴裏去。

「他是怎麼塞進去的？」露說。「嘴又不大。」

秦干把他的拳頭拉出來，抓著不放，一放手，又塞進了嘴裏。

「嘴會撐大的。」露担憂的說。

「松子糖裏摻進黃蓮去，斷了他的念。」末了秦干想出了這個主意。

他們把黃蓮磨成粉，摻進松子糖，和成糊，抹在他拳頭上。他吮著拳頭，哭得更慘。

他長大漂亮了，雪白的貓兒臉，烏黑的頭髮既厚又多。薄薄的小嘴紅艷艷的，唇形細緻。藍色繭綢棉袍上遍洒乳白色蝴蝶，外罩金斑褐色小背心，一溜黃銅小珠鈕。

「弟弟真漂亮。」琵琶這麼喊，摟住他，連吻他的臉許多下，皮膚嫩得像花瓣，不像她自己的那麼粗。因為瘦，摟緊了覺得衣服底下虛籠籠的。他假裝不聽見姐姐的讚美，由著她又摟又吻，彷彿是發生得太快，反應不及。琵琶頂愛這麼做，半是為了逗老媽子們笑，她們非常欣賞這一幕。

出了家門他總是用一條大紅闊帶子當胸絆住，兩端握在秦干手裏，怕他跌倒。上公園，他的一張臉總像要哭出來。整個人仆向前，拼命往前掙，秦干在一碼後東倒西歪的跟著。連琵琶也覺得丟臉，旁人也都好奇的看著他們。

「早呀。」有個洋人的阿媽道。不穿藍，而是白淨的上衣。「這主意好，不跌跤。」

秦千不同生人搭話，由何千代答道：「噯，這法子不跌跤。」

「他頂嬌貴的。」白衣阿媽說，並不直問是哪裏不對。

「他現在好了，就是還有腳軟病。」

「姐弟倆？」

「噯。」

「真文靜。」

「是啊，不比你家少爺小姐活潑。」

「噯呀。那幾個！天不怕地不怕。噯，野孩子。嘖嘖嘖嘖。」她裝模作樣的學著歐洲人的聲口。「比不上你們這兩個，又可愛又規矩。」

「他們倆倒好，不吵架。」

琵琶心裏忸怩。其實我們誰也不喜歡誰，她大聲跟自己說。說不定少了秦千她會喜歡弟弟，誰知道呢。

「吉米！」阿媽突然銳聲大喝，震耳欲聾。「吉米過來。吉米不聽話。」

她皺眉望著亮晃晃的遠處，又回頭安然織她的東西，一雙黑色長手套，似乎也是她的制服。老媽子總是在織東西，倒像是從洋人僱主那兒學到的名門淑女的消遣。

草地蔓延開去，芥末黃地毯直鋪上天邊。這裏幾個人那裏幾個人，可是草地太遼闊，放眼望去淨是平坦的黃，沒有人踩過。琵琶忍不住狂奔起來，吞吃下要求她將自己切成兩半、佔據吞噬自己的廣原。她大叫一聲。過了前頭的小駝峯，粼粼的藍色池塘會跳上來，急急在池邊阻住她。洋人的小孩蹲在水邊，一身的水兵服，戴草帽，放著汽船、玩具帆船。高聳的大樓倒映在池面，閃著白芒芒的光，像水裏的冰塊。她很清楚是什麼樣子，到水邊這段路她總是跑過來。後面隱隱聽見陵也跟著喊，也跟著跑。大紅帶斷了？

「陵少爺！」秦干像鸚哥一樣銳叫著，聲音落在後頭。「陵少爺！快不要跑！」秦干也邁動一雙小腳追趕上來，蹬蹬的跑步聲讓草吞啞了。她跑起來髖部動得比腳厲害，所有動作都朝同一個方向，歪歪扭扭的。「陵少爺，會跌跤，跌得一蹋平陽。」她銳叫道，自己也跑得東倒西歪的。「樂極生悲呀。」

琵琶和陵不同洋人的小孩說話，在家裏玩倒是滿口的外邦語言，滔滔不絕，向蠻夷罵戰。他們把椅子並排排列，當成汽車的前後座，開著上戰場，喇叭嘟嘟響。又出來重排椅子，成了山巒，站在山脊上，雙手扠腰，大聲嘲笑辱敵。末了撲向蠻夷，近身肉搏，刀砍劍刺，斬下敵人首級，回去向皇帝討賞。中午老媽子們送午飯來，將椅子扶正。飯後他們又將椅子放倒，繼續征戰。一個叫月紅，一個叫杏紅，是青年勇士族裏兩員驍將。琵琶讓陵長了歲數，成了八歲的孩子，她自私的讓自己十二歲。叫他杏弟，要他喊月姐。她使雙劍，他耍一對八角銅鎚。

「我不要使鎚。」他說。

「那使什麼？」

「長矛。」

「銅鎚比較合適，年青，也動得快。」

他背轉過去，像是不玩了。

「好，好，長矛就長矛。」

沒人在眼前他們才玩。可是有天葵花突然對琵琶低聲哼吟：「月姐！杏弟！」

「你說什麼？」琵琶慌亂的說。

「我聽見了，月姐！」

「不要說。」

「怎麼了，月姐？」

「不要說了。」霎時間她看見了自己在這個人世中是多麼的軟弱無力，假裝是會使雙劍的女將有多麼可恥荒唐。

葵花正打算再取笑她幾句，可是給琵琶瞪眼看了一會兒，也自吃驚，她竟然那麼難過，便笑了笑，不作聲了。可是有幾次她還是輕聲念誦：「月姐！」

「不要說了。」琵琶喊道，深感受辱。

她的激動讓葵花詫異，她又是笑笑，不作聲。

戰爭遊戲的熱潮不再，末了完全不玩了。

現在在樓上無所事事。寬寬的一片陽光把一條藍色粉塵送進嵌了三面鏡的梳妝台上。蟠桃式磁缸裏裝著痱子粉。冬天把一罐凍結的麥芽糖擱火爐蓋上融化，裏面站了一雙毛竹筷子。麥牙糖的小褐磁罐子，老媽子們留著拔火罐。她們無論什麼病都是團皺了紙在罐子裏燒，倒扣在赤裸的有雀斑的肩背上。

等麥芽糖變軟了，何干絞了一團在那雙筷子上，琵琶仰著頭張著嘴等著，那棕色的膠質映著日光像隻金蛇一扭一扭，等得人心急死了。卻得坐著等它融化，等上好幾個鐘頭。做什麼都要很久。時間過得很慢，像落單的一隻棉鞋裏的陽光。琵琶穿舊的冬鞋立在地板上，陽光斜斜射過內面鞋底的粉紅條紋法蘭絨裏子。

「等我十三歲就能吃糯米。」琵琶說。「十四歲能吃水菓，十六歲能穿高跟鞋。」

她母親立下的規矩是不能吃糯米做的米糕，老媽子們則禁止她吃大多數的水菓。柿子性寒，傷體質。有一次秦干買了個柿子，琵琶還是頭一次看見。老媽子們都到後門去看販子的貨，只有秦干真講價真買。柿子太生了，她先放在梳妝台的抽屜裏。房間沒人，琵琶就去開抽屜看看，炭灰色的小蒂子，圓墩墩紅通通的水菓，看過一眼就悄悄關上抽屜。萬一讓人發現她偷看柿子，還不盡力張揚，洗刷陵的饞嘴污名！他饞歸饞，可沒動過老媽子的好東西。

隔兩天她就偷看一次，疑心怎麼樣才叫熟。有一次拿指甲尖去戳，紅緞子一樣的果皮上留下了一個酒渦，興奮極了。若不是秦干的柿子，她就會去問她：「什麼時候吃柿子？」秦干肯定會說：「小姐可真關心我的柿子啊。」

又過了一個多月。有天秦干打開了抽屜。「嗳呀，我都忘了。」她說。把柿子拿了起來，剝掉了一點皮。「壞了。」她短短的說了一句。

「整個壞了？」何干問。

「爛成一泡水了。」她急急出房去把她這罕有的失誤給丟了。

琵琶一臉的驚詫，柿子仍是紅通通圓墩墩的，雖然她好久前就注意到起皺了。就算裏頭化了水了，也是個漂亮的紅杯子。可是她沒作聲。一顆心鼓漲了似的，重甸甸空落落的。

四

秦干買了一本寶卷。有天晚上看，嘆息著同何干說：

「噯，何大媽，說的一點也不差，誰也不知道今天還活著明天就死了：『今朝脫了鞋和襪，怎知明朝穿不穿。』」

「仔細聽。」何干跟站在她膝間的琵琶說。「聽了有好處。」何干才吃過了飯，呼吸有菜湯的氣味，而她剛洗過的袍子散發出冬天慣有的陽光與凍結的布的味道。大大的眼睛瞪得老大，好看的臉泛著紅光。

「來聽啊，佟大媽。」葵花喊著漿洗的老媽子。「真該聽聽，說得真對。」

佟干急步過來，一臉的驚惶。

「生來莫為女兒身，喜樂哭笑都由人。」

「說得對。」佟干喃喃說，鮮紅的長臉在燈光下發光。「千萬別做女人。」

「兒孫自有兒孫福，莫為兒孫做牛馬。」

「說得真對，可惜就是沒人懂。」葵花說。

「噯，秦大媽，」何干嘆道，「想想這一輩子真是一點意思也沒有。」

「可不是嚜。錢也空，兒孫也空，」秦干道，「有什麼味？」

她倒沒說死後的報應也是空口說白話。誰敢說沒有這些事？可是她們是知道理的人；學會了不對人生有太多指望，對來生也不存太大的幻想。宗教只能讓她們悲哀。

幸好她們不是虔誠的人。秦干也許是對牛彈琴，可是她的性子是死不認輸的。說到陵少爺，她的家鄉，舊主人露的娘家，她總是很激昂。絕口不提她的兒子和孫子，在她必然是極大的傷慘與酸苦。

她是個伶俐清爽的人，卻不常洗腳，太費工夫了。琵琶倒是好奇想看，可是秦干簡單一句話：「誰不怕臭只管來看。」琵琶就不敢靠近。

別的老媽子哈哈笑。「不臭不臭。」葵花說。「花粉裏醃著呢。」

「你沒聽過俗話說王婆的裹腳布——又臭又長。」秦干說。

她一腿架著另一腿的膝蓋，解開一碼又一碼的布條。變形的腳終於露了出來，只看見大腳趾與腳跟擠在一塊，中間有很深一條縫，四根腳趾彎在腳掌下，琵琶和陵都只敢草草瞜一眼，出於天生的禮貌，也不知是動物本能的迴避不正常的東西。

「裹小腳現在過時了。」秦干道。「都墊了棉花，裝成大腳。」

「露小姐也是小腳，照樣穿高跟鞋。」葵花道。

「珊瑚小姐倒沒纏腳？」漿洗老媽子問道。

「我們老太太不准裹小腳。」何干道。「她說：『老何，我最恨兩樁事，一個是吃鴉片烟，一個是裹小腳。』」

「楊家都管老媽子叫王嫂張嫂，年紀大了就叫王大媽張大媽。」秦干道。

「這邊是北方規矩。」何干道。

「露小姐總叫你何大媽，楊家人對底下人客氣多了。」秦干道。

「北方規矩大。」何干道。

「噯，楊家規矩可也不小。有年紀的底下人進來了，年青的少爺小姐都得站起來，不然老太太就要罵了。」

「我們老太太管少爺管得可嚴了。」何干道。「都十五六了，還穿女孩子的粉紅綉花鞋，鑲滾好幾道。少爺出去，還沒到二門就靠著牆偷偷把腳上的鞋脫下來換一雙。我在樓上看見。」她悄悄笑著說，彷彿怕老太太聽見。雙肩一高一低，模仿少爺遮掩脅下的包裹的姿勢。「我不敢笑。正好在老太太屋裏，看見他偷偷摸摸脫掉一隻鞋，鬼鬼祟祟的張望。」

一聽見姑爺，秦干就閉緊了嘴，兩邊嘴角現出深摺子。

「怎麼會把他打扮得像女孩子？」葵花問道。

「還不是為了讓他像女孩一樣聽話文靜，也免得他偷跑出去，學壞了。」她低聲道，半眨了眨眼。

「怪道人說家裏管得越緊，朝後就越野。」葵花道。

「也不見得。少爺就又害羞又胆小。」何干戀戀的說道。「怕死了老太太。」

「老太太多活幾年就好了。」葵花道。

「哪能靠爹媽管，」秦干道，「爹媽又不能管你一輩子。」

「老太太還在，不至於像今天這麼壞。」何干柔聲說道。

「是啊，他也怕露小姐。」葵花道。「真怕。」

「太太能管得住他。論理這話我們不該說，有時候我忍不住想要是老太太多活幾年就好了。她過世的時候少爺才十六。」

秦干又決定要沉默以對。一腳離了水，拿布揩乾。紅漆木盆裏的水轉為白色，硼粉的緣故。

「廚子說鴨子現在便宜了。」漿洗老媽子突然道。

秦干看了她一眼，眼神犀利。腳也俗稱鴨子。

「過年過節廚子會做鹹板鴨。」何干道。

「葵花愛吃鴨屁股。」琵琶道。

「可別忘了，陵少爺，把鴨屁股留給她吃。」秦干道。

這成了他們百說不厭的笑話。

「還是小丫頭就愛吃鴨屁股了。」何干道。

「有什麼好吃。」漿洗老媽子笑道。

「怎麼不好吃？屁股上的油水多嘿。」秦干道。

葵花笑笑，不作聲。望著燈下她扁平漂亮的紫膛臉，琵琶覺得她其實愛吃鴨子，吃別人不要吃的，才說愛吃。她是個丫頭，最沒有地位，好東西也輪不到她。

有天下午葵花上樓來，低聲道：「佟干的老鬼來了，打了起來。」

「怎麼才見面就打。」何干道。

「廚子忙著拉開他們。我插不上手，叫志遠又不在。」

「兩個都這麼一把年紀了，也不給她留臉面。」

「我要是佟大媽就不給他錢。橫豎拿去賭。」

「她能怎麼辦，那麼個鬧法？」

「他一動手就給錢，下次還不又動手。」

「那種男人真是不長進。」

「就讓他鬧，看他能怎麼。」

「要是把這地方砸了呢？」

「叫巡捕來。」

「老爺會聽見。」

「至少該拿巡捕嚇嚇他。」

「不長進的人，什麼也不怕。」

「佟大媽都打哭了，那麼壯的人。」

聽見佟干沉重的腳步聲在樓梯上響，兩人都不言語了。她進了老媽子們的房裏，一會兒出來了，怯怯的喊了聲：「何大媽。」

何干走過去，兩人低聲說了一陣。何干進了老媽子們的房間。

「月底我就還給你。」佟干的聲音追上去。

「不急。」

「別下樓去。」葵花跟琵琶說。

「我要看老鬼。」

「噯，何大媽，小姐想下樓去。」

「我要打老鬼。」

「唉哎噯！」何干緊跟在後面，氣烘烘的喊了聲。

「小姐真好。我哪能讓你幫我出氣。」佟干難為情的說。琵琶倒詫異，她並沒有感激的神態。

「別怕，我幫你打他。」

「嚇咦！」何干一聲斷喝。「人家都是做和事佬，你倒好，幫著人家窩裏反。」

「我討厭他。」

佟干斟酌著該怎麼說，不能說她是孩子。「他那個蠻子不識高低，傷了你可怎麼好？」

「我不怕他。」她自信男傭人會來幫她。她氣極了，已經在想像中撲上去拳打腳踢。等老鬼回過神來，別人也制住了他。她心裏積存的戾氣有許久了，受夠了秦干重男輕女的論調。這是最後一根稻草。佟干這麼高大壯健的女人也被男人打，而且逆來順受，還給他錢。她會讓他們瞧瞧。她弟弟釘著她看，眼睛瞪得有小碟子大，臉上不帶表情。秦干坐在那裏納鞋底。葵花上樓來說老鬼來了，她就沒開過口。

「嚇咦！黃花大閨女說這種話！」

她在秦干面前給何干丟人。要下樓她得一路打下去。指不定下次更合適，奇襲才奏效。老鬼還會再來。

可是他們說好了就瞞住她一個人。每次等人走了琵琶才知道他來過。過了一年，近年底她的決心也死了一半，碰巧看見一個又瘦又黑、沒下巴的男人坐在傭人的飯桌上，同打雜的和佟干說話。後來才知那就是老鬼，很是詫異。和那些鄉下來的人沒什麼兩樣。

何干的兒子也隔三差五就上城來找事，總是找不到事做。何干老要他別來，他還是來，日子過不下去了，不是收成不好，就是鬧兵災蝗蟲。何干自是願意見到兒子。在廚房拿兩張長板凳舖上板子，睡在那裏，吃飯也是同傭人一桌吃。何干閒了就下來同他說話。住了約摸一個月就叫他回去了，臨走帶了一大筆錢，比何干按月寄回鄉下的錢還要多。他生下來後就央了鄉下的塾師幫他取名字。塾師都一樣，滿腦子想著做官，因為自己就是十年寒窗指望一試登天的人。他取的名字是富臣，一個表哥叫重臣。富臣既乾又瘦，晒成油光琤亮的深紅色。琵琶每次看見他總會震一震，自己也不知是為了什麼緣故。她忘了他年青的時候有多好看，也說不定是在心底還隱隱記得。

「富臣會打鐮槍。」佟干說，透著故作神秘的喜氣。似乎是他們同鄉的舞蹈。

「我哪會。」

「叫富臣打鐮槍給你看。」王發說。

富臣只淡笑著，坐在那兒動也不動。

「現在添了年紀了，」何干說，「前一向還跳的。」

「鐮槍是什麼？」

老媽子們都笑。

「跳舞的時候手上拿著的。」

「拿著怎麼跳？」

「給富臣一根竹竿，讓他跳給你看。」王發說。

琵琶知道問富臣也問不出個什麼道理來。他坐在飯桌的老位子上，極少開口。單獨跟他母親一塊，竟然像受了屈的小男孩，那樣的神情在他這樣憔悴的臉上極為異樣。

他守寡的姐姐也為了錢來，隔的日子長些，因為她是嫁出去的女兒，不該再向娘家伸手。她也晒得一張棗紅臉，只是臉長些，倒像是給絞長的。何干稱她女兒「大姐」，這種久已失傳的習慣讓母親在女兒的面前矮了一截。她也叫琵琶「大姐」，所以講起她女兒來稱為「我家大姐」，以資識別。但是有時候跟琵琶特別親熱，也叫她「我家大姐」。我家大姐生得既蒼老又平凡，媳婦也帶著來了，想到別人家裏幫工。從哪裏來的，這棗紅色的種族？

「鄉下什麼樣子？」琵琶問何干。

「噯，鄉下苦呵。鄉下人可憐啊。」她只這麼說。可是吃飯的時候她說：「別這麼挑嘴，鄉下孩子沒得吃呵。」說著眼睛都霧濕了。

有次她說：「鄉下孩子吵得沒辦法，舀碗水蒸個雞蛋，一人吃一匙，騙騙孩子們。」

王發下鄉收租大半年了，這向來是賬房的差事，可是沈家人總叫個可靠的老家人去。田地靠何干的家鄉近，也和王發的家鄉近，可是他家裏沒人了。他娶過老婆，死了，也沒留下一兒半女。何干到男傭人的屋子找琵琶和陵，總會找他說說話。他給她倒茶，再幫姐弟倆添茶，茶壺套在藤暖壺罩裏。

「喝杯茶，何大媽。」

「唉哎嗳，」她作辭道，「不麻煩，王爺。」

他把茶端到門口。老媽子們有條不成文的規矩，不進男傭人的屋子。

他回屋裏坐在小床上，何干站在門口。陵在床上爬來爬去，掀開枕頭找枕下的東西。

「鄉下現在怎麼樣，王爺？」

「老樣子。」他咕嚕了一句。

「還鬧土匪？」她問道，瞇細著眼，等待著凶訊。

「到處都鬧。我在的時候來了四趟。」

「嗳呀！」心酸的嘆息由齒縫間呼出來。

「現在好多人有槍。」

「嗳呀！年景越來越壞了。」

「我也學了打槍。橫豎閒著也是閒著。」

「嗳呀！鄉下這麼亂。」

何干離鄉太久了，許多事都是道聽塗說，想像不出來。王發往下說，她草草點頭。琵琶覺得他們都是好人，老天卻待他們不公平。她很想要補償他們。

「等我大了給王爺買皮袍子。」她突然說。

兩人都好像很高興。何干說：「大姐好，分得出好壞。」

「是啊。」王發說。

「我呢，大姐？我沒有？」何干說。
「你有羊皮襖了。我給你買狐狸毛的。」
「真謝謝你了。可別忘了，謝過了就不作興反悔了。」
「等我大了馬上買。」
「陵少爺呢？」王發說。「陵少爺，等你大了老王老了，你怎麼幫老王？」
陵不吭聲，只是在床上爬，東翻西找。
王發與何干苦笑，並不看彼此。論理他們是該得到遠比工錢多的養老金，可是現實上還得寄希望於年青的一代。可惜是女孩子這一邊。
「還是大姐好。」王發低聲說。
「大姐好。」何干喃喃說，彷彿也同意可惜了。
王發到小公館去見榆溪，沒派什麼差使給他。
「王發又笨脾氣又壞。」榆溪從前說，可是沒辦法打發了他。他服侍過老太爺。王發瘦瘦的，剃著光頭，兩頰青青的一片鬍子碴，從前跟著老太爺出門，走在轎子後，投帖拜客。
「我學王爺送帖子。」打雜的說。「看，就是這個身段！」他緊跑幾步，一隻手高舉著紅帖子，一個箭步，打個千，仍然高舉著帖子，極宏亮的嗓子宣讀出帖上的內容，說著說著就笑了起來。他其實沒親眼見過。民國之後就不興了。
「王爺送帖子給我們看看。」他說。
王發一絲笑容也沒有，正眼也不看他一眼。

「王爺送帖子給我看。」琵琶說。「好不好，就一次。」

無論她怎麼求，他一定不理睬，雖然他也疼她。有時候他會帶她出去走走，坐在他肩頭。看木頭人戲，看耍猴戲，看壓路機，蒸氣船一樣的烟囪，有個人駕駛，慢悠悠的在舖整的馬路上來來回回航行。周圍蒸騰出毒辣的瀝青味，琵琶倒覺得好聞，因為這是上海夏天融化的氣味。有時遇見了賣冰糖山楂的，一串串油亮亮紅澄澄的山楂插在一隻竹棍上，小販扛著竹棍像是京戲裏的武生的紅絨球盔冠。偶爾王發會自掏腰包買一串給她。

「王爺，你不送帖子給我看麼？哪天給我看看好不好？旁邊沒有人的時候？」琵琶坐在他肩頭上求懇著，可是他像不聽見。

有天深夜榆溪突然回家來，坐在樓下房裏。琵琶沒聽見聲響，可是早晨醒了，老媽子們才在梳頭髮。她還是第一次看見何干披著白髮立在穿堂的衣櫃小鏡前，嘴裏咬著一段紅絨繩綁頭髮。頂嚇人的，長長的紅繩從腮頰垂下，像是鬼故事裏上吊自盡的女人的舌頭。她還不知道她父親在家裏。慢慢的聽見有人說話，聲氣倒輕快，老媽子們低聲嘰喳，像檸檬水嘶嘶響。

「不回那兒了。叫人去收拾衣服烟槍，斑竹玉烟嘴那一隻。」

王發到小公館去把東西拿了回來。

「她說告訴你們老爺自己來拿。」他跟志遠說。「我就說姨奶奶，我們做底下人的可不敢吩咐主子做什麼，主子要我們做什麼我們就做什麼，我是奉命來拿東西的，拿不到可別怪我動粗，我是粗人。這才嚇住了她。」

「她一定是聽過你在鄉下打土匪。」志遠說。

「老爺老說我脾氣不好。她要把我的脾氣惹上來了，我真揍她。她也知道。就算真打了她，也不能砍我的腦袋。打了再說。我要是真打了她，老爺也不能說什麼，是他要我無論如何都得把東西拿回來。這次他是真發了火，這次是真完了。」

他反覆說了好幾天，末了榆溪自己回姨太太家，把衣服和斑竹烟槍拿了回來。

榆溪只有在祭祖的時候才會回大房子來，小公館是不祭祖的。看人擺供桌，他在客室踱來踱去，雪茄烟飄在後面，絲錦袍子也飄飛著，半哼半吟小時候背的書。檄文、列傳、詩詞、奏摺，一背起來滔滔汩汩，中氣極足，高瘦的身架子搖來晃去打節拍，時常像是急躁的往前衝。無邊六角眼鏡後纖細的一張臉毫無表情。琵琶與他同處一室覺得緊張，雖然他很少注意到兩個孩子。有次心情好抱她坐在膝蓋上，給她看一隻金鎊，一塊銀洋。

「選一個。」他說。「只能要一個。」

琵琶仔細端相。大人老是逗弄你。金鎊的顏色深，很可愛，可是不能作準，洋錢大些，也不能作準。

「要洋錢還是要金鎊？」

「我再看看。」

「快點選。」

她苦思了半天。思想像過重的東西傾側，溜出她的掌握。越是費力去抓，越是疑神疑鬼，彷彿生死都繫於此。一毛錢比一個銅錢小，卻更值錢。大小和貴賤沒有關係。她選了洋錢。

「你要這個？好吧，是你的了。」他將金鎊收進了口袋，把她放到地板上。

往後躲。

何干討好的笑，想打圓場。「洋錢也很值錢吧？」

「傻子不識貨。」他冷哼了一聲，邁步出了房間。

又一次她母親還在家，他心情好，彎腰同琵琶一個人說話。

「我帶你到個好地方。」他說。「有很多糖果，很多好東西吃。要不要去？」

他的態度有些惡作劇、鬼鬼祟祟的，弄得琵琶惴惴然。她不作聲，她父親要拉她走，她卻往後躲。

「我不去。」

「你不去？」

他將她抱起來，從後頭樓梯下去，穿過廚房。她隱隱知覺到是為了不讓她母親看見。跟他出去非但危險，也算是對母親不忠。她緊緊扳住後門的軸條，大嚷：「我不去，我不去！」她挨了打，還是死不放手，兩腿踢門，打鼓似的咚咚響。他好容易掰開了她的手，抱她坐上人力車。到了小公館她還在哭。

「來客了。」他一壁上樓一壁喊。

房間仍舊照堂子的式樣裝潢，黃檀木套間與織錦圍邊的卷軸。蓋碗茶送上來了，還有四色糖果瓜子，盛在高腳玻璃杯裏，堂子裏待客的規矩。有個女人一身花邊黑襖袴，纖長得和手上拿的烟一樣，俯身輕聲哄著琵琶，幫她剝糖果紙，給她擤鼻子擦眼淚，並不調侃她。她的手指輕軟乾燥，指尖是深褐色，像古老的象牙筷。琵琶不肯正眼看她，羞於這麼快就給收服了。姨太太並沒有在她身上多費工夫，榆溪也不堅持要琵琶跟她說話。兩人自管自談講，琵琶在椅子上爬上爬下，檢查家具的下半部，像一隻狗進了新屋子。樣樣東西都是新的，自然也都潔淨無瑕，像是故事裏收拾的屋子。

「她喜歡這兒。」榆溪輕笑道。

「就住下來吧？不回去了？」姨太太傾身低聲跟琵琶說。「不想回去了是不是？這裏比家裏好吧？」

琵琶不願回答，可是她父親帶她回家又捨不得。老媽子們嚇死了。她母親也生氣，卻笑著說不犯著瞞著她。

他們都是遙遠的過去的人物了，她一點也不留戀，可是在家裏有時確實是無趣。她時時刻刻纏著何干，洗衣服也黏著她。她彎著腰在爪腳浴缸裏洗衣服，洗衣板撞得砰砰響。閒得發慌，她把何干的圍裙帶子解開了，圍裙溜下來拖到水裏。

「唉哎嗳！」何干不贊成的聲口，沖掉手上的肥皂沫，又把圍裙繫上。繫上又給解開了，又得洗手再綁上。琵琶嗤笑著，自己也知道無聊。碰到這種時候她總納罕能不能不是她自己，而是別人，像她在公園看見的黃頭髮小女孩，只是做了個夢，夢見自己是天津的一個中國女孩。她的日子過得真像一場做了太久的夢，可是她也注意到年月也會一眨眼就過去。有些日子真有時間都壓縮在一塊的感覺，有時早幾年的光陰只是夢的一小段，一翻身也就忘了。

靠著浴缸單薄內捲的邊緣，她用力捏自己，也只是悶悶的痛。或許也只是誤以為痛，在夢裏。要是醒過來發現自己是別的女孩呢？躺在陌生的床上，就跟每天早上清醒過來的感覺一樣，而且是在一幢大又暗的屋子裏。她也說不上來是什麼緣故，總覺得外國人是活在褐色的陰影裏，從他們的香烟罐與糖果盒上的圖片知道的。沈家穿堂上掛了幅裱框的褐色平版畫，外國女人出浴圖，站著揩腳。朦朧微光中寬背雪白，浴缸上垂著古典的綉帷，綉帷下幅落進浴缸裏。白衣阿媽銳聲吆喝樓下的孩子，吵醒了琵琶，紗門砰砰響。她母親在洗澡，她父親吃著早餐，濃密的黃色八字鬍像賣俄國小麵包的販子。餐桌上擱了瓶玫瑰花，園子裏也開滿了玫瑰花。電話響了。有人往窗下喊。小孩和狗一個追一個跑，每個房間鑽進鑽出。門鈴響了。她有點怕這一切，卻又不停的回來。怎麼知道這是真實的，你四周圍的房間？她做過這樣的夢，夢裏她疑心是一場夢，可是往下夢去又像是真實的。說不定醒著的真實生活裏她是男孩子。她卻不曾想到過醒來會發現自己是個老頭子或老太太，一輩子已經過完了。

突然之間不犯著再渴望更多人更多事了。姨太太進門了。

五

姨太太叫老七，是堂子裏老鴇的第七個掛名女兒。榆溪的親友笑話他怎麼會看上這樣一個女人，比他還大五歲，又瘦骨伶仃的，不符合時下的審美標準。她和榆溪的太太略有些神似，只個子高些，尖臉瞇眼，眼中笑意流轉，厚厚的劉海像黑漆方塊。挽了個扁扁的麻花髻，頸脖上一個橫倒的Ｓ。在家裏老七穿喇叭袴，緊身暗色鐵線紗小夾襖。

榆溪佔了樓下一個套間，有自己的傭人，起居都在裏頭。他並沒有讓兩個孩子正式拜見姨太太，見了面突然又搬出了孔教的禮教來，不讓孩子們喊她什麼，連阿姨、姨奶奶都不叫。她也不介意，經常要人把琵琶帶下樓來，逗著玩，也可能是為了巴結她父親。她帶她上戲院吃館子。老媽子們樓上樓下分得一清二楚，儘量照前一向過日子，姨太太對孩子好她們倒也歡喜。姨太太也只能籠絡女兒，不能染指兒子，怕揹上一個帶壞了沈家嫡長子的罪名。女兒不那麼重要，不怕人說是為了謀奪家產。琵琶長得健壯，脾氣也好，當然也比較帶得出去。有何干跟著就更不要緊了。老七倒許不犯著特為冷落陵，她自然會嫌嫡子礙眼，因為自己沒有孩子，可能和堂子裏的姑娘一樣都不能生養。有天她到頂樓去翻露留下來的箱子，經過陵的房間。陵正病在床上，她也沒問起。

「問也不問一聲，連扭頭看一眼也不肯。」葵花後來說。

「噯，連回頭看一眼都不看。」何干低聲說，還極機密似的半眨了眨眼睛。

「難道不知道？」佟干說。

「我要她翻箱子輕著點，陵少爺正病著。」何干說。

「問一聲又不費她什麼。哼，就那麼直著脖子走過去，頭都不回。」葵花說。

「有的人就是這麼心狠。」佟干說。

唯獨秦干不作聲。她總是處處護著陵，怕他吃虧：「姐姐大，讓弟弟。」「他想換回來，就換給他，你年紀大，小姐，怎麼還這麼孩子氣。」這會兒姨太太一力抬舉琵琶，又是送玩具小粉盒又是胸針的，秦干一句話也不說。老七找了裁縫來做衣服，拿了塊她買的灰紫紅絨布給琵琶也做一套一式一樣的。

「又不是花自己的錢，當然不心疼。」葵花小聲說。

何干傷慘的笑笑。「糟蹋錢啊，穿不了幾天就穿不下了。」

琵琶給叫下樓去試穿。下面皺襇長裙曳地，最近流行短襖齊腰，不開衩，毫無鑲滾，圓筒式高領。裁縫跪在她腳邊，幽暗的房間裏穿衣鏡立在架子上，往前攲斜著，縮短了她已抽高的身量。鏡中人比籠罩住她的無重力的絕妙迷濛還要不真實，衣服兩側一溜冰碴似的大頭針倒添了精神。她恍恍惚惚立著。深紫紅絨布在腳下旋轉，她巍巍顫顫漂浮在濃稠的水坑上，錯一步就會沉下去。

老七躺在烟炕上指點裁縫，末了還是下床來，趿著拖鞋走過來。

「緊一點。」她捏來捏去找不到琵琶的腰，估量著正中揪了一把。「腰緊點才有樣子。」

裁縫走後，老七抱著她坐在膝上。「我對你好不好？你媽給你做衣裳總是舊的改的，從不買整疋的新料子。你知道這個一碼多少錢？還是法國貨。你喜歡媽媽還是喜歡我？」

「喜歡你。」琵琶覺得不這麼說沒禮貌，但是忽然覺得聲音直飄過了洋，她母親都聽見了。

兩人穿著母女裝到起士林，是一家德國餐館，可以跳舞。晚上十點以後才去，老七走前頭，何干殿後，中間夾著她，走過金燦燦的鏡面地板到她們的餐桌去。老七把黑絨繭絲斗篷披在椅背上，俯身向琵琶，長鑽耳環在肩膀上晃來晃去。

「要吃什麼？」微微做作的聲口，說官話的時候就會這樣。跟堂子裏的姑娘一樣，她也應該是蘇州人。

「奶油蛋糕。」

「又吃這個？不換點別的？巧克力蛋糕？他們的巧克力蛋糕做得很好。不要？好吧，就奶油蛋糕吧。咖啡還是可可？」

一大塊蛋糕送上來了，琵琶坐高些，蛋糕面上的白奶油高齊眉毛。何干立在她背後，攬著可可。何干換下了工作衫，露出底下帳篷似的軋別丁黑襖，還是老太太在世時的打扮，其實就連老太太那時候都已經有若干年不時興了，她只是戀戀不忘孀居該守的分際。寬袖鬆袴費的布料比一般衣裳還多，可是何干負担額外的開支，多年來毫無怨言。她倒不是不察覺這身裝扮在這場合特為觸目，卻仍維持著略帶興味的表情看著樂隊演奏，男男女女摟摟抱抱，轉來轉去。

老七啜著飲料，對相識的人點頭。只有幾個人過來，通常是女人和隨同的男人，或是一群人一塊過來，鮮少是單獨一個男人。大半時間她一個認識的人也不看見。像經驗豐富的女演員，她會自己找事來打發時間，抽烟，展示戒子，隨著熟悉的調子哼唱搖晃，打開皮包找東西，俯身張羅琵琶。孩子是頂好的道具，老古董似的老媽子也是，顯然是伴婦，倒給她添了神秘與危險之感，引誘著什麼禁忌。是哪個軍閥的姨太太？某個名門大家的風流俏寡婦？人們猜疑的看著她，可是似乎不見發生什麼事。琵琶總是坐著坐著就睡了，半夜兩三點鐘回家來，趴在何干背上睡得很沉。榆溪從不過問，指不定是他不願意老七一個人出門。

冬天有個晚上她換衣服出門，要燒大烟的幫她叫黃包車。獨自帶琵琶出去。年底天氣極冷，頂著大風，車夫把油布篷拉上擋風，油布篷吹得喀嗟響，一陣陣沙塵打在上面像下雨。這段路竟不短。

「可別摔出去了。」她輕笑道。緊裹著毛皮斗篷，渥著熱水袋，要琵琶偎著她。有時也讓琵琶渥著熱水袋。

進了一條巷子，人影不見，下了車，站在一扇門前，凍得半身麻木了。門燈上有個紅色的「王」字，燈光雪亮。黃包車車夫慢悠悠走了。老七和琵琶並肩立在朱紅大門前，背後是一片墨黑，寒風嗚嗚的，卻吹不亂老七上了漆似的頭髮，斗篷領子托住一朵壓皺的黑玫瑰。她把熱水袋給琵琶拿著，騰出手來打開銀絲網皮包。熱水袋裝在印花絲錦套子裏，只露出頭尾，烏龜一樣。竟還是熱的，蠕蠕的動，隨時會跳出琵琶麻木的雙手。老七取出一捲鈔票來點數，有磚頭大。

琵琶想道：「有強盜來搶了！」不禁毛髮皆豎。傭人老說年關近了晚上出門危險，缺錢過年的人會當強盜小偷。黃包車車夫走了嗎？還是躲在角落裏？老七怎知道沒有人看？耳中仍是聽見窸窣的數鈔票聲，兩隻眼睛特為釘著前面看。她聽見屋子裏有說笑聲。還是沒有人來應門。老七把鈔票掗進皮包裏，又取出一捲，這捲更厚。皮包裝不下，也許是裝在斗篷的口袋裏。她又點數起來。琵琶的頭皮脖頸像冰涼的刀子刮過，刮得她光溜溜的，更讓她覺得後背空門大開，強盜隨時會跳出來，王發今年去收租的錢就這麼沒了。雖然不是她的錢，還是心痛。

開了門老七不慌不忙把錢收好，故意讓傭人看見。進去人很多，每個房間都在打麻將、推牌九、賭輪盤。她在桌子之間徘徊，招呼認識的人。老媽子送上茶來，又幫她把熱水袋添上。她讓琵琶在一張點心桌邊的小沙發椅上坐，跟一個胖女孩說：「這是沈爺的女兒。」她的小妹看了琵琶一眼，帶著嫌惡的神氣，抓了把糖果給她，兩人就一齊走向一張大圓桌。桌上低低垂著一盞大燈，桌子上的人臉都照成青白色，琵琶釘著她們倆看了一陣子，極好奇這個詭秘的地方是個什麼地方，這群人又是什麼人，可是老七要她坐在這裏別動。回來找不著她，說不定往後就不帶她出來了。她釘著看她們兩人走遠，神情冷漠憎惡。傳進耳朵裏的隻字片語聽不出個所以然來，聽著倒像是平常的北方話。她覺得氣沮，像是飛蛾在玻璃窗外，進不了屋子。老七跟另一個女孩已經不在大燈下那幾張綠臉裏了。她看著看著眼睛也累了，靠在那裏睡著了。幾個鐘頭之後老七推了她一把，叫醒了她，帶她回家。

舊曆年一到賭錢也開始了。榆溪和老七除夕夜就出了門。琵琶和陵自己過年，這幾年也慣了。陵代替父親祭祖，越過了長幼之序。等會兒燒紙錢也是他擎杯澆奠。團圓飯兩人都有一銀杯溫熱的米酒，兩人的阿媽拿筷子蘸酒，讓他們吸吮。

吃過飯後坐在客廳，供桌上一對紅燭高照，得燃上一整夜。孩子也可以徹夜守歲。規矩都暫且放下，每個房間燈火通明，卻無事可做。兩人的阿媽幫他們拿糖果蜜餞，裝在矮胖的瓜式磁果盒裏，擱在中央的桌子上。全城都在放鞭炮。姐弟兩人對坐，像兩個客人。除夕夜來臨，緩緩罩在他們身上，幾乎透著哀愁的沉重。

「留點肚子明天早上吃年糕餃子。」兩人的阿媽說。

「噯，明天就又大一歲了。」老媽子們歡容微笑，彷彿只有姐弟倆大一歲，是老天爺單獨賜給他們的禮物。

「今晚要守歲吧？」葵花說。「今天晚上都不睡了。」

「也別玩得太晚了。」何干說。「明天還有好多事做，別弄得整天昏沉沉的。」

「我要看他們天亮開大門。」琵琶說。

「難道從前沒看過？」葵花說。

「沒有。」

「好玩呢。」葵花說。「門一開炮竹就響了，有人唱：『大門開，銀錢滾進來。』」

「我今年要看。」

「我喊你起來。」何干說。

「不，我要等到天亮。」

「唉哎噯！會累壞的。」

「還說了好些話，」葵花回憶道，「聽著真吉利。」

「再坐一會就睡了，明天一大清早叫你。」

枕頭旁邊擱了盤點心，上床睡覺也不犯著連哄帶騙了。朱紅漆盤上有蜜棗，金桔，一個蘋果，芝蔴糖，蜜花生，蜜蓮子，米做的玉帶糕，便條紙似的一片片剝著吃。琵琶曾在夢中仔仔細細的剝雪白的玉帶糕，怕撕壞了，好容易剝下一片來，放進口裏卻成了紙。

「可別忘了叫我啊。」

「知道。別忘了沒穿新鞋子可不准下床。鞋底不能踩上去年的灰塵，今年的運氣才會更好。」去年來了姨太太，不是個好年。

「我不會忘的。千萬別忘了叫我。天一亮就叫我。不，天沒亮就叫我。」何干不作聲。

「好嘍，天一亮就叫我。我真的不會不看見？」

「不會，快睡了。」

第二天琵琶醒來天色已經大亮了。

「怎麼不叫我？」她大哭。「大門開了麼？」

「你睡得好香，」何干說，「還是讓你多睡一會吧。昨晚熬夜太辛苦了。」

「你說會叫我起來的。」

「大過年的不作興哭哭啼啼的。快別哭了。哪有大年初一就哭的！」

琵琶抽抽嗒嗒哭個不住，何干給她穿新鞋，她兩腳亂踢。一切的繁華熱鬧都已經成了過去，她沒有份了。即使穿上新鞋也趕不上了。

何干說對了，大約是因為年初一早上哭過了，所以一年哭到頭。

六

同老七出去過，走親戚並不讓琵琶格外高興。榆溪獨自去拜年，何干帶孩子另外去。秦干不一齊去。兩個老媽子帶孩子太多餘，明擺著是為了賞錢。

「是沈家的親戚，你認得清，還是你去。」秦干豪爽的說。

琵琶梳洗過，抬起臉來讓何干拿冷冷的粉撲給擦上粉。何干自己不懂得化妝，把張臉塗得像少了鼻子。陵也擦了粉。姐弟倆同何干擠一輛黃包車，搶著認市招上的字，大聲念出來。電線杆上貼了一張紅紙，琵琶念了出來：

「賣感冒，賣感冒，

有個自私的人想把感冒過給別人。

誰見一準就病倒。」

「別念。」何干說。「看都不該看。」

「我又不知道寫了什麼。」

「你會感冒，你先看到。」陵笑道。秦干不在，他就活潑些。

他們到沈家的一門親戚家，叫「四條衖」，在天津的舊區，是一幢很大的平房。先到一扇小門前，老傭人從長板凳上站起來，帶著穿過了骯髒的白粉牆走道，轉彎抹角，千門萬戶，經過的小院是一塊塊泥巴地，到處晾著襤褸的衣服。遇見的人都面帶笑容，一轉身躲進了打補丁的破門帘後。小孩子板著臉躲開了。他們都是一家人，並不是房客，可是何干也認不出是誰。走了半天，終於快到了，改由這一家的媳婦帶路，進到老人家房裏。裏頭很陰暗。聽說他的眼睛不好，說不定半瞎了。琵琶叫他二大爺，是她祖父的姪子，第一代堂兄弟的兒子，可是年紀比她祖父還大。他總坐在籐躺椅上，小小斗室裏一個高大的老人。瓜皮小帽，一層層的衣服。舊錦緞內衣領子洗成了黃白色，與他黃白的鬍鬚同樣顏色。他拉著孩子的手。

「認了多少字啦？」

「不知道。」琵琶說。

「有一百個吧？」

「大概吧。」

「有三百個吧？」問話中有種饑渴，琵琶覺得很是異樣。

「不知道。」

「請先生了沒有？」

「老爺說今年就請。」何干說。

「好，那就好。會不會背詩？」

琵琶還不會走路的時候，女傭會把她抱到她母親床上，跟她玩一會，教她背唐詩。琵琶記得在銅床上到處爬。爬過母親的腿總磕得很痛，青錦被下兩條腿瘦得只剩骨架子。可是她還是像條蟲似的爬個不停。

「只會一兩個。」她也不知道記不記得牢。

「背個詩我聽。」

頓了一頓，她緊張的開口：

「烟籠寒水月籠沙，夜泊秦淮近酒家。

商女不知亡國恨，隔江猶唱後庭花。」

背完了他不作聲。一定是哪個字記錯了。卻看見他拭淚，放開了她的手。琵琶立在那兒手足無措。這首詩她只背誦字音，並不了解其中的涵意。志遠說二大爺在前清做過總督，她倒沒聯想到詩裏的改朝換代。她聽人說過革命黨攻破了南京城，二大爺是坐在籃子裏從城牆上縋下來逃走的。南京也在詩裏說的秦淮河畔。傭人們背著她也說「新房子」會送月費給「四條衖」，因為新房子闊，做了民國的官。二大爺總不收，怪他們對皇帝不忠，辱沒了沈家。可是他兒子瞞著他收下了，家裏總得開銷。

「好，好。」他說，不再拭淚了。「有什麼點心可吃的？」他問媳婦。

「改天再來叨擾吧，二大爺。」何干說。

「不，不，吃了點心再走。春捲做好了麼？」

「還沒有，」他媳婦說，「有千層糕，還有蘇州年糕，方家送來的。」

她約摸五十歲，穿得像老媽子，靜靜站在門邊，一雙小腳，極像僕傭。房裏的金漆家具隱隱閃著幽光。她啃一聲打掃喉嚨。

「新房子送了四色禮品來。我給了兩塊錢賞錢。」

他不言語。她又啃一聲。

「他們家的一個兒子剛才來了，他父親叔叔還沒回來。」她不說他們在北洋政府做事。

「叫一個人去回拜。」

「是。」

何干從不讓琵琶和陵留下來吃茶吃飯，知道他們家裏艱難，好東西都留給老人家吃。有時候二大爺的兒子會進來，也站在門邊，他媳婦就挪到另一角。他兒子矮，比他父親坐著高不了多少，總是咕嚕著「是」。琵琶其實沒仔細看過他們的長相，只認得年青的一輩，因為他們前一向會到她家裏，男孩女孩都有二十歲大，叫她小姑。她母親姑姑在家的時候常請他們過來，可憐他們日子過得太窮苦。琵琶到「四條衖」很少見著他們。她總是一來就給領著到二大爺房裏，那間屋子舒服漂亮，然後就又給領著出了門。

她在這裏察覺到什麼別處沒有的，以後才知道是一種圓熟，真正的孔教的生活方式，總也是極近似了。可能是因為沈家世代都是保守的北方的小農民，不下田的男子就讀書預備科舉考試，二大爺就是中了舉的人。宦途漫漫，本家親戚紛紛前來投奔，家裏人也越來越多。現在由富貴回到貧困，這一家人又靠農夫的毅力與堅忍過日子。年青人是委屈了，可是儘管越沉底的茶越苦，到底是杯好茶。

「新房子」是一所大洋房，沈六爺蓋的，他是北洋政府的財政總長。當時流行的是北京做官天津住家，因為天津是北京的出海港口，時髦得多，又有租界，萬一北洋政府倒了，在外國地界財產還能得到保障。沈家這一支家族觀念特別重，雖然是兩兄弟，卻按照族裏的大排行稱六爺。家裏有老太太、兩位太太、孩子和姨太太。老太太按著姨太太進門的時間來排行，獨一無二的做法，單純一點，可也繞得人頭暈眼花。簡直鬧不清姨太太是兄弟哪一個的。最常見的是二姨太太，女客都由她招待。以前是堂子裏的，年紀大了，骨瘦如柴，還是能言善道，會應酬。琵琶始終不知道她是誰的姨太太。

老太太廢物利用。大姨太太在頂樓主持裁縫工廠，琵琶最喜歡這裏，同裁縫店一樣，更舒服些。大房間倒像百貨公司，塞滿了縫衣機，一疋疋的衣料，燙衣板，一大捲一大捲的窗簾料子，銅環。長案上舖了一床被單，預備加棉花。

「給大姨奶奶拜年。」何干說，行了個禮。

姐弟倆也跟著說，倒不用屈膝。

大姨太太離了縫衣機，還個禮。一身樸素的黑襖袴。低壓的眉毛，小眼睛全神貫注。

「噯，何大媽坐。老李，倒茶！坐。」

「大姨奶奶忙啊。」何干恭維道。

她短促的一笑。「噯，我反正總不閒著。過年頭五天封了針線籃，這不又動手了。」

「大姨奶奶能幹嘛。」

「能幹什麼！還不是家裏人口太多，總有做不完的事情。」

「是啊。」

「見過老太太了？」

「還沒有。橫豎是等，我就說先上來給大姨奶奶拜年。」

她在縫衣機上踏著，一面說沈家的親戚誰要結婚了，誰要遠行，誰又生了個女兒。「見過我們新姨奶奶了麼？」

「沒有。」

「蘆台人，才十六歲，很文靜的一個女孩子。」

她說話的聲口聽不出新姨太太是她丈夫的還是丈夫的兄弟的，何干也不敢問。大姨太太正在幫新姨太太踏窗簾。

她兒子上樓來了。

「來跟姐姐哥哥玩。」她說。「陵少爺比他大吧？」

她兒子卻有自己的主張。扯著他母親衣襟黏附在身邊，嘟囔著不知道要什麼。

「嗯？」她低低的叱了聲，想嚇走他。母子倆視線交會，攪擾的目光，他們家特有的，彷彿兩隻螞蟻觸角互碰，一沾即走。

她從口袋裏摸出點錢來塞給他。「好了，去吧去吧！」

「倆孩子多斯文啊，跟個小大人似的。不像我們這兒的，一點規矩也沒有。」她說。

有個老媽子跑上樓來。「可找著了，何大媽，到處都找遍了。」她把聲音低了低。「見六爺吧？」

六爺在樓下房間，端坐在小沙發上。琵琶和弟弟給他磕頭，他傾身要他們起來。他蓄著八字鬍，很飽滿。

「十二爺好？」他問何干道。榆溪的大排行是十二。「見過老太太了？」

除了這兩句再沒別的話，何干就帶他們出去了。老媽子等在門外，又領他們上樓，這次是到二樓的大客廳。更多女客來了，又開了一桌打麻將。他們向著房間另一頭的新姨太太過去。紫色開衩旗袍映著綠磁磚壁爐，更顯得苗條。新嫁娘的緣故所以穿紫的。梳著兩隻辮子髻，一邊一個，額上覆著劉海，臉上的胭脂紅得鄉氣。她一直站著，客廳裏沒有她的座位，進來出去的人太多，個個都比她的地位高。她同樣是被冷落的人，便搭訕著找話說，免得開罪了客人。

「少爺幾歲了？小姐呢？來了多少年哪？多大歲數了？是哪兒人哪？」

何干恭恭敬敬一句一個「十一姨奶奶」。究竟也無話可說，連新姨太太都走開了。何干帶著姐弟倆轉了好半天，終於老媽子在門口招手叫他們。他們這裏倒學會了醫生的時髦手段，讓病人從這間候診室換到另一間，感覺上像動了。走過去是一整排的小房間，一色一樣的奶黃色牆，麻將桌上垂著綠珠燈罩。琵琶覺得很漂亮，一點也不知道賭場也是這樣子。他們在一個房間裏坐，又有打麻將的人進來了，挪到另一個房間，傭人送上了蒸糕。

終於老媽子又來找他們。「見老太太去。」她咕嚕著說。

琵琶每回見老太太總見她坐在床沿上，床簾向兩旁分開，就跟她的中分的黑錦緞頭帶一樣。她在彫花黃檀木神龕裏傴僂著身體，面皮沉甸甸的，眼睛也沉甸甸的，說話的聲音拖得長長的。

「過來讓我看看。噯呀，老何，這兩個孩子比我自己的還讓人歡喜。多大啦？都吃些什麼？」

「沒大變，老太太，蒸雞蛋，豆腐，鴨舌湯。」

「鴨子現在不當時了。」

「是啊，老太太。這一向就只吃蒸雞蛋，豆腐，冬瓜湯。」

「要廚房給他們做這些菜。」老太太吩咐一個老媽子。琵琶一顆心直往下沉。

「不，不，不用麻煩，老太太。」何干說。

「不麻煩。湯裏加點火腿行吧？豆腐煮軟一點？加點蝦仁？」

「大白菜，老太太。」

「豆腐和大白菜。」她對老媽子說。「還是小心點好，老何，兩個孩子嬌貴。你們太太好些東西不叫吃。唉，兩孩子怎麼扔得下。噯呀，還虧得有你們老人照顧喔。」

「他們很聽話，老太太。」

「十二爺怎麼樣？」壓低了聲音，表示這一次是認真問。

「還不錯，老太太。」

「我倒不放心他。他怎麼樣？」

「不大常看見，老太太。樓下就兩個燒烟的。」

「那兩個是下人？」

「兩個燒烟的也整理房間，遞遞拿拿的。」

「還有姨太太，不會不方便麼？」半笑半皺眉，又好笑又嫌惡。

「衣服是拿到樓上洗的。」何干補了句，似乎就情有可原。

「你一定聽見了什麼。」何干不能上前，所以雖然是低聲說的，卻像是舞台上的低語，遠遠的傳了出去。

「我們都在樓上，老太太，燒烟的都是男的，不大常看見他們。」
「不是說有一個還會打針？」
何干也低聲答道：「不知道，老太太。」
「我就担心這個。抽大烟是一回事，嗎啡又兩樣了。」
「要是老太太下回見著了，倒可以說兩句。我們做底下人的是不敢說什麼的。」
「噯，老何！我只是伯母，伯母能說的也不多。你們太太也該回來管管了。」
「是啊，太太回來就好了。」
「這可不是說著玩的，老何。那麼年青的人，一輩子還長著呢。」
「可不是嚜，老太太。」
「噯呀，老何，你都不知道我有多操心。將來叫我拿什麼臉見他母親？」她不想說等她死後。
何干知道她也只是說說，跟榆溪的母親素來也不往還。至少從她口裏打聽不到什麼。現實是何干真的知道的不多，也不想知道。碰上這種時候就可以老實的說什麼也不知道，也不會為了亂說話而惹惱了老爺。
「只希望老太太能說句話。」她說，傷慘的笑著。
「讓那個男傭人給姨太太打針，也不看地方。」老太太著惱的說。「她也吃大烟吧？」
「我們不知道。」何干低聲說，像是剛說了什麼秘密。
「一定也吃，才會帶壞了他。」老太太嘆氣。「還虧你們這些老人來照顧孩子。」問話完畢便向孩子們說：「去玩去吧。要什麼東西跟他們要，家裏沒有的就叫人買去。」

榆溪來了半個鐘頭，何干帶著孩子在屋子的另一處。他從不帶老七來，怕她受不了新房子的規矩，新房子裏姨太太們都是安分守己的。榆溪和老七有自己的朋友，不過他要她跟她的姐妹們都不來往了，因為她們還是堂子裏的。他本人也跟朋友漸行漸遠，想安頓下來，儉省度日，所以才不要小公館，搬回家來住。這一向見的人也少了。老七也不能跟男人調笑，惹他妒忌。她很高興能哄得他花大錢，像是過年去賭錢。兩人志同道合，孟浪魯莽，比什麼時候都要親密。有個朋友正月裏終日不閉戶，他們天天去，債台高築，終於吵了起來。

她照堂子的規矩活動都在裏間，沒有興趣向外擴展。大理石面的黃檀木五斗櫃上擱著進口的銀盥洗用具，每個堂子裏的姑娘都有：高水罐，洗臉盆，漱盂，肥皂盒。她在中央的桌子吃飯，梳妝台鏡裏倒映出她的身影，斜簽著身子，乏味的撥著碗裏的熱茶泡飯。堂子裏的姑娘吃得很簡單，只有幾樣滷菜或是鹹鴨蛋。她也只知道這種生活。榆溪烟癮過足了，從烟炕上起來，同她一齊吃飯，像獨獲青睞的客人。日子像是回到了過去，賓客都散了之後的一刻溫柔，靜靜坐下來吃滷菜粥或茶泡飯。有時鴇母也一塊吃，他也不介意，覺得像一家人。連丫頭也曾沒規矩的坐下來跟他們一起吃飯，他也很喜歡。但是老七離了堂子之後唯一的改變就是容不下別的女人接近兩人的生活。

兩個燒大烟的僕人一個高瘦一個極矮，滑稽的組合。有一次矮子把長子擠走了，沒幾個月又回來了。老媽子們總說矮子會待得久。「矮子肚裏疙瘩多。」葵花說。

一般的傭人總跟佞倖的人儘量少來往，遵守孔教的教誨，敬鬼神而遠之。可是矮子愛打麻將。男傭人的屋裏一張起桌子，他準在，怒視著牌，嘴裏罵罵咧咧的，揚言再也不打了。「不打只有一個法子，剁了十根指頭。」廚子老吳說。「看見易爺的手了不？」他問打雜的小廝。

矮子有次戒賭，自己說是輸光了家產，恨得剁下了左手無名指，作為警惕。

「他九根指頭打得比十指俱全還好。」志遠說。

矮子懊惱的笑笑，麻點桔皮臉發著光，更紅了。琵琶和陵總吵著要他的手看，那隻指頭還剩一個骨節，末端光滑，泛著青白色。他也讓他們摸。他也同老傭人一樣應酬他們，儘管知道孩子其實無用。

長子就不浪費時間應酬，只是拖著腳在老爺的套間進進出出，誰也不理。他的肩膀往上聳，灰長袍顯得更長。臉色白中泛青，眼神空洞，視線落在誰身上，誰就覺得空空的眼窩裏吹出了一陣寒風。他坐在烟炕前燒大烟，聽老爺談講，偶爾咕嚕一句，淡然笑笑，兩丸顴骨往上聳動。套間裏說的話只有榆溪和燒大烟的兩個男傭人知道。老七跟他現在已經不說話了。只有榆溪壓住一邊鼻孔清鼻子才會打破房裏的寂靜。

老七的父親住在穿堂盡頭一個小房間裏。

「聽說不是她的親生父親。」老媽子們低聲咕噥。「小時候把她賣到堂子裏的。」她們並不奇怪老七怎麼會養著他。誰都需要有個人。他是條大漢，一張灰色大臉，跟燒大烟的長子一樣，也穿灰布長袍，拖著腳在他女兒房裏掩進掩出的，悄然無聲。榆溪很不喜歡他也吃大烟，經常短缺，四處搜刮他們吃剩下的。燒大烟的傭人把烟盤拿出來清理，就放在穿堂的櫃子上，知道老頭子會把烟槍刮乾淨。實在沒法了，他也會到女兒房裏，低著頭，淡淡笑著，誰也不看，從銀罐裏倒出點鴉片烟到自己的土罐裏。他來去都像鬼影，彷彿京戲管舞台的，堂而皇之就在觀眾眼前搬道具。

老七收容了一個自己的姪子。也不知是誰帶來的，也不知是她讓人去領來的，屋子裏就這麼多出了一個孩子，矮胖結實，一張臉像個油光唧亮的紅蘋果。老頭子在穿堂上忙著刮烟槍挖烟灰吃，小男孩站在旁邊猛吸鼻涕。

「老子都不是親老子，姪子還會是親姪子？」老媽子們一頭霧水。

「她連父母是誰都不知道，又怎麼知道有個兄弟？難道是老東西的孫子？」葵花說。

「老東西不怎麼管他，可憐的東西。」佟干說。

「他總是冷的樣子。」何干說。「棉襖不夠暖。」

「他姑媽也不管。」佟干說。

葵花說：「她不會是要領養這個烏龜吧？」拉皮條的也叫烏龜，男人娶了不守婦道的老婆也是烏龜。

秦干說：「那種人誰也說不準。今天想個孩子玩玩，明天就丟到脖子後頭了。」

葵花明白她的意思。「是啊，這一向也不要琵琶小姐了。」

「正好。」何干說，半眨了眨眼，機密似的。

男傭人的猜臆就更天馬行空了。「是她兒子。堂子裏的姑娘很多都有私孩子藏在鄉下還是自己的小屋裏。她可不是剛出道的雛。」

他們只是說著玩。看起來也不像。老七並不特為照顧姪子，讓他跟著老頭子吃睡，眼不見為淨。他們是她收集的破布。給她取暖，卻也讓她噁心。

「他真好玩。」琵琶跟弟弟說新來的男孩子。

「他好胖。」她弟弟說，兩人都笑。男孩比他們倆小一點，像個洋娃娃，也像小丑。他們總想去跟他說話，可是不犯著老媽子們告誡也知道不行。他是另一邊的人。

七

「先生來了！」老媽子們快心的道：「先生來了就好了。都歸先生管。先生有板子，不聽話就挨板子。」

板子是一塊木板，專打犯人屁股，打學生手心。琵琶只是笑笑，表示不屑理會，可是同樣的笑話說了又說，本來就不好笑，再後來就更笑不出來了。她和弟弟在後院玩，廚子蹲在水溝邊刮魚鱗，忽然抬頭，眼睛閃過會心的一笑，唱道：「先生來了！」

樓下收拾了房間當課室，是當過書僮的王發把書房裏的配備都找了出來。老媽子們帶孩子們進來看。

「看見沒有？」秦干指著先生案上的板子。沒有琵琶想像中大，六寸長，一塊不加漆的木頭，四角磨光了，舊得黑油油的，還有幾處破裂過，露出長短不齊的木纖維，已經又磨光了。擱在銅器磁器間極不相稱，像是有什麼法力，巫醫的細枝或是聖骨擱在禮器裏。

「看見板子了麼，大姐？」何干問道。琵琶假裝不理會，心裏還是吊著水桶似的。

生平第一次琵琶與陵有了休戚與共的關係。先生來的前一晚，姐弟倆默默看著老媽子收拾冬衣，訣別似的看著這熟悉的一幕。兩人的衣服堆在椅子上，穿舊了的織錦漾著光，絲緞裏子閃著紅艷。那是晚餐後，電燈暗了，金褐色的光，像是要燒壞了。世界彌漫著一股無以言之的恐怖。

「噯，先生明天就來了。」何干突然想起來說，摺好了一件棉襖。

第二天，雖然心理上早該預備好了，還是有措手不及的感覺。先生已經來了，在房裏休息。現在又和榆溪在課室裏說話，榆溪要孩子們下樓來見先生。牆上掛著孔夫子的全身像，黑黑的畫軸長得幾乎碰地。孔夫子一身白衣，馬鞍臉，長鬍子，矮小的老頭子，裙底露出的方鞋尖向上翹。琵琶不喜歡畫像，還是得向供桌上的牌位磕頭。心裏起了反抗，還是向供桌磕了三次頭，再向先生磕頭。他是人間的孔夫子的代表，肥胖臃腫，身量高，臉上有厚厚的油光，拿領子擦了，污漬留在淡青色的絲錦料子上。榆溪一旁觀禮，兩指夾著雪茄烟，銀行家一樣。傭人送上了午餐。這是第一天，先生與東家學生同桌吃飯，還有酒。琵琶覺得先生不該吃吃喝喝。榆溪倒是滔滔不絕，暢談教育，痛詆現今的學校，也藉題大罵外國的大學。

「先要下工夫飽讀經書，不然也只是皮毛。底子打得越早越扎實。女兒也是一樣。我們家裏一向不主張女子無才便是德，反倒要及早讀書。將來等她年紀大了再弛縱也不遲。」

他讓先生知道他是一個嚴父。先生不時客氣的點頭稱是。臉上的厚厚的油光掩不住疲憊與厭惡，彷彿是醫生見著一個病人，看遍了醫生，對自己的病瞭如指掌。

午餐過後就開始上課，第一堂就上《論語》，木刻大字線裝書，很容易就弄髒。琵琶的指尖全黑了，臉也抹黑了。一天上完像是煤坑裏出來的。她老想把指頭塞進薄薄的雙層摺竹紙裏，撕開書頁。沒多久她的書全撕了頁，摺了角，很難翻頁。

「板子開了張沒有？」老媽子們問道。

「先生客氣是剛來的緣故，可別讓板子開了張，不然可就生意興隆了。」她們說道。

先生每次伸手拿板子旁邊藤壺套裏的茶壺都有點緊張，唯恐誤會了。他身上有蒜味，在籐椅上打盹還打呼，可是琵琶已經習慣了他也是常人。有時要她背書，背著背著他就睡著了。她把書給先生，站在幾尺外，身體左搖右晃。同一句念了又念，忘了下半截，先生卻不提點，就知道他真睡了。這時很可以躡著腳上前去偷看椅背上的書。陵大聲念著書，瞪大眼睛看著她，聲音越來越小。然後發奮圖強，又往下咕嚕著搖籃曲。

他們一齊辛勤苦讀，一星期七天，最近的假日還在幾個月後。先生要等到年底才會回家。他有一個打雜的小廝幫他洗衣服端飯。榆溪和姨太太的套間就在對過，不睡的時候門都是敞開的。對先生極不尊重，可是學校紛紛成立，塾師的工作並不好找。

榆溪和老七這一向的心情很壞。兩個燒大烟的都吃了排頭，矮子為了面子還解釋為什麼討了一頓好罵。他們到馮家推牌九輸了不少，疑心遇上了郎中，彼此埋怨認識了馮家。想賣地找不到買主。不犯著長子戳矮子的壁腳，日子就很難過了，末了矮子給逼走了，收拾行李的時候發誓說要討回這筆債。「砍了你。老子少了指頭，要你少了腦袋。」

老七的父親也儘量躲著榆溪。

「烏龜都怕了。」老媽子們快心的道：「噯，烏龜都怕了。」

榆溪消沉之餘倒留心起孩子的教育來。中國一向有這個傳統，懷才不遇的文人閉門課子，寄希望於下一代。他叫琵琶和陵帶著書本來。

「上到哪裏了？」他問道，又說：「上得這麼慢，幾時才上完？」要他們背書，都背得不熟。

「從今天開始晚飯後在客廳念書。溫習白天上的課跟以前忘了的。背熟了就過來背給我聽。不背熟不准睡。」

他們沒告訴先生讀夜書的事，可是吟吟哦哦的聲音一定是聽見了，也一定掃了他的面子。琵琶覺得在客廳讀夜書，歡慶氣氛的壁燈嘲笑著他們，非常不是味道。她坐在窗前，房裏的燈光照亮了夜空，藍得像塊玻璃。夜晚真美，卻得坐在這裏搖擺著背誦一本看不懂的書，最讓她生悶氣。齊宣王見孟子於雪宮。王曰：「叟……」她忘了說的是什麼，卻看見白皚皚的宮殿。最讓她不平的是讀夜書整個沒道理。她想關閉耳朵不聽房間另一頭弟弟慘慘戚戚小聲的念書聲。兩個人這樣子一齊受苦太丟臉了，這種事不該兩個人一道。

終於該她拿著書到對過房間了。

「爸爸。」她喊了聲，上前站到烟炕前，把書給他，他一言不發接了過去。老七躺在他對面，隔著鴉片盤子。老七前一向對她那麼好，現在不理她了，可是當著她背書非常不得勁。老七穿著黑色袴襖，喇叭袴腳，抱著胳膊側身躺著。白絲襪上綉的鐘錶發條花樣像一行蜘蛛爬上她的腳踝。

琵琶搖擺身體背書，卻不得勁。長子坐在小矮凳上燒烟，兩邊肩膀聳得高高的，拿烟炕當桌子使，玩弄著烟架、烟籤、烟燈，榻上躺著兩個人，倒像是演兒子的人選錯了角，看著比父母還要年紀大。藍色的烟霧彌漫。兩個房間中間一個大穹門，像個洞窟，住著半獸半神，牛魔王與鐵扇公主。後來學英文，見著「父親的窩」這說法倒吃了一驚。

「子曰：人能弘道，非道弘人。子曰——」

「過而——」榆溪催她，悶悶的坐了起來，傴僂著看書，眼泡微腫，瘦削的腮頰凹陷。

「過而——子曰：過而——」

書本砰一聲扔在腳下。「背熟了再來。」

她來來回回三次。陵早已上床睡了。第三次榆溪跳起來拉緊她一隻手，把她拖到空書房裏，抓起桌上的板子，啪啪的往下打。琵琶大哭起來，手心刺痛。榆溪又抓她另一隻手，也打了十幾下。

「老何！」他大聲叫在穿堂窺探的何干進來。「帶她上樓，再哭就再打。」

「是，老爺。」何干輕快的說。

一上了樓安全了，琵琶哭得更響。

「嚇咦，還要哭！」何干虎起臉來吆喝，一面替她揉手心。「好了，不准哭了。」她又說，不耐的替她揉手心。琵琶摸不著頭腦，抬頭看她冷漠的臉，有種她招惹父親不高興時，何干就不喜歡她的感覺，只是她並不相信。

差不多每天晚上她都哭，倒是不再挨板子了。陵反倒比她聰明，從來沒出過事。老媽子們也不再拿板子說笑了。

老七也感染了教育熱，想教姪子識字。榆溪很不屑，要他看他瞧不起的學校一年級教科書，比讀古書要實用。她每天把他叫到烟炕前問功課。不認得的字她總問榆溪。不用板子，單是徒手，抓著什麼就什麼，摺扇，綉花拖鞋，烟槍，不用起身，也把他打得青一塊黑一塊。現在屋子裏白天晚上都是琅琅的讀書聲。琵琶和陵白天在課室裏，晚上在客廳，那個男孩在穿堂一個人站著讀。他吸著鼻涕，大聲讀著老七的官話，沒腔沒調的，像個扭曲聲音的擴音器，一個鐘頭又一個鐘頭反覆的念，末了總算念出點什麼陰森森的意思來：「池中魚，游來游去。」兩行字配上了圖畫，有隻魚在海草間游水。他有一隻眼睛腫得睜不開。

「把個頭打得有百斤籃子那麼大。」老媽子們低聲咕嚕，嚇壞了。

「噯呀！」咬著牙嘆氣。「小東西，也可憐——」小烏龜也不該受這個罪，可是她們話說了一半，縮住了。

先生聽見了哭聲和吟誦聲也不問，端午節以前卻辭館了。端午是一年三次決定是否延聘先生的節日。先生走後，榆溪對孩子們的學業也意興闌珊，要他們自己溫書，等下一位先生來，可是他也不查問了。只聽說要請新先生，始終沒來，姐弟倆便把書本拋下了，又恢復了舊貌。

早晨坐在後院，母雞在腳邊走來走去。老媽子們在戶外洗衣服，輪流端著三腳紅木盆接水。晌午以前北方的天空特別藍，空氣淨是水和肥皂味。水龍流下的水沖在洗衣板上。琵琶一身白點粉紅棉紗小褂，黑袴子。她一直等著夏天才穿這件小褂。是她外婆送的出生禮物，一整櫃衣服，足足可以穿到十歲。一直收在箱子裏，散發著樟腦味，摺子再洗也洗不平。她把竹凳擱在陰涼的地方，綠色的雞糞也最少。廚房裏廚子在剁肉，咚咚響。肥皂泡、白菜葉、雞毛順著水溝流走。

她拿了弟弟和自己的扇子。「不能兩隻扇一起搧，」老媽子們告誡道，「會變成蝴蝶。」也不知是真是假，每次她想試立刻就被攔住。這會兒沒有人。她一手拿一把扇子，戰戰兢兢的搖了一下。兩股相對的氣流抵消了，手腕子倒特別覺得無力，一路延伸到兩條胳膊。可是臉上微微的風就讓她機伶伶的打了個寒顫，突然不想探個究竟了。人的生活太美好，不值得拿它冒險。蝴蝶是美，卻活不長，也不能做什麼。

「陵少爺，別踩了雞屎。別到太陽底下去。」秦干蹲著洗衣服，還不忘扭頭銳聲喊。

楚志遠找了個石板練書法，一個有椿子的石砧板。志遠想在公家機關做事，得要寫一筆好字。他拿隻大毛筆沾水練字，水碗擱在廚房外頭窗台上。琵琶過去看。他站著寫，手腕懸空。大大的字在平滑的灰色石面上浮現一會兒，水漬一乾就消失了。可以省紙。

「說三國給我聽嘛，志遠。」琵琶求他。

「你怎麼不自己看？都讀書了。」

「我要聽你講。」

「書在那兒。自己拿去。」

「我也要寫，就寫一個。」

他沒作聲。

「你寫完了說三國好不好？你說的比書上寫的好。」

他可以把《三國演義》倒背如流。他的聲音小，跟他的身材一樣，年青的臉五官像擠住了，有點鼠頭鼠腦的，可是一說起空城計、舌戰群儒、草船借箭、苦肉計、錦囊妙計來，眉毛就會向上斜挑，逸興遄飛，連說帶比，拿捏得恰到好處。

「給我寫嘛，志遠。」

末了他把毛筆給了她。她站在板凳上寫。寫得並不好。為了挽回顏面，她畫起了拿手的畫來，畫了臉，有人臉那麼大，從灰色圓石板上瞪著看，活靈活現的，某個枉死的鬼魂被囚禁在石板裏。一串寒顫蠕蠕的在琵琶脊梁上爬。臉消失了。

「別畫畫。」志遠說。「這是練字用的。」

他拿走了毛筆，倒水在石頭上，彷彿被她弄髒了。

志遠是有抱負的，並不想一輩子當僕傭。他和琵琶的母親一齊長大，他父親是楊家的總管。露和弟弟小時候請先生，志遠做伴讀，得到了受教育的機會。露出嫁，也把他帶了過來，以傭人的工錢請個秘書。新娘必須預備一切派得上用場的東西，才能完全獨立，在夫家才能抬頭挺胸做人。妝奩甚至包括便桶、臉盆、洗腳盆、各色澡盆。露出國之前要求志遠留下，定期寫信報告孩子和家裏的情況。他答應會等到她回國，露也把葵花嫁給了他，讓他滿意。三年過去了。貧窮的年青人要出人頭地已經很難，年紀大了就更難。寫信給露他從不問露的歸期，生怕不耐煩似的。他並不知道榆溪一直在要求太太回來。最近志遠才替他寄了這麼一封信：

「前函想已收覽。此間政治情勢猶如風雨將至，遍地陰霾，唯天津可望逃過一劫。托庇於洋人籬下，余不勝汗顏。琵琶與陵已從子蕭所薦之夫子讀書，論語指日習完。近日余頗覺浮躁無聊，書空咄咄。陳氏進城，余與之篿戰，小輸。春寒料峭，心懷遠人。英格蘭氣候向以嚴酷聞名，望多加珍重。珊瑚素性疏懶不願提筆，但豈不懷蓴羹鱸膾之思？若須余寄送什物，但請直言。隨函附上余小照一幀，唯瘦削痦悴，不忍卿覽。」

他的照片小小的、鵝卵形，裝在硬紙夾裏。憔悴的鵝蛋臉，頭髮油亮亮的梳到後面。無邊六角眼鏡使眼睛閃動著空茫的光。照片後他題了自己作的詩：

「才聽津門金甲鳴，
又聞塞上鼓鼙聲。
書生徒坐書城困，
兩字平安報與卿。」

志遠的信寫得像公文，他希望能夠寫得熟練以備將來，只是有些地方總不脫他最愛的《三國演義》的聲口。他自稱志遠，兩字寫得小，偏右：

「露小姐與珊瑚小姐鈞鑑：前稟想已入鈞覽。今再稟一事，必快君心。四月初八爺電話召志遠前往新房子，問姑爺事。志遠稟云賭債事，周堡賣地事，並打嗎啡吸大烟事。

「承八爺下問逐老七之策。志遠以為為今之計，莫若調虎離山。八爺意欲去滬，唯老七南人，恐跟蹤南下。上上之策先由八爺接姑爺至新房子小住，彼處金城湯池，不可攻也。再行驅逐老七，立逼其遠離天津，其偽父亦不得留，防其居中策應。必杜絕再見之機，因姑爺懦弱，不能駕馭也。

「八爺命志遠不得聲張，恐事機洩露，陷志遠於險境。本月十日志遠又奉召前往。六爺亦在。命志遠潛入姑爺內室，盜取針藥一枚，交周大夫送去化驗。幸不辱命……」

他做的遠多於露的要求。同高級官員秘密會商，他覺得深受倚重。若是獲得賞識，說不定就能討個差事。兩兄弟隨便一個說句話就行了。可是那已是幾個月前的事了，新房子並沒有什麼動靜。也許是等北洋政府的消息。

「新房子」拿不定主意。好事之徒才會背著堂兄弟把他的姨太太逐出家門，可也不能不管。放著不管，早晚會上癮，最後窮愁潦倒，訛上他們。末了還是拗不過八爺的母親的意思。新房子的老太太最見不得不受轄治的姨太太，這一個連過來給她磕頭都不曾。趕走她是件好事，可以拿來說上幾年，也能讓榆溪已逝的母親感激。

志遠奉命監視，報告最新發展。榆溪和老七大吵了一架，老七抓起痰盂罐，打破了榆溪的頭。琵琶正好從套間門口走過，看見她父親頭上裹著紗布，穿著汗衫，坐在銅床床沿上，悻悻然低頭看報。看上去非常異樣。琵琶只怕給父親看見了又叫進去背書，趕緊跑了。

隔天葵花匆匆上樓，悄聲說話，聲音卻很大。「八爺來了。」別的老媽子都噤聲不語，像是宣戰了。

「在樓下呢。」

何干向孩子們說：「別下去，就在樓上玩。誰也不下去。」他們靜靜的玩，豎著耳朵聽樓下的動靜，也不知道該聽什麼。琵琶還不知道她父親不在家裏，早就藉故送到新房子了。何干秦干耐著性子待在樓上，給兩個孩子做榜樣，也不到樓梯口去聽個仔細。只隱隱聽見低沉的官話大嚷大叫，夾雜著女人高亢尖薄的嗓子，一點不像老七的聲音。沒有人聽過老七拉高嗓門。說的又不是她的鄉音，吵起來顯然吃虧。倒是沒有哭音，只是直著嗓子叫嚷，時發時停。還跺腳，兩種聲音重疊，然後一頓。

「八爺走了。」佟干從樓梯口回房來說。

葵花進來了，低聲說：「要她馬上走。說是她的東西都給她帶去。真走了。烏龜也走了。」

「老天有眼。」秦干說。

「可不是，秦大媽，可不是。」何干說。

「這可好了。」佟干說。

「謝天謝地。」葵花說。

接著就是搬東西。

「記不記得那次她上樓來翻舊箱子？」葵花說。「陵少爺正病在床上，她走過去頭也不回。」

「連頭都不回。」秦干說。

「噯，連句『好點沒有』都不問。」何干說。

「就有這種人。」葵花說。

秦干不作聲。

葵花又出去了，過了一會又回來了。

「男人都幫著收拾。我可不想在附近，指不定連我都給使喚上了。」

「知道往哪兒去？」秦干問。

「說是到通州。」

「老烏龜就是通州人。她上通州做什麼？又不是親女兒。」秦干說。

「噯，她又沒個老家。」何干說。

「誰知道是不是上通州去。」葵花說。「幸虧走了。」

「那麼個小地方要到哪去弄大烟跟嗎啡？」秦干說。

「通州很大。」何干說。「在我們回老家的路上。」

「那是北通州。」秦干說。「這是南通州。」

「八爺說不准她到北平、上海、天津這三個地方掛牌子，沈家的親戚太多了。」葵花說。

「橫是還有別的地方。」秦干說。

「再出去掛牌子做生意也不容易，又不年青了。」葵花說。「是啊，又抽大烟，又打嗎啡的。」

佟干口裏嘖嘖嘖的響，做個怪相。「一天該花多少錢！」

「只有姑爺供得起她。」葵花說。

「她不會有好下場。自己的親姪子——一個頭還打得有籃子大。」秦干說。

「心真狠。」何干也說。

「看她現在怎麼辦，瘦得就剩一把骨頭，渾身都是針眼。」葵花說。「只有姑爺當她是寶。」

樓下仍忙著理行李。

行李只理了幾個鐘頭，幾輛塌車卻堆得高高的拉出大門，箱籠、家具、包袱、電扇、塞得鼓漲的枕頭套、草草拿報紙包的包裹、塞滿了什物的痰盂和字紙簍。老媽子們擠在樓上窗口看。

「哪來這些東西？」口裏嘖嘖的響，又是皺眉又是笑。

「我要看。」琵琶說。

何干把她舉到窗口。

「我也要看。」陵說。秦干也把他抱了起來。

又出來一輛大車，堆得小山似的，苦力在前面拉，車後還有人推，搖搖晃晃走了。後面又一輛。

「不是說只能帶他們自己的東西？」佟干起了疑心。

「他們房裏的都是他們的東西。」葵花說。

他們默默看著底下，緊貼著黯淡的窗子玻璃，下午時間灰濛濛的。大車仍是一輛接一輛。

「哪來這些東西？」葵花喃喃自語，摸不著頭腦，臉上不再掛著笑。

又出來了一輛車。看著看著，心也掏空了似的。

過後幾個星期，秦干忽然辭工了。她說年紀大了，想回家去。主意一定，一天都等不得，歸心似箭。沈家也要搬到南邊，到上海跟露和珊瑚會合。露回來了，有條件，離開天津，以免新房子的老太太不待見她。上海和秦干的老家南京隔得不遠，跟著走可以省一筆路費，可是她還是自己買了火車票。

「噯，陵少爺，」葵花說，「秦干要走了，不回來了。你不難過？不想她？」

陵不言語。

秦干說：「是啊，秦干走了。再沒人兇你了，沒人叫你別跑怕跌跤，叫你別吃怕生病。你會像大孩子，自己照應自己。要聽話。秦干不在你跟前了。」

「秦干走了，等你娶親再回來。」何干跟陵說，想緩和生離死別的氣氛，編織出阿媽最歡喜的夢想。「等你討了媳婦，秦干再回來跟你住。」

秦干不作聲。行李都拿到樓下了，黃包車也在等著。她一個轉身跟琵琶說話。

「我走了，小姐。你要照應弟弟，他比你小。」

淚水刺痛了琵琶的眼睛，洪水似的滾滾落下，因為發現無論什麼事都有完的時候。

「還是小姐好，」葵花說，「又不是帶她的，還哭得這樣。看陵少爺。」半是取笑。「一滴眼淚也沒流，一句話也沒有，真是鐵石心腸。」

秦干不作聲，扭頭草草和老媽子們道別，小腳蹬蹬的下了樓。老媽子們跟在後面，悽悽惶惶似的，送她出了屋子。

八

「到上海去嘍！到上海去嘍！」老媽子們說。

房間都空了，家具先上了船。新房子送了水菓籃來餞行。琵琶慢慢吃一個石榴，吃完了在只剩床架的床下用核做兵擺陣。拿鮮紅招牌紙當秦淮河，學著《三國演義》慢慢的渡江包抄埋伏。光線還夠，倒是頭一次看見床底下的灰塵。拆光了的房間給她一種平靜的滿足感。她不覺得是離開這裏，而是要到什麼地方去，隨便哪裏都好。她在這裏很快樂，老媽子們也沒有上頭管著，可以毫無顧忌的揚聲叫喊。下雨天房頂上喊著幫忙收衣服：「下雨了，何大媽！」一聲遞一聲，直喊到樓下來，「下雨了，秦大媽！」打雷，老媽子們說：「雷公老爺在拖麻將桌子了。」

臨行前一晚，打地舖睡覺，兩個孩子睡在中間，何干佟干一邊一個。很覺異樣，像露宿在外，熟悉的臉卻貼得那麼近，天花板有天空那麼高，頭上的燈光特別遙遠黯淡。

「到上海去嘍！歡不歡喜，小姐？」佟干問道。「陵少爺呢？」

琵琶不答，只在枕上和陵相視而笑。看著他橢圓的大眼睛，她恨不得隔著被窩摟緊了他壓碎他，他脆薄得像蘇打餅乾。

上了船兩個老媽子帶著兩個孩子住一間艙房，葵花同志遠廚子老吳坐三等艙。榆溪帶著長子先走了。琵琶沒見過海，天津雖然是對外商埠，其實不靠海。在白漆金屬盒裏過日子完全兩樣，除了遙遠的海天什麼也沒有。她驚喜交集，看著何干把一袋書吊在金屬牆面的鈎子上，摸著又冰又粗糙，像樹皮，很難相信是金屬。終於在小床上躺下來，她心滿意足的讀著《三國演義》，已經不知道讀了多少次。船上的茶房送飯來，把牆上的小桌子拉下來，她和老媽子們吃吃笑個不停。茶房姓張，前一向在新房子做事，轉薦到海船上來，賺的錢多。船上的茶房都走私。何干說是「帶貨」。新房子想要什麼新鮮便宜的東西也很方便。老張什麼都帶得。前一向他會從烟台送幾個四尺高的簍子，裝滿了海棠果。傭人吃得腮頰都酸了。上了他的船，他更是老往他們的艙房送熱水，給他們泡茶洗手，立在艙門口談天。肩上甩條布，黑褲袴，身材魁梧，一張臉像個油亮的紅蘋果。

「明天就過黑水洋了。後天過綠水洋。」

「黑水洋真的是黑的麼？」琵琶問道。

「真是黑的。」琵琶卻看出他臉上閃過一絲猶豫。

「那綠水洋真的是綠的麼？」

「噯，真是綠的。」

「很綠麼？」

「很綠很綠。」

她發現顏色總是各說各的，沒個準。她就總嫌顏色總是不夠，色塊應該大量的堆上去。她想讓顏色更強烈，所以穿綠褂子配上大紅背心。

「紅配綠，看不足。」

葵花那時就這麼說。隔天琵琶又換了紫褂子配大紅背心，更加喜歡。兩種顏色衝撞，看得人眼花繚亂。可是葵花取笑她：「紅配紫，一泡屎。」一片黑的漆黑綠的碧綠的海是超乎想像的，她趴在舷窗邊，唯恐錯過了。何干要她躺下，到了再叫她。琵琶不放心，而且又不像佟干暈船，不犯著躺下。她抓著佟干的手肘，搖搖擺擺走向洗手間。

「靠著我。」她快活的說，感覺到山一樣的重量，迎面而來的搖晃，她們倆會像洋鐵筒裏的骰子一樣亂甩。

「噯唷，小姐，這哪行。」佟干虛弱的笑道，想扶著牆走，卻東倒西歪，怕跌在她身上。

黑水洋雖然不是墨黑的，倒也夠黑了。乘客都倚著闌干看。半個鐘頭左右，黃海又變成了灰黃色。有一段黑黃兩種顏色並流，界線分明。綠水洋則是鮮綠色，水面有泡沫。和她想像中兩樣，總覺得失望。

靠了岸大家會合。坐汽車和黃包車都不合適，末了志遠找了兩輛馬車來。老媽子們各帶一個孩子坐敞篷馬車，其他人押著行李坐黃包車。離了碼頭才知道這一向馬車成了希罕物，開汽車的人嫌慢等不及，黃包車車夫也少不得挖苦幾句。琵琶同何干並坐，何干兩腿夾著籐籃。馬車的油布篷捲著沒放下，箱籠綁在車頂上，頭不能向後靠。

近午的陽光很強，琵琶的棉布襖袴像羊毛一樣扎人。粉紅襖袴上飛著大大的藍蝴蝶。這套衣裳是何干買料子為她做的。琵琶很喜歡，雖然總顯得侉氣，像鄉下的孩子。前劉海太長，得仰著頭看。原來這就是上海，她心裏想。碼頭邊的街道兩邊是簡陋歪斜的棚屋。兩邊寬敞的大馬路一路往外伸，在強光中變白，褪了色。她用力看，卻看不出個所以然。她來了，來住著，這就夠了。人們看著她一身新衣服，她很是得意。馬車走得太慢，像遊街。她弟弟的馬車從後頭跑上來，四個人神氣的揮手微笑。凱旋入境走了兩個鐘頭，黃包車早到了。

馬車衖堂裏停不下，太窄了。車夫進去了，志遠跟著回來，還帶了一個新的打雜的。三人動手卸行李。老媽子們帶琵琶和陵跟著他們從後門進去。衖堂裏緊挨著一溜小門，一式一樣。

「就是這兒？」佟干說，略有些愕然。何干倒沒表示什麼。

「噯，就是這兒。」志遠笑道，肩上扛著箱子，老鼠臉上有微微的變化。

他們穿過陰暗的廚房，進了小小的客廳。陽光照在新的紅漆櫟木上。

「我喜歡這兒。」琵琶說。

「噯，屋子不大，可是挺好。」何干說。

「上海屋子都像這樣。」志遠謊稱，出去搬行李。

有煮牛奶的味道。幫榆溪管家的新來的底下人關掉了煤油爐，倒出牛奶給兩個孩子喝。

「留給老爺吧。」何干說。「我們等開飯。」

「老爺一早就出去了，不喝這個。」

「老爺好嗎？」

「很好。」答得太快了，聲音也低了。

默然了一會，何干趕緊快心的插口說：「這麼早就起來了。」

「是啊，一大早就出門了。」他咕嚕了一聲，不想解釋老爺晚上沒回來。

「他一向起得早。」何干得意的說。不犯著指明了抽大烟的人是難得早起的。

「七點就起來了。」他也喃喃附和。

「每天早上還喝杯奶。」

「牛奶解毒最好了。」

「老爺很知道照應自己。」

牛奶太燙，喝不得，打了雞蛋，成了一片金黃。琵琶小心啜著邊上的牛奶泡沫。

榆溪回來了，微有些醺醺然。見了他們似乎很歡喜，卻帶著點壓抑的興奮，一壁跟何干說話，一壁在客廳裏踱方步，走得很快。

「等會兒帶他們到大爺家去。先拜自己親戚。楊家不急。今天下午就去。」一句一頓，確定她聽懂了。「再到小公館去。」

「是。大太太還不知道小公館的事？」

「不知道。」他微搖了搖頭，怯怯的笑笑。

「吉祥的兒子一定也大了，大太太還不知道？」

「知道就壞了。」他冷嗤，一側身又踱起方步來。

「一點也不知道？」

「一點也不知道。」頭又動了動，眨眼強調。「她以為吉祥嫁給了一個家具商做繼室，汽車夫是媒人。他們還弄了個人來給太太磕頭道謝呢。」

「噯呀，我們只知道大爺收了吉祥做姨太太，其他的都不知道。」

「到大房可別亂說話。」他瞅了眼孩子。

「知道。什麼也不會說。」

她帶著琵琶和陵到大爺的舊灰泥房子去。謹池是榆溪的異母兄長，榆溪珊瑚的生母是他的繼母，分家之前一直住在一塊。琵琶不知道就是為了躲避大爺大媽才舉家遷往天津的，現在又為了躲避新房子遷回上海。

有個胖得都圓了的女人在樓梯口等著。

「總算來了。嗳，長大了！嗳，老何，你還是老樣子，一點也沒變。」

一頭烏雲低低壓著額頭，她帶路到客廳，移動像座小山，步履艱難。

「嗳，太太好？珊瑚小姐好？什麼時候回來？」句末揚聲，高亢刺耳，顯然不想知道，也不指望會告訴她真話。

「說是快了。我們不知道，大太太。」

單是提到這一對叛走的姑嫂她就有氣。虧得送上茶來了，她消了氣，同何干說些這邊的家常。

「王家搬到蕪湖了。吉祥嫁人了，夫家開了爿家具店。」

「真有福氣。」

「我也是這麼說。這丫頭算是一步登天了。放她嫁人也是積德。人是汽車夫的同鄉，我見過。我要吉祥偷偷看看，她也願意。死了老婆。真要挑起來，人家也可能嫌她是丫頭出身的。我給她送了點嫁妝，畢竟跟了我那麼些年了。」

「是啊，她剛來的時候小著呢。」

「生兒子了。前一向我就想給她找人家，可是使慣了的人，少了又不方便。」臉上暴躁的線條說話時柔和了，躊躇的神氣。她起身，緩緩跋涉到另一邊的寫字桌，掀起玻璃墊，拿了張照片，遞給何干都還似舉棋不定，怕跟底下人太親熱了。

「這是她跟孩子。」赧然一笑。「在南京，說是特為照的照片寄來的。」

「她當然感激大太太，大太太對她太好了。」

「這丫頭有良心，倒是不能不誇獎兩句。孩子頂胖的吧？」

「真是個胖小子。吉祥的氣色也好。」她將照片還給大太太，沒給孩子們看。大太太順手又拿給他們看。

「記不記得吉祥？」

「不記得。」琵琶說。

「上海的事一點也記不得了吧？」

「年紀太小了。」何干說。

「琵琶大些。你是在這兒出生的知不知道？在我們這老房子裏。」

「是啊。陵少爺就不是了，他在醫院生的。」

「叫小爺來。」大太太跟她的阿媽咕嚕。「請先生給他放個假。」

一會兒一個十五六歲的男孩笑著進來了。

「這是大哥哥，」她說，「不認識了吧？」

寒暄已畢，她喃喃問他：「你爹在書房裏？」

「不知道。」

他們讓琵琶想起了新房子，也不知是什麼緣故。是在人前講悄悄話的那種神秘的態度，不管是母子還是姨太太和傭人，都是面無表情咕嚕幾句，由嘴角流出幾句話，像幫會的兄弟和當家的商議什麼。

一個老媽子帶何干和孩子們到大爺的書房。大爺矮胖結實，留了兩撇椒鹽色小鬍，戴無邊眼鏡，錦緞瓜皮帽。有點雌雞喉嚨，輕聲嘰嘰喳喳、絮絮叨叨的問道：

「他們怎麼樣？路上好？念書了？房子還可以吧？缺什麼？少什麼跟大媽要去。」

問完了又把他們推給他太太張羅。

告辭回家是坐汽車送回去的。

「去過小公館了？」汽車夫問道。

「沒去過。」何干笑道。

「我帶你們去，不遠。」

小公館並不是熠熠爍爍的新玩具屋，只有幾間房。特為端出規矩人家的樣貌。母子二人之外只有兩三個老媽子，三層樓卻能分佈均勻。二手家具倒是有居家過日子的味道，也不排拒親戚上門，表示小公館並不是見不得天日。年青的姨太太約摸三十歲，模樣沉穩踏實，滿臉的雀斑，只薄施脂粉，頭髮挽個髻，劉海稀稀疏疏的。黑色軋別丁襖袴倒是像老板娘。

「剛才是她麼？」琵琶低聲問道，扯了扯何干的襖子。

何干忙笑著解釋道：「大太太拿姨奶奶跟孩子的照片給我們看，我都嚇死了。」

吉祥窘笑道：「是老爺教送的，我也不知道是什麼緣故。」

「大爺是高興，老來得子，誰不歡喜？」

「將來太太知道，準定生氣。」吉祥笑道。

「有了小少爺就兩樣了。」

「我們太太可不是。」

「她多歡喜，說孩子真是個胖小子。」

「知道了就不歡喜了。何大媽，你口風緊我才跟你說這話。老爺答應我不跟太太住，我才肯的。」

「放心吧，姨奶奶，你有福氣。」

「什麼福氣！有福氣還做丫頭？」

「姨奶奶客氣，打小就懂規矩。」

琵琶和陵跟四歲大的可愛男孩子玩，他叫駒，跟他哥哥駿一樣都是馬字輩的。吉祥讓他們留下吃飯，又叫了黃包車送他們回家。

九

隔天何干帶他們上楊家，他們母親的娘家。他們的國柱舅舅是他們母親的弟弟。謹池大爺的大小公館都井然有序，楊家卻吵吵鬧鬧。絕對是最好玩的地方。琵琶和陵像失散多年的孩子終於歸鄉了，在外吃了許多苦頭，需要好好彌補。秦干雖然楊家長楊家短，真來了還是百聞不如一見。攔門躺著幾隻褐色大狗，像破舊的門墊，耳朵披在地上。楊家沒有人喜歡狗，也不知狗是怎麼來的，整個地上都是狗腥氣。也不是看門狗，陌生人來了也一點不反應。

「噯呀！看這隻狗！」一個表姐喊了起來，踩了地上一攤尿，拿狗當抹布，將鞋在狗背上擦來擦去。「張福！看這一攤尿。」

老傭人拖著腳拿著掃帚來了，嘴裏嘟嘟囔囔的，又去拿拖把。楊家的傭人都是服侍過上一代的老人。國柱只弄了幾個新人進來，一個汽車夫，一個發動汽車的小車夫，一個保鏢，大家管他叫胖子，前一向是巡捕，現在仍是巡捕的打扮，黑色軟呢帽低低壓著眉毛，黑長袍底下藏著槍，鼓蓬蓬的。國柱到哪裏都帶著胖子，還覺得是綁匪眼中的肥羊，其實家產都敗光了，只剩下一個空殼子。現在他多半待在家裏，同太太在烟榻上對臥，就像榆溪和老七。國柱太太抽完大烟坐起來，將琵琶和陵拉過去。

「過來點，讓舅母抱抱。噯呀，舅母多心疼啊！何大媽，你不知道我有多不放心，就要叫人去接了，就要叫人去接了，就只怕你家老爺生氣，反倒害了姐弟倆。多虧了有你照應，何大媽。」

她說話的聲口像新房子的老太太，也是拖著調子，哭訴似的，只是她憔悴歸憔悴，仍是美人，更有女演員的資格。她瘦削卻好看的丈夫話不多，一次也不問姐弟倆讀了什麼書。幾個女兒都圍在身邊，靠著他的大腿。

「嗯，爸爸？嗯？好不好？嗯？」推啊搡啊，鬧脾氣似的亂扭，他全不理會。

「夠了，夠了，」他說，「給我捶捶背，唉，背痛死了。」兩排小拳頭上上下下捶著他的腿，仍是不停哼著嗯著，比先更大胆。得不到答覆就動手打他。

「嗳唷！嗳唷！」他叫喚起來。「打死了。嗳唷，別打了。受不了了。這次真打死了，真打死了。」

女孩子們哈哈笑，捶得更使勁。「去是不去？起不起來？」

「好，好，饒了我，讓我起來。」

「又什麼事？」他太太問道，不怎麼想知道。

國柱咕嚕了句：「看電影。」

一聽見這話，女孩子們歡呼一聲，跑回房去換衣服。一會又回來，看她們母親還在換衣服化妝，就磨著她，催她快點。琵琶和陵從頭至尾都掛著好玩的笑容，似乎事不關己，聽見一起去，倒也露出摸不著頭腦的樣子。

一群人全都挨挨擠擠坐進了黑色老汽車後座，放倒了椅子。小車夫搖動曲柄發動了汽車，跳上車和保鏢坐前座。汽車順利過了兩個十字路口，卻不動了。曲柄再搖也發動不了。兩個車夫裏裏外外忙著，通力合作得再好也不濟事。汽車夫下車將車頭蓋打開，敲敲打打引擎，又發動一次，試了一次又一次。

「要胖子下車，」女孩子們說，「他太胖了，都是他害的。」

國柱不言語，胖子也巍然不動，軟呢帽下露出來的肉摺子青青的一片髮碴。兩個車夫一個搖曲柄一個推車，找了不少路人來幫著推，男人男孩子喜歡摸汽車，順帶賺點外快。琵琶察覺一波波的力量從車子後面湧上來，轉頭一看，後車窗長出了密叢叢的胳膊森林，偷偷希望汽車向前滑動磨掉胖子這個阻礙。她真討厭他。她儘量減輕自己的重量，坐著不敢往後靠，撐持著身體，不敢出力，怕又成了拖累。後車窗裏笑嘻嘻的臉孔突然歡聲大嚷，汽車發動了。人群給丟下了，也就不知道他們的勝利是短命的。第二次拋錨，琵琶心裏一沉，知道趕不上電影了。等趕到了，票房也關了。

有一次再去又遲了半個鐘頭。單是坐汽車上戲院就是一場賭博，比一切的電影都要懸疑刺激。琵琶總嫌到舅舅家的次數不夠多。有次她父親帶她去。榆溪和小舅子倒是感情不錯。以前在上海常一塊上城裏玩。國柱對姐姐一去四年倒是護著她。傳統上女兒嫁出去了，娘家還是得担干係。榆溪倒不為這事怪他，兩人有知己之情。

「令姐可有消息？」榆溪譏刺的問道。

「就是上次一封信，什麼時候的事了？你們搬來以前。」

「沒提什麼時候動身？」

「沒有。最近收不收到信？」

「沒有。」

「那兩個人，還是別催的好。依我看，你的手腕再圓滑一點，也不會弄到今天這個地步。」

「你倒會說風涼話。令姐的脾氣你又不是不知道。」

「別怪我，幫著她的可是令妹，不是我。我都不知道幫你遮掩了多少回。我老婆可沒跑。」

「誰不知道你老婆脾氣好？少賣弄了。」

「我們也吵。她要是夠聰明，沒抽上大烟，也早出洋了。」

「少沒良心了，這麼漂亮的老婆，這麼一個良伴，還陪你抽大烟呢。」

榆溪也同國柱的太太打情罵俏，她的愚鈍給了他胆子。她正忙著抽今天的第一筒烟，傍晚六點鐘。從床上移到烟榻上，她在一邊躺下，綠色絲錦開衩旗袍，同色的袴子，喇叭袴腳。髮髻毛了，幾絲頭髮拖在毫無血色的彫像一樣的臉上。緋紅的小嘴含著大烟槍，榆溪想起了抽大烟的女人的黃笑話。他在房裏踱來踱去，說著話，一趟趟經過她穿著絲襪的腳，腳上趿著綉花鞋。躺著見客並不失禮，抽大烟的人有他們自己一套禮節。最後一口吸完了，國柱的太太這才開口。

「帶表妹下樓玩去。」她同第三個女兒說，她和琵琶同齡。

琵琶不知道最喜歡哪個表姐妹，通常總是派最小的一個來陪她玩。兩個大表姐也在樓下。客廳擺著張小供桌，繫著藏紅絲錦桌圍。穹形玻璃屋頂下有尊小小的磁菩薩，鐘一樣盤坐著。像是暫時的擺設，就在房間正中央，進進出出都會踢到蒲團。擺在這裏的時候也不短了，大紅蠟燭都蒙上了一層灰。給琵琶另端上茶來的一個老媽子說：

「噯，我來磕個頭。」

她在桌前跪下，磕了個頭，站起來走開了。

「我也來磕一個。」琵琶的三表姐說。

「我先磕。」二表姐說。

「我幫你敲磬。」三表姐說。

「我來敲。」琵琶說。

「讓表妹敲。」二表姐說。

琵琶接過銅槌，立在桌邊，敲了銅磬空空的球頂。磕一下就敲一次。小小悶悶的聲音並不悅耳，倒像是要求肅靜。敲第二聲之前似乎該頓一頓。琵琶真想叫表姐們別磕得那麼快，促促的動作像是羞於磕頭。

「要不要磕一個？」她們問她。

「不要，我只想敲磬。」

為了配合她，又磕了一遍。

一個瞎眼的老媽子聞聲而來，說：「我也來磕個頭。桌子在哪？二小姐，扶我過去。三小姐。」

誰也不搭理她。

老媽子並不走開。她異常矮小，一身極破舊的藍褂子。看著地下的眼睛半闔著，小長臉佈滿皺紋，臉色是髒髒的白色，和小腳上自己縫的白布襪一樣。蹬著兩隻白色的蹄子，她扶著門，很有點舊式女子的風情。

「大小姐。」她又喊，等著。

扶牆摸壁走進來。

「好了，我來攙你。」三表姐說。

「噯唷，謝謝你，三小姐。還是三小姐好。我總說三小姐良心好。」

「來，走吧。」三表姐攙著她的胳膊。「到了。」

老媽子小心翼翼跪下來，卻跪在一隻狗面前。三表姐笑彎了腰。

「笨，」大表姐憎厭的說，「這是做什麼？」

老媽子嘴裏嘀嘀咕咕的爬了起來，摸索著出去了。

「她真討厭，」三表姐說，「髒死了。」

「她頂壞了，」二表姐說，「你當她眼睛看不見啊？專門偷香烟。」

「她會抽烟？」琵琶詫道。

後來她看見老媽子在穿堂裏抽香烟，深深吸著烟，臉上那靜靜的淒楚變成了放縱的享樂。吞雲吐霧之間，仰著下頦，兩腮不動。瞎了的眼睛彷彿半閉著看著地下，譏誚的神色倒也嚇人。

女孩子們總是小心眼裏轉呀轉的。

「要張福買一磅椰子糖來。」二表姐跟三表姐說。

「他不肯墊錢了。」

「叫胖子去，他剛領工錢。」

「不要，胖子頂壞了。」她說，瞇細的眼睛閃著水光，牙齒咬得死緊。

「再租點連環圖畫來。」

「還要鴨肫肝。」

「好。」

「我去問廚子借錢。」

「連環圖畫可以賒。」

沒多久最小的女兒回來了，把連環圖畫書和一紙袋的肫肝朝她們一丟。

「還有椰子糖。」

「這是半磅？」

「噯。」

「到房裏躺著看去。」

大家躺到沒整理的床上，每人拿本連環圖畫書。綯巴巴的大紅花布棉被角上髒污了，摸著略帶濕冷。租來的書髒髒的氣味和鴨肫肝的味道混在一起。琵琶拿的是《火燒紅蓮寺》的第一冊，說的是邪惡的和尚和有異能的人。三表姐願意等她看完，好從頭看起，自己拿了兩個肫肝出去了。

「舒服嗎？」二表姐問琵琶。

「舒服極了！」

「你喜不喜歡我們這兒？」

「喜歡極了。」

「那就不要回去了，就住在這兒。」

「那不行。」

「怎麼不行？就住下別走了。」

不可能的。琵琶還是希望這幢奇妙的屋子能圓了她的夢。這裏亂糟糟的人，亂糟糟的事，每分鐘都既奇美又恐怖，滿足了她一向的渴望。

「姑爹下來了。」三表姐進來說。

「快點，躲起來。」二表姐跳了起來。「找不著你就得他一個人走。」

「躲到門後邊。」大表姐忙笑著說，也興頭起來了。

「琵琶呢？」榆溪站在門口笑問道。

「樓上，姑爹。」

「躲在哪裏？出來出來。」他喊道，兩句話做一句講。

琵琶緊貼著牆躲在門後，心跳得很。她父親的腳步聲進了隔壁房間。

「出來出來。」

「真的，姑爹，她不在這兒。她在樓上。」

他出房間到過道上，上了樓。二表姐在門口幫琵琶偷看。

「這樣不行。我知道哪裏他找不到。」

「哪裏？」大表姐問道。

「五樓。總不能到姨奶奶的房裏找人。」

三表姐從樓梯口招手。四下無人。二表姐用力拉著琵琶，一步跨兩級跑上樓去，過了二樓呼吸不那麼緊張了，仍拉著琵琶的手不放，又推著她一路跑到頂樓。把琵琶推到屏風後，說：

「姨奶奶，可別聲張。」說完自己又跑下樓去了。

「玩躲貓貓？」姨奶奶吃吃笑道。

琵琶動也不敢動。她只瞧見一眼，姨奶奶身材瘦小，瞇細的眼睛，貝殼粉襖袴。家具也是同樣的粉紅色，琵琶覺得很時髦，可是白布屏風卻像病院。頂樓這個大房間也像病院裏的病房，悄然無聲，跟屋子的其他地方完全兩樣。她聽見姨奶奶走動，不知道做些什麼。表姐們曾說：「我們不上去。她頂壞，老編謊，在爸爸面前歪派我們。誰也不想沾惹她。」多了個人在這監視她的一舉一動，她不介意？她在屏風後站了很久。榆溪定是回家去了。這房子的法力奏效了。舅母不就老說要叫人去接她？就在這裏等表姐們來帶她，不犯著偷看露了形跡。

腳步聲上樓來了，姨奶奶吃吃笑著招呼：「請進，進來坐，姑老爺。」

「我就要走了。琵琶呢？」

「沒見著。倒茶給姑老爺。」她吩咐老媽子。

「喝過了。這上頭倒寬敞，沒上來過。」

他繞著圈子喊：「出來出來。」他有點窘，但是也樂意參觀她這香巢。他總是嘲笑小舅子怎會挑了這麼一個姨太太，就跟別人也奇怪他怎麼會看上老七一樣。他和國柱以前常一起出去嫖，各弄了個堂子裏的姑娘回家。他不明白國柱的日子過得這麼荒唐，怎麼還能像別人一樣勉強維持下去。他自己的太太要回來了，卻不與他同住，只說是回來管家帶孩子。他自然是同意了。也不知國柱和他太太知道不知道，想想真覺得窩囊。

最後還是姨奶奶不自在了，想到人言可畏，又一個個烏眼雞似的。朝屏風瞟了眼，歪個頭。

他懊惱的笑著把琵琶拉出來，帶她下樓告別。父女倆坐黃包車回家，琵琶坐在他腿上。罕有的親密讓琵琶胆子大了起來。

「舅舅的姨奶奶真不漂亮。」

他嗤笑。「油炸麻雀似的。」

「舅舅信佛麼？」

「不信吧，我倒沒聽說過。」他訝然道。「信佛的多半都是老太太和愚民。不過你舅舅也是不學無術。」

「舅母信麼？」

「信佛麼？不知道。也說不定。你舅母笨。」他笑道。

「真的？」

她很驚異，一個大人肯告訴孩子們這些話。也很開心，覺得跟她父親從沒這麼親近過。這一趟路太短了，黃包車一下就到了。她一點也不懷疑他說佛教是無知的迷信，她倒是頂喜歡客廳那張供桌。藏紅絲錦桌圍已褪成了西瓜紅，蠟燭蒙上了灰塵，香爐冷清清的，可是不要緊。楊舅舅家的人顯然當它是吃苦耐勞的東西，不需要張羅。供桌隨處一擺，立刻就能上達天聽。楊家那樣窮困骯髒的地方尤其需要這麼一個電報站。她曾想住下，卻更愛自己的家。他們現在住的是衖堂房子，太小了，不夠志遠和葵花住，所以兩口子到南京去投奔親戚了。房子既暗又熱，便宜的板壁，木板天花板，樓梯底下安著櫃子。琵琶極愛深紅色的油漆，看著像厚厚的幾層。拿得到何干的縫衣針，她就用針戳破門上一個個的小泡，不然就用指甲。

晚上和老媽子們坐在洋台，低頭就看見隔壁的院子，一家人圍坐著看一個小女孩彩排學校的戲劇。她穿洋裝舞著，頭上一個金屬髮圈，在眉毛上嵌了個黃鑽。她一會飛過來一會又蹲下，拉開淡色的裙子，唱著〈可憐的秋香〉：

「太陽，

太陽，

太陽它記得

照耀過金姐的臉

和銀姐的衣裳，

也照著可憐的秋香。

金姐有爸爸疼，
銀姐有媽媽愛，
秋香啊，
你的爸爸在哪裏？
你的媽媽在何方？
你呀！——
整天在草原上
牧羊，
牧羊，
牧……羊——
可憐的秋香！」
琵琶學她跳舞，一會滑步，一會蹲下，洋台上空間不夠旋轉。

「別撞著了闌干，晃得很。」何干說。

楊家一個叫陶干的老媽子傍晚總來他們家。她也是國柱繼承的老人，她只在大日子才幫工，打算自己出來接生作媒，幫寺廟化緣修葺，幫人薦僧尼神仙阿媽。只是這一向太太們不那麼虔誠了。又時興自由戀愛，產科醫院也搶了她不少生意。可是她還是常來。整個人像星魚。這一向她越常來敷衍老媽子們，想賣她們花會彩票，要她們把錢存在放高利貸的那兒，或是跟會。沈家的老媽子剛搬來，人生地不熟，是頂好的主顧。另一個好處是屋子只有她們是女人，不犯著担心太太會說話。

她跟她們一齊坐在洋台上乘涼，談講著從前的日子。她裝了一肚子的真實故事，不孝的兒子自己的兒子也不孝，算計別人的自己的錢也給騙光了，誘拐良家婦女的人自己的女兒也給誘拐了賣作娼妓。報應不到只是時候未到。她知道一個女人，是「走陰的」，天生異稟，睡眠中可以下陰司地界。喪親的人請她去尋找亡魂，要在閻羅殿眾多鬼魂中找人並不是容易的事，有時她找到了人，卻見他受著苦刑，這種事卻不能對親戚明言他是罪有應得。陶干隱瞞了名字，卻說了一個這樣的故事，就是南京這裏的沈家親戚。

「等等，」琵琶喊道，「等我搬板凳來。」

大家都笑。陶干懊悔的笑，不想竟成了給孩子說故事。

琵琶把小板凳擺到老媽子的腳和闌干之間，生怕有一個字沒聽見。原來是真的？——陰間的世界，那個龐大的機構，忙忙碌碌，動個不停，在腳下搏動，像地窖裏的工廠。那麼多人，那麼刺激。握著乾草叉的鬼卒把每個人都驅上投生的巨輪，從半空跌下來，一路尖叫，跌在接生婆手中。地獄裏的刀山油鍋她不害怕，她又不做壞事。她為什麼要做壞事？但是她也不要太好了，跳出輪迴上天去。她不要，她要一次次投胎。變成另一個人！無窮無盡的一次次投胎。做夢自己是住在洋人房子裏的金髮小女孩，她都不敢相信會有這麼稱心的事。投胎轉世由不得人，但刺激的部分也就在這裏。她並沒有特為想當什麼樣的人——只想要過各種各樣的生活。美好的人生值得等待。可能得等上很長的時間，遙遙無期。可是現世的人生也是漫無止盡的等待，而且似乎沒有盡頭。時間足夠，大概每個人都會有機會做別人。單是去想就鬧得你頭暈眼花。這幅眾生相有多龐大，模式有多複雜，一個人的思想行為都有陰間的判官記錄下來，借的欠的好的善的都仔仔細細掂掇過，決定下一輩子的境況與遭際。千絲萬縷糾纏不清，不遺失一樣，也不落下一人。正是她想相信的，但是無論怎麼樣想相信，總怕是因為人心裏想要的，所以像是造出來的話。

「噯呀，何大媽，佟大媽，可別說是假的。」陶干喊道，雖然並沒有人打岔。「真有這事！」她酸苦的說道，彷彿極大的代價才學到的教訓。「山西酆都城[1]有個通陰司的門，城外有山洞，可以下去陰曹地府。那兒有間出名的廟，在廟裏過夜的人能聽見底下閻羅殿裏嚴刑拷打，閻王爺審陰魂。有人還嚇破膽呢，真的。」

「真有個地方叫酆都麼？」琵琶愕然問道。太稱心了，不像真的，證據就在那裏，輾磨出生命之鍊的遼闊的地下工廠，竟然有入口。

「可出名了，山西省酆都城。」

「真能去嗎？」

「我知道有人還去旅遊。火車不知到不到，這一向坐騾車的多。」

「北方都這樣，坐騾車。」何干道。

「山西也在北方。」陶干道。

「很遠吧？」佟干道。

1・酆都城應在四川，山西省的十八層地獄塑像則位於浦縣柏山的東嶽廟。

「現在指不定有火車了。」陶干道。

「有人下去洞裏嗎？」琵琶問道。

「下去就出不來了，嘿嘿！」她笑道。「倒是有一個出來了，是個孝子，到陰曹地府去找他母親，所以才能出來。還要他答應看見什麼都不說，會觸犯天條。可是真有這些東西。嗳呀，何大媽！佟大媽！所以我說使心眼算計人家是會有報應的，有報應的。」

她的故事幫她建立起她的正直。老媽子們喃喃附和，大蒲扇拍打著腳踝椅腿，驅趕蚊子，入神聽著教誨，也入神聽著接下來的財物上的討論。她們都對賺外快的機會很心動，可是陶干也發現她們對錢都很小心。以後她也不來了。

琵琶倒是後悔沒要求見見這個走陰的。陶干認識的人多，說不定真有人可以進出陰司。他們是在多大年紀知道自己有這個本事的？還許琵琶也會發現這個本事。她索遍了做過的夢，有沒有像閻羅殿和刀山油鍋的，可是她的惡夢就只是坐舅舅的車去看電影車子卻拋錨。

屋子雖小，她還是難得見到父親。他整天關在房裏。燒大烟的長子進進出出，照應他的起居所需。佟干幫忙打掃。她把字紙簍拿出來，琵琶看見兩個老媽子蹲著理垃圾，頂有興趣的察看空藥瓶。有的空藥瓶仍擱在鋸齒形的硬紙盒裏，跟西方的一切東西一樣做得很精緻。每隻小瓶都銼掉了一半，成了兩個洋蔥黃玻璃柱。

「真好看。」琵琶說。

「別碰，小心割手。」何干說。

「我要當娃娃屋的花瓶。」

「站不住的，底下是尖的。」

「可以釘在牆上，當壁燈。」

何干想了想。「不行，不玩碎玻璃。」

佟干把小銼刀留下了。

秋天熱得像蒸籠，突然就下起雨來。琵琶到洋台上看。大雨嘩啦啦的下，濕濕的氣味。粗大的銀色雨柱在空中糾結交織，傾瀉而下，落到地面拉直了，看得她頭暈。北方不這麼下雨。闌干外一片白茫茫，小屋子像要漂浮起來。濕氣也帶出了洋台的舊木頭味與土壤味，雖然附近並看不見土地。她先沒注意她父親坐在自己房間的洋台上。穿著汗衫，傴僂著背，底下的兩隻胳膊蒼白虛軟。頭上搭著一塊濕手巾，兩目直視，嘴裏喃喃說些什麼。琵琶總覺得他不在背書，是在說話。她很害怕，進了屋子。屋裏暗得像天黑了。雨聲嘩嘩。她看見佟干在門口跟何干低聲說話。

「不知道。」佟干說。「自個說話自個聽。」

「長子怎麼說？」

「說不知道。這一向自己打針。」

說著兩人齊望著隔壁房間，怕他進來似的。黯淡燈光下面色陰沉。

十

一家人等了一整天。何干晚上九點來把琵琶叫醒，她還是不知出了什麼事。

「起來，媽媽姑姑回來了。」

志遠一大早就到碼頭去接，怕船到早了。下午只送了行李回來。楊家人都到碼頭接船去了，露和珊瑚也接到楊家去了。

「老爺也去碼頭了？」

「去了。」志遠說。

「也到楊家去了？」

「不知道。」

志遠到楊家去聽信，晚飯後回來了，老媽子們問：

「老爺也在那兒？」

「不看見。」

「晚上回不回來？」

「沒說回不回來。」

他們都咬耳朵說話，沒讓孩子察覺有什麼不對。

早先琵琶說：「我要到碼頭去。」

「碼頭風大，不准去。」

「表姐都去了，她們就不怕風大？」

其實她也習慣了什麼事情都少了她。

她從床上給人叫醒。她母親已經坐在屋子裏了。她忽然害怕，担著心事。

「我要穿那件小紅襖。」

橙紅色的絲錦小襖穿舊了，配上黑色絲錦袴仍很俏皮。何干幫她扣鈕子，佟干幫陵穿衣服。兩人給帶進了樓上的客廳。

兩個女人都是淡褐色的連衫裙，一深一淺。當時的時裝時行拖一片掛一片，雖然像泥土色的破布，兩人坐在直背椅上，仍像是漂亮的客人，隨時會告辭，拎起滿地的行李離開。

「太太！珊瑚小姐！」何干極富感情的喊道，聲音由低轉高。

「噯，何大媽，你好麼？」露道。

「老嘍，太太。」

「噯唉，不老，不老。」珊瑚學何干的口音，還是跟小時候一樣鬧著玩。

「老嘍，五十九嘍，頭髮都白了。」

「叫媽，叫姑姑。」

孩子們跟著何干喃喃叫人。

「還記得我嘔？」露問道。

「記得我麼？」珊瑚道。波浪鬈髮緊貼著玳瑁眼鏡。她和露一點也不像，這天晚上卻好似孿生姐妹，跟琵琶見過的人都不同。

「噯唷，何大媽，她穿的什麼？」露哀聲道。「過來我看看。噯唷，太小了不能穿了，何大媽，拘住了長不大。」

「太太，她偏要穿不可。」

「看，前襟這麼繃，還有腰這兒。跟什麼似的。」

「是緊了點。」何干說。

「怎麼還讓她穿，何大媽？早該丟了。」

「她喜歡，太太。今晚非穿不可。」

「還有這條長袴，又緊又招搖。」她笑了。「跟抽大烟的舞女似的。」

琵琶氣得想哭。她最好的衣服，老七說本來就該緊一點。我才不管你怎麼說，她在心裏大喊，衣服很好看。露又撥開她的前劉海，她微有受辱的感覺。她寶貝的劉海全給撥到了一邊。

「太長了，遮住了眼睛。」露道。「太危險了，眼睛可能會感染。英文字母還記不記得？」

「不記得。」琵琶道。

「可惜了，二十六個字母你都學會了。何大媽，前劉海太長了，萋住眉毛長不出來。看，沒有眉毛。」

「陵真漂亮。」珊瑚插口緩頰。

「男孩子漂亮有什麼用？太瘦了，是不是病了，何大媽？」

「我喜歡陵。」珊瑚道。「陵，過來。」

「陵，想不想秦干？」露問道。「何大媽，秦干怎麼走了？」

「不知道嘛，太太。說年紀大了回家去了。」

「那個秦媽，」珊瑚笑道，「嘰嘰喳喳的，跟誰都吵。」

「她是嘴快了點。」何干承認。「可是跟我們大家都處得好，誰也想不到她要走。」

「想不想秦干啊，陵？」露問道。「噯唷，陵是個啞巴。」

「陵少爺倒好，不想。」

「現在的孩子心真狠，誰也不想。」露道，若有所思。

「珊瑚小姐的氣色真好。胖了點吧？」

「胖多了。我還以為瘦了呢。」

「珊瑚小姐一路暈船。」露說。

「在外洋吃東西可吃得慣？」

「嚼[2]吃不慣？」珊瑚又學何干的土腔。「不慣就自己下廚做。」

「誰下廚做？」何干詫道。「太太做？珊瑚小姐也做？」

「是啊，我也做。」

「珊瑚小姐能幹了。」何干道。

2・怎樣。

「噯，今天怎麼睡呀？」

何干笑笑，珊瑚開玩笑她一向是微笑以對，但也知道這次帶著點挑戰的口吻。「都預備好了。就睡貼隔壁。」

「太太呢？怎麼睡？」

「睡一塊，太太可以吧？」

「可以。」露說。兩人睡一房榆溪就不會闖進來。兩人都不問榆溪睡哪裏，何干也不提他搬到樓下了。

「有兩張床。」

「被單乾不乾淨？」珊瑚嘮嘮叨叨的問，遮掩掉尷尬的問題。

「啊啊，乾淨！」何干喊道。「怎麼會不乾淨。」

「真的乾淨？」

「啊啊，新洗的，下午才舖上的。」

「這房子真小。」露四下環顧。

「是啊，房子不大。」何干道。

「這房子怎麼能住。」珊瑚道。

房子有什麼不好，琵琶悻悻然想。她就愛房子小，就愛這麼到處是棕紅色油漆，亮晶晶又那麼多泡泡。就像現在黯淡的燈光下，大家的臉上都有一團黑氣，她母親姑姑跟何干說話，別的老媽子站在門邊，笑著。一派和樂，新舊融合，遺忘的、半遺忘的人事物隱隱然浮現。真希望能一個晚上談講下去。

「大爺收了吉祥做姨太太了。」珊瑚道。

「都生了兒子了。」何干道。

「大太太不知道？」露道。

「不知道。」何干低聲道，半眨了眨眼，搖搖頭。

「女人到底是好欺負的，不管有多兇。」露說。

「他以前每天晚上都喊：『吉祥啊！拿洗腳水來！』」珊瑚學大爺。「吉祥就把洗腳盆水壺毛巾端進去，給他洗腳。『吉祥啊！拿洗腳水來！』」頭往後仰，眼鏡後的眼睛瞇細成一條縫。

「噯，從小開始就給大爺洗腳。」何干道。

「也不知道他是什麼時候看上她了。」珊瑚道。

「別人納妾倒也是平常的事，他可是開口閉口不離道學。」露道。

「大爺看電影看到接吻就摀著眼睛。」珊瑚道。「那時候他帶我們去看『東林怨』，要榆溪跟我坐在他兩旁，看著我們什麼時候摀眼睛。」

「吉祥現在怎麼樣？」露問道。

「還是老樣子。」

「不拿架子？」珊瑚問道。

「不拿架子。」何干半眨了眨眼，搖搖頭。

「我喜歡她。」珊瑚道。

「實在可惜了。」露道。

「她倒許盤算過了。」珊瑚道。

「不願意還能怎麼樣？一個丫頭，怎麼也跳不出他的手掌心。」露道。

「可以告訴太太啊，他怕死太太了。」珊瑚道。

「嗳，大爺怕大太太。」何干道。「一向就怕。」

「不然早就討姨太太了。」珊瑚道。

「大太太話可說得滿。」露說。「『你謹池大伯那是不會的，榆溪兄弟就靠不住了。』」

「她每次說『你謹池大伯』總說得像把他看扁了似的。」

「還是受了他的愚弄。」露道。

「我最受不了就是這樣演戲——什麼開家具店的，還弄人來給太太磕頭。」

「吉祥總不會也以為是要嫁出去做老板娘吧？」

「她知道。」何干悄然道，半眨了眨眼。

「她當然知道。」珊瑚道。

「她說大爺答應她另外住，她才肯的。」何干道。

「她恨太太，也難怪。」露道。「這麼些年受了那麼多氣。」

「她的妯娌都受不了，更別說是丫頭了。」珊瑚道。

「既然大家都知道，怎麼會只瞞住大太太一個？」

「誰有那個胆子說啊。」何干低聲道。
「也不犯著害怕了，木已成舟了。」珊瑚道。
「駿知道也不告訴他母親？多了個兄弟，他不覺得怎麼樣？」
「他說了也沒用。」珊瑚道。「孩子是沈家的骨肉，老婆再兇也沒辦法。」
「大爺這麼做也算是報了仇了。」露道。
「他一定是早有這個存心了，丫頭天天在跟前，最惹眼。」珊瑚道。
「男人都當丫頭是嘴邊的肉。就連葵花，國柱也問我要，好幾個人也跟我說過，我都回絕了，一定得一夫一妻，還要本人願意才行。」
「志遠的新娘有福氣，有太太幫著她。」何干道。
「還叫志遠的新娘？她都嫁了多少年了？」珊瑚道。
「十六歲就嫁人是太早了，可是我不敢把她一個人留下。」
葵花臉紅了，半個身子在門內半個身子在門外。看見榆溪上樓來，趁這機會走開了。
「才回來？」榆溪一進房就說。「還以為今天住在楊家，讓你們講個夠。缺什麼沒有？」
「這房子怎麼能住？」露說。「珊瑚跟我明天就去看房子。」
他說：「我知道你們一定要自己看房子，不然是不會合意的，所以先找了這麼個地方將就住著。」
他繞房間踱圈子，長長的影子在燈下晃來晃去，繞了一圈就出去了。
他進來了空氣就兩樣了。珊瑚打呵欠伸懶腰。

「噯，我要睡了。」

第二天屋子擠滿了親戚。露和珊瑚出門拜客，看房子，有時也帶著孩子們。興奮之餘琵琶沒注意她父親是幾時消失的，也不想到要問，一直到後來要搬家了，才聽見說他上醫院去把毒癮戒了，美其名是戒大烟。露堅持要他戒，榆溪始終延挨著不去，還是珊瑚跟哥哥大吵了一場他才去了。也是珊瑚安排好了醫院，可是臨到頭還是沒辦法把他拖上汽車。末了找了國柱來，他帶著胖子保鏢和兩個車夫，一邊一個押著他，坐楊家的黑色大汽車走了。前一向胖子始終沒有用武之地，這次倒看出他架人的功夫高明。國柱靠著一隅，勸得唇焦舌敝：

「這是為你好。我是不願多事的，可是誰叫我們是親戚？親戚是做什麼的？」

事後他說：「我可真嚇壞了。沈榆溪發了狂似的，力氣可大了，不像我氣虛體弱的，他用的那些玩意倒像一點影響也沒有，我還聽過他吹噓會打針。萬一讓他搶了胖子的槍呢？萬一扭打的時候槍走火了？我心裏想：完了，完了，這一次真完了。我倒沒想到穿上蠶絲背心，聽說可以防彈。我讓張福坐前座，充人數壯壯胆，我知道張福不管用，可是他比我還孬，抖得跟篩糠似的。你知道我最怕什麼？最怕我們家的老爺車拋錨。嘿嘿，幸虧沒有，一次也沒有，嘿嘿！一定是沈家祖宗顯靈。」

露找到了一幢奶黃色的拉毛水泥屋子，黑色的屋椽交錯，有閣樓，後院。「就是人家說的花園洋房。」她說。有中央暖氣，還有一個琵琶格外喜歡的小升降機。羅家兩個表姐來，看了看客廳。

「真漂亮，」兩個表姐悄聲說，「倒是藍椅子紅地毯——」

「是不是很好看？」琵琶喊。「我最喜歡紅紅藍藍的。」已經長大的表姐們不作聲。

「你們房間要什麼顏色？」露問。琵琶和陵合住一間房。「房間跟書房的顏色自己揀。」

琵琶與陵並坐著看顏色樣本簿子，心裏很怕他會一反常態，發表起意見來。照例沒開口。

琵琶揀了橙紅色，隔壁書房漆孔雀藍。動工以前始終疑心她母親會不會照樣吩咐工人，工人知道是小孩子的主意會不會真照顏色漆上。房間油漆好了。像是神仙生活在自製的世界裏，雖然顏色跟她心目中的顏色不大一樣，反正總是不一樣。她還是開心的看著新油漆的地方，一眼望去像看不盡。在孔雀藍書房上課，也不在意先生了。她把先生關在盒子裏了。

她母親幫他們請的先生是個白鬍子老頭，輕聲細語的，比別的先生講得仔細。可是開課前露先送他們住了兩個月醫院徹底檢查。她把自己的法國醫生薦給所有的朋友，又做人情，也把兩個孩子送進了他剛開業的療養院。「那裏很漂亮。」她說。

琵琶與陵很生氣要給拘禁起來，幸好有何干陪著，要什麼玩具她都會送來。就跟住在洋人的餐館裏一樣。琵琶還是第一次吃到加了乳酪的通心粉。白俄護士長胸部鼓蓬蓬的，是個金髮美人。檢查腸子運動，她總敲敲他們的賽璐珞洋娃娃，用怪腔怪調的中文問：「有沒有？」逗得姐弟倆捧腹。醫生診斷很正常，可是出院後每天還是要回院注射營養針，每隔一天還要去做紫外線治療。

露也像紫外線燈一樣時時照臨他們。吃晚飯，上洗手間，躺下休息，她都會訓話：注意健康，受教育最要緊，不說謊，不依賴。

「老媽子們都是沒受教育的人。她們的話要聽，可是要自己想想有沒有道理。不懂可以問我。可是不要太依賴別人。老媽子們當然是忠心耿耿。可是就是何干也不能陪你們一輩子。她死了你們怎麼辦？我今天在這裏跟你們講道理，我死了呢？姑姑當然會幫你們。可是姑姑也死了呢？人的一生轉眼就過了，所以要銳意圖強，免得將來後悔。我們這一代得力爭才有機會上學堂，爭到了也晚了。你們不一樣。早早開始，想做什麼都可以。可是一定得受教育。坐在家裏一事無成的時代過去了，人人都需要有職業，女孩男孩都一樣。現在男女平等了。我一看見人家重男輕女，我就生氣，我自己就受過太多罪了。」

真該讓秦干聽聽，琵琶心裏想。彷彿有人撥開了烏雲，露出了青天白日。

有天晚上何干發現她仰躺著，曲起了膝蓋，講她她也不聽了。

「唉哎嗳！」何干將她的膝蓋壓平。

「媽也是這樣。」

「太太嫁人了。」

「跟嫁不嫁人有什麼關係？」她又曲起膝蓋。「你問媽，她一定說沒關係。」

何干不言語，只是硬把她的腿壓平，她也立刻又曲起膝蓋。何干這次就算了，往後一見她曲膝躺著，必定會至少壓個一次，當提醒她。何干不大管她，除非是涉及貞潔和孝順的事。

現在琵琶畫的人永遠像她母親，柳條一樣纖瘦，臉是米色的三角臉，波浪鬈髮，大眼睛像露出地平線的半個太陽，射出的光芒是睫毛。鉛筆畫的淡眉往下垂，靠近眼睛。好看的嘴塗了深紅色，近乎黑色的唇膏。她母親給她買了水彩、蠟筆、素描簿、圖畫紙、紙夾。她每天畫一幅。珊瑚每天教她和陵四個英文字母。坐在珊瑚的椅臂上，看她膝上的大書，很是溫馨。露給她梳頭，靠得她很近，卻不那麼舒服。她母親臉龐四周六寸的空氣微微有些不穩定，通了電似的，像有一圈看不見的狐毛領。

「老媽子說的話她不信。」露同國柱的太太說，欣喜的神氣。「問過我才肯照她們的話做。」

榆溪回家來住進了他的房間，嗎啡戒了，還是可以抽大烟。他下樓來吃午飯，踱圈子等開飯。他不會吹口哨，只發出促促的嘟嘟聲，像孩子吹陶哨。孩子們問好他只咕嚕答應，向妻子妹妹窘然點頭，僵著脖頸，頭微偏向一邊。大家坐下來，老媽子們盛上飯來。飯桶放在外頭穿堂裏。珊瑚榆溪談論親戚的消息，才沒多久就嘲笑起彼此喜歡的親戚來了。「嗳呀！那個王三爺！」「嗳唷，你那個周奶奶！」兩個木偶互打嘴巴子似的，兄妹倆從小習慣了。露一直不作聲，只幫孩子們夾菜，低眉斂目，臉上有一種脈脈的情深一往的神氣。

「吃肉，對身體好。市場沒有新的菜蔬麼，何大媽？」

「不知道，太太，我去問廚房。」

榆溪也不同妹妹爭論了，假裝只有他一個人。拇指揿住一邊鼻翅，用另一邊鼻孔重重一哼，又換一邊，身體重心也跟著換。他挑揀距他最近的一盤魚，一雙筷子不停翻著豆芽炒碎豬肉，像找什麼菜裏沒有的東西。末了，悻悻然一仰頭，整碗飯覆在臉上，只剩一點插筷子的空間，把最後一口飯撥進嘴裏，筷子像急雨似的敲得那碗一片聲響。吃完將碗往桌上一摜，站起來走了。

餐桌的空氣立時輕鬆起來。桌面拾掇乾淨之後，老媽子們端上水菓，是露的創舉。她教孩子兩種削蘋果皮的方法：中國式的，一圈一圈直削到最後皮也不斷；外國式的，先把蘋果切成四瓣。她的營養學和教育訓話帶出了底下的問題：

「長大了想做什麼事？」

「畫畫。」

「姐姐想做畫家。」露跟陵說。「你想做什麼？」

這是第三次提起這問題。陵只低聲說：「我想學開車。」

露笑道：「你想做汽車夫？想開汽車還是火車？」

陵不作聲。選了個聽起來不算壞的答案。「開火車的。」他終於說。

「好，你想開火車。」露也不再追問下去。

「我看看你的眉毛長了沒有。」她同琵琶說。「轉這邊，對著燈。像這樣子捏鼻梁。沒人的時候就捏，鼻子會高。人的相貌是天生的，沒辦法，姿態動作，那全在自己。頂要緊的是別學了什麼習氣。」

「什麼習氣？」琵琶問道。

她無奈的擺了擺手。「習氣，唔，就像你父親。你父親有些地方真，呃，真噁心。」末一句用了個英文字disgusting。「中文怎麼說來著？」她問珊瑚。

「沒這個字。」

「就是——就是讓人想吐。」她笑著解釋，往喉嚨揮揮手。「我就怕你們兩個也學會你們父親的習慣。你注意到沒有？」

「沒有。」琵琶搜尋心底，卻突然一片空白。她父親舉止怪異的時候她從來沒正眼看過。

「下次仔細看，可是千萬別學他。你爸爸其實長得不難看，年青的時候很秀氣的，是不是，珊瑚？」

「可不是，他的毛病不是出在長相上。」

「就是他的習氣。當然是跟他害羞有關係。別玩嘴唇，從哪學來的？」

「不知道，我沒想。」

「老是碰嘴唇會變厚。也別舔。眉毛上抹點蓖麻油應該長得出來。」

「陵的眼睫毛真長。」珊瑚說。「陵，把眼睫毛借給我好不好？我今天要出去。」

陵不作聲。

「肯不肯，呃？就借一個下午，晚上就還你了？」

陵微微搖頭。

「啊，借給我一下午都不肯？」

「唉，怎麼這麼小器呀，陵！」露笑道。

「他的眼睛真大，不像中國人。」珊瑚的聲音低下來，有些不安。

「榆溪倒是有這一點好，倒不疑心。」露笑道。「其實那時候有個教唱歌的義大利人

——」她不說了，舉杯就唇，也沒了笑容。

珊瑚去練琴。露喝完了茶也過去，立在珊瑚背後，手按在她肩上，吊嗓子。她學唱是因為

肺弱，醫生告訴她唱歌於肺有益。

「低了。」珊瑚又敲了幾下琴鍵。

「哪裏。我只是少了練習，還是唱到B了。再一遍，拉拉拉拉拉！」

「還是低了。」

「才沒有。」露沙啞的笑，說話的聲音很特別，彌補剛才在音樂上的小疏失。她洋裝肩膀上垂著的淡赭花球亂抖，像窸窣飄墮的落葉。「來嘿，再來一遍嘿。」她甜言蜜語的。

珊瑚又彈了一遍，再進一個音階。

「等安頓下來，我真得用功了。」露道。

琵琶站在旁邊聽。

「喜不喜歡鋼琴？」露問道。

「喜歡。」她喜歡那一大塊黑色的冰，她的臉從冰裏望出來，幽幽的，悚懼的。倒是不喜歡鋼琴的聲音，太單薄，叮叮咚咚的，像麻將倒出盒子。

「想不想像姑姑一樣彈鋼琴？」

「想。姑姑彈得真好。」

「其實我彈得不好。」珊瑚道。

露去換衣服，要琵琶跟進去。「弟弟不能進來。」

琵琶倚在浴室門口，露穿著滾貂毛的長睡衣，跟她說著話。浴室磅秤上擱著一雙象牙白蛇皮鞋。鞋是定做的，做得很小，鞋尖也還是要塞上棉花。琵琶知道母親的腳也是小腳，可是不像秦干那麼異樣。脫掉拖鞋看得見絲襪下的小腳，可是琵琶不肯看。長了鰭還是長了腳都不要緊。

「你們該學游泳。」露正說道。「游泳最能夠讓身體均衡發展了。可惜這裏沒有私人的池子，公共池子什麼傳染病都有。還是可以在長板凳上練習，鋼琴椅就行。改天我教你們。」

「媽會游泳？」

「游得不好。重要的是別怕水，進了水裏就學會了。」

「英國是什麼樣子？」

「霧多雨多，鄉下倒是漂亮，翠綠的。」

「我老以為英國天氣好，法蘭西老是下雨。」她這完全是望文生義，英國看上去有藍藍的天紅屋頂洋房，而法蘭西是在室內，淡紫紅色的浴室貼著藍色磁磚。

「不對，正相反，法蘭西天氣好，英國老是下雨。」

「真的？」琵琶道，努力吸收。

「志遠來了。」葵花穿過臥室進來。

露隔著關閉的浴室門交代了他一長串待取的東西。他回來了，顫巍巍抱著高高一疊翻譯的童書和旅遊書，都是給琵琶和陵看的，可是琵琶還是喜歡她母親的雜誌。有一篇蕭伯納寫的《英雄與美人》翻譯小說在連載。情節對話都不大看得懂，背景卻給迷住了。保加利亞舊日的花園早餐，碧藍的夏日晴空下，舞台指導有種驚妙的情味與一種奶油般濃郁的新鮮，和先前讀過的東西都兩樣，與她的新家的況味最相近。

葵花有天立在浴室門口哭，只有這時候是個空檔。
「他家裏人說要不是娶了個丫頭，差事就是他的了。」她說。
「什麼差事？」露說。「北洋政府沒了。就算八爺幫他薦了事，現在也沒了。」
「他們說的是將來。」
「誰還管什麼將來。再說，一離了這個屋子，誰知道你的出身。」
「他們說他這輩子完了。」
「他們是誰？他父母麼？」
葵花不作聲。
「他們早該想到才對，當初我問他們的時候，他們還樂得討個媳婦，一個錢也不出，現在倒又後悔了？」
「他們倒不是當著我的面說。」
「要是因為還沒抱孫子，也不能怪你。生孩子是兩個人的事，你們還年青，急什麼？別理他們，志遠不這麼想就行了。」
「誰知道他怎麼想的。」
「你只是說氣話。你怎麼會不知道。」
葵花只是哭。
「也許是我做錯了，讓你嫁得太匆促。你也知道，我不敢留你一個人。你們兩個都願意，志遠又是個好對象，能讀能寫，不會一輩子當傭人。還沒發達就會瞧不起人，那我真是看錯他了。」

「他倒沒說過什麼。」

「那你還哭個什麼勁，傻丫頭？」

「他希望能在南京找事。」

「南京現在要找事的人滿城都是。」

「求小姐薦事。」

「現在是國民政府了，我們也不認識人了。」

「求小姐同珊瑚小姐說句話？」

「珊瑚小姐也不認識人了。時勢變了。你不知道，志遠應該知道。能幫得上忙我沒有不盡力的，可是現在我也無能為力。」

「我們也不知道該怎麼辦。要找不到事，他倒想開爿小店。」

「外行人開店風險可不小。」

「我也是這麼想，可是他有個朋友，也是做生意的，說小雜貨舖蝕不了本。」

最後他們跟露珊瑚借錢開了店，總會送禮來，極難看的熱水瓶和走味的蜜餞。老媽子們帶琵琶和陵去過店裏一次，到上海城的另一頭順路經過。在店裏吃茶吃蜜餞。老媽子們也掏腰包買了點東西，彼此多少犧牲一點。

志遠夫妻來得少了。店裏生意不好。終於關了店，回南京跟他父母同住。

十一

陵的生日琵琶送了他一幅畫。畫中他穿著珊瑚送的西裝，花呢外套與短袴，拿著露送的空氣槍，背景是一片油綠的樹林。他應該會喜歡。畫擱在桌上，他低著頭看。她反正不相信他會說什麼，一會才恍然，他沒有地方放。

「要不要收進我的紙夾裏？」

「好。」他欣然道。

她並沒有補上「畫還是你的」這句話，知道他並不當畫像是他的東西。一天她忘了將一張畫收進紙夾裏，第二天到飯廳去找，她總在飯廳畫畫。畫擱在餐具櫥上，拿鉛筆塗上了一道黑槓子，力透紙背，厚紙紙背都倒凸了出來。是陵，她心裏想，驚懼於他的嫉恨。這次她也同陵一樣不作聲。

姑姑練鋼琴，她總立在一旁。她要母親姑姑知道她崇拜她們。她們也開始問：

「喜歡音樂還是繪畫？」

她們總問這類的問題，就跟她父親要她選金鎊和銀洋一樣。選錯了就嫌惡的走開。

「喜歡姑姑還是我？」露也這麼問。

「都喜歡。」

「不能說都喜歡，總有一個更喜歡的。」

喜歡母親吧。當然是她母親。可是母親姑姑是二位一體，總是兩人一塊說，從她有記憶以來就是如此。如今她們又代表了在她眼前開展的光輝新世界。姑姑一向是母親的影子。

「畫姑姑的腿。」露說。「你姑姑的一雙腿最好看。」

珊瑚雙腿交叉。「只畫腿，別畫人。」

琵琶並不想畫姑姑的胸部與略有點方的臉。除了畫母親之外，她只畫九、十歲的孩子，與她同齡的。可是一張畫只畫腿並不容易。她卯足了勁，形狀對了，修長，越往下越細，略有點弧曲，柔若無骨，沒有膝蓋。

最後的成品拿給珊瑚看，她漫不經心的咕嚕：「這是我麼？」並不特為敷衍琵琶，琵琶還是喜歡她。她當然知道她與母親有點特殊關係。說不定說喜歡姑姑她母親不會不高興。她母親長得又美，人人喜歡，琵琶是不是最喜歡她應該不要緊。

「我喜歡姑姑。」她終於說了。

珊瑚臉上沒有表情，也不說什麼。露似乎也沒有不高興。

又得選音樂與繪畫了。「不想做音樂家不犯著學鋼琴。」露說。琵琶三心二意的。一天珊瑚放了張古典樂唱片，又放了張爵士樂。

「喜歡哪一個？」

琵琶花了很長的時間比較，小提琴像哭泣，幽幽的，閃著淚光，鋼琴叮叮咚咚的像輕巧的跳躍。她母親總是傷青春之易逝，悲大限之速至，所以哀傷的好。

「喜歡第一個？」

她們都沒言語。琵琶知道這一次猜對了。

她們帶她去音樂會。

「好貴，不為了你對音樂有興趣，我也不肯帶你去。」露說。「可是你得乖乖的，絕對不可以出聲說話。去的人多半是外國人，別讓人家罵中國人不守秩序。」

琵琶坐在椅子上動也不動三個鐘頭。中場休息時間也不作聲，頂佩服自己的能耐。卻聽見露和珊瑚咬耳朵：「看那個紅頭髮。」琵琶問：「哪一個？」

「前排那一個。」

她在燈光黃暗的廣廳裏極目尋找，大紅的頭顱應該不難找。

「哪裏？哪一邊？」

「別指。」

離開的時候她還是沒能在人群中找到紅頭髮的人。忍受了三個鐘頭格律的成分過多的聲響，像一支機械化部隊制伏全場聽眾，有洋台、柱子、渦卷裝飾、燈光昏黃的廣廳像老了幾百歲。

坐進汽車裏，琵琶問道：

「那個女人的頭髮真是紅的？」

「真的。」

「跟紅毛線一樣紅？」

「嗳，很紅很紅。」

她想像不出，也知道顏色方面連母親也不能輕信。

「想做畫家還是音樂家？」

她一直到看了一部電影才決定了。電影說的是一個貧困的畫家，住在亭子間，豎起大衣領子禦寒，爐子裏沒有煤，女朋友也棄他而去。她哭了，往後好兩天還是一提到就掉淚。

「做畫家就得冒著窮愁潦倒的風險。」露說。

「我要做音樂家。」她終於說。

「音樂家倒不會受凍，都在有熱氣的大堂裏表演。」露說。

「音樂家有錢。」珊瑚說。「沒有錢根本不可能成音樂家。」

她們送她去上鋼琴課。

「第一要知道怎樣愛惜你的琴。」露說。「自己擦灰塵，小心別刮壞了。愛惜你的琴，這是一生一世的事。我要你早早決定，才能及早開始。像我們，起步得遲了，沒有前途了。我結了婚才學英文，就連中文吧，我喜歡讀書，可是十四歲了連學堂也嫌老不收。」

「我也是。十四歲，正是有興趣的年紀。」珊瑚說。

「想不想上學？」露問琵琶。

「不知道。」她極力想像出學校的樣子：三層樓的房子的橫切面，每層樓都有一個小女孩在搖頭晃腦的背書。

「你想想，跟許多同年齡的女孩子在一塊多好。我以前好羡慕別的女孩子上學，可是不敢說什麼。你外婆不用罵，只說一句，我的臉就紅破了，眼淚都要掉下來了。」

琵琶只覺得微微的反感，也不知什麼緣故。不能想像她母親那樣子。一個人為什麼要這樣怕另一個人？太丟臉了，尤其還是個你愛的人，更加的丟臉。她母親出洋去，人人都是極神秘的神氣，她也不想知道為什麼，也不在乎。她弟弟也一樣。像野蠻人，他們天生就有自尊。

「噯呀，我們小時候過的那個日子！不像現在的這一代。我就怕說錯了話，做錯了事，尤其是你外婆又不是我的親生母親，卻把我當自己的孩子。我要給她爭氣。」

「你親生母親是二姨奶奶還是三姨奶奶？」珊瑚笑著低語，彷彿說了什麼略嫌穢褻的話。

「二姨奶奶。」

「她是什麼時候過世的？」

「我爹過世後不久就去了。」

「那年紀可不大。」

「死的時候才二十二。」

「我們都快三十了，想想也真恐怖。」珊瑚笑道。

「他到雲南上任，因為瘴氣死在任上。報信報到家裏，我母親和二姨奶奶正坐在高椅子上繡花閒講，兩個人都連椅子栽倒，昏了過去。」

「他有幾個姨太太？」

「正要討第十二個，一省一個。」

「一打了。外國人都是這麼算的。」

「有句俗話叫『十二金釵』，說的就是後宮佳麗。又恰巧中國有十二個省分。」

「虧得還沒分成二十二省。」
「現在是二十二省了麼？」
「他究竟娶了多少個？」
「只有四個。雲南有個女人，給錢打發了。」
「你像你父親。你們湖南人真是羅曼蒂克。」珊瑚窘笑道。
「我老覺得是個男人就好了。」
「『湘女多情』嘔。」珊瑚說了句俗話。
「湖南人最勇敢，」露傲然道，「平定太平天國靠的就是湘軍。湖南人進步，胆子比別人大，走得比別人遠。湖南人有最晶瑩的黑眼睛。」
「你也有那樣的眼睛鼻子。」
「我祖父是湘軍裏的福將，他最聽不得人家那麼說，單是他運氣好似的。告老回家了，還像帶兵一樣，天一亮就起來，誰沒起來，就算是媳婦，也一腳踢開房門。我母親就常說她都嚇死了，過的那個日子啊！我父親年紀輕輕就死了，又沒留下子嗣來，族人還要把他的家產分了。」
「他們可以這麼做麼？」
「他們什麼事都做得出來。二姨奶奶那時有身孕了，他們卻說是假肚子，要叫接生婆來給她驗身子。誰敢讓他們近身啊！知道他們會做出什麼事來？臨盆那天他們把屋子給圍上了，進進出出都要查，怕夾帶了孩子進去。一等聽見生的是女孩，他們就要踹倒大門，闖進來搶光所有的東西，把寡婦都轟出門去。什麼都預備好了，撞槌、火把，預備燒了房子。」

「怎麼可以？」琵琶喊了起來。

「他們怕什麼？反正是窮，又是大伙一齊幹，要殺也不能把他們全殺了。」

珊瑚解釋道：「沒兒子就得從同族裏選一個男丁來過繼，什麼都歸他，可是他得照顧這個寡母。」

「這是為了肥水不落外人田。萬一寡婦再嫁了，或是回娘家住，不會把財產也帶走。」露道。

「倒真是孔夫子的好學生，」珊瑚道，「只不過孔夫子也沒料想到會有這種事。」

「後來怎麼了？」

「生下了我。」

「果然生了女孩子？」琵琶垂頭喪氣的。

「是啊，他們想能瞞多久就瞞多久，可是消息還是走漏了。那些人又吼又嚷，撞起大門了。」

就連馴順的聽著，垂眼看著盤中蘋果皮的陵都浮躁了起來，轉過頭去看背後，像看電影看到壞人要殺好人的那一幕。

「後來他們又聽見生了男孩子。」

「不是說生女兒嗎？」

「你不知道你母親和舅舅是雙胞胎？」

「雙胞胎！」

琵琶與陵瞪大了眼睛，像是頭一回看見他們母親。

「雙胞胎是一個接著一個生麼？」琵琶遲疑的問道。但凡話題涉及生產，多問也是無益。老媽子們只是笑，說她是路邊撿來的，要不就是從她母親的胳肢窩掉下來的。

「是啊。」露淡然說道，掉過臉去，看的不是珊瑚。琵琶卻覺得這兩人立刻聯合了起來，藏匿了什麼大人的秘密。

「有時候隔了幾個小時才出生。」珊瑚的聲音低了低，同樣是不感興趣的神氣，讓人沒法往下問。

「我還以為雙胞胎要不就都是男孩，要不就都是女孩呢。」

「不是，有時候是一男一女。」珊瑚輕聲說道。

「所以大家都說是你舅舅救了這個家。」露道。「他真是個了不起的孩子，那麼沉穩。祭祖的時候他是家裏唯一的男人，看他走上前去磕頭的樣子，人人都說看小男爵，多有氣派！」

「舅舅是男爵？」琵琶愕然道。

「現在不管這些了，這如今是民國了。還是以前我祖父平定太平天國有功，封了男爵的。」

「朝廷沒錢可以賞賜了，就封了一堆的空銜。」珊瑚道。「從前有句俗話：『公侯滿街走，男爵多過狗。』」

「族裏有人說：爵位是我們賣命掙來的。解甲歸田的兵勇最壞。噯唷，你外婆過的是什麼日子唷！可是最傷心的還是你舅舅長大以後，老是氣她！」

「國柱準是個闖禍精。」珊瑚作個怪相。

「噯呀，別提了。他倒是對我還不錯。」

「他有點怕你。」

「到如今他家裏有很多地方我還是看不慣。他太太當然也有錯。我心裏有什麼就說什麼，我才不在乎，她好像也不會不高興。」

「她也怕你。」

她們上樓去了。露拿化妝筆蘸了蓖麻油親自給琵琶畫眉毛。佟干拿進一隻淡紫色的傘來。

「這是太太的傘是珊瑚小姐的傘？」

「不是我們的。一定是哪個客人撂下的。哪裏找到的？」露問道。

「老爺房裏。」

「怪了。誰會進去？」

琵琶都不曾進過她父親的房裏。

「收拾房間的時候看見擱在熱水汀上。我還以為是太太忘了的。」

「不是，我沒見過這把傘。」

「也不是珊瑚小姐的？這是女人拿的傘吧？」

「還擱在老爺房裏水汀上。」

等琵琶不在跟前，露又把佟干叫進來問話。

「這一向是不是有女人來找老爺？」

佟干嚇死了。「沒有，沒人來，太太。」

「指不定是半夜三更來。」

「我們晚上不聽見有動靜。」

「準是有人給她開門。」

「那得問樓下的男人，太太。我們不知道。」

男傭人也都說不知道。可是志遠向露說：「準是長子，他總不睡，什麼時候都可以放人進來。」

榆溪也說沒見過這把傘。

「想出去沒人攔著你，就是不能把女人往家裏帶。」露說。「我知道現在這樣子你也為難，可是當初是你答應的。我說過，你愛找哪個女人找哪個女人，就是不准帶到家裏來。」

榆溪矢口不認，還是同意把長子打發了。

「你知道不知道那個女人是誰？」露問國柱，知道他跟榆溪很有交情。

「不會是老四吧？」國柱立即便道。「是劉三請客認識的。叫條子，遇見一個叫老四的，認識他的下堂妾老七。兩個人談講起來才知道她跟老七是手帕交，姐姐長妹妹短的。過後我聽見說兩人到了一處，我可不信。她那麼老，也是吃大烟的，臉上搽了粉還是青灰青灰的，還透出雀斑來。身材又瘦小。我的姨太太他都還嫌是油炸麻雀，這一個簡直是鹽醃青蛙。」

「會這麼鬼鬼祟祟溜進男人屋裏，只怕不是什麼紅姑娘。」露道。

「這表示你們榆溪倒是個多情種子。」國柱吃吃笑。「念舊。不是紈袴子弟，倒還是個至情至性的人。」

「行了，行了。你掀了他的底，再幫他說好話他也不會感激你。」

「我可沒有，是他自己說的。」

露要佟干放回去的淡紫色傘末了終於消失了。

十二

親戚裏走得最勤的是羅侯爺夫人。她帶著兒子另外住，兒子也是丫頭生的，不是她親生的。她胖，總掛著笑臉，戴一副無框眼鏡。

「打麻將吧？」一見面她總是這麼說，「麻將」兩個字一氣說完，斜睨一眼，邀請似的。可要是別人想去看美國電影，她也跟著去。

「真怕坐在她旁邊。」珊瑚道：「從頭到尾我就只聽見『他說什麼？』『她說什麼？』」回來之後侯爺夫人還想要聽電影情節。

「讓露說，」珊瑚道：「她橫豎看了電影非要講給人聽。」

「沒人逼著你聽啊。」露道。

珊瑚自己不耐煩說，卻又忍不住打岔：「還不到這一段吧？」

「到了，你想成別張片子了。」她將鋼琴椅挪到房間正中央，拍拍椅面。「來，我學給你看。」

「不犯著你學給我看，我剛看過。」

「雪漁太太，來這兒坐。」

雪漁是羅侯爺的名字。他太太吃吃笑著過來，坐下來，傴僂著肩，緊握著兩手放在膝上，捧著灰色絲錦旗袍下的肚子，像隻枕頭。「噯，要我做什麼？」

「什麼都不做，只不跟他說話。他叫『薇拉——』她叫什麼來著，珊瑚？是薇拉吧？對了，就是薇拉。他想要跟她求愛。」她伸手越過雪漁太太的頭，摟她的肩。

雪漁太太板著臉，別人都噗嗤一聲笑了出來。「現在我要做什麼？」

「你還是不肯看他。『薇拉——』他想吻你。」

琵琶坐在地上看著，大笑起來，在狼皮褥子上滾來滾去。末了還是她母親的一個眼神止住了。

「露真會演戲。」雪漁太太道。

「有人就說我真應該去演電影。」露道。

「是啊，在船上遇見的一個人。」珊瑚道。

「他想介紹我一個拍電影的。」

「怎麼都不聽見珊瑚遇見什麼人？」雪漁太太突然問道，又匆匆回答自己的問話：「眼界太高了。」

短短一陣沉默之後，露笑道：「誰要她總是喜歡像我一樣的人。」

珊瑚沒接這個碴，也和一般婚姻大事被拿來談論的女孩子一樣緘默不語。

雪漁太太猜測出洋這麼多年，露必定談過戀愛。她歡喜她這點，像是幫所有深閨怨婦出了口氣。這裏像是開了一扇門，等著她去探索，可是礙著孩子在眼前，只能作罷。

「你做媒人更好，露。」

「珊瑚不喜歡媒人。」

「總不會一個中意的人都沒有吧？」

「我們沒見過很多人，不跟那些留學生來往。」

「人家都看著我們覺得神秘。」珊瑚道：「當我們是什麼軍閥的姨太太。」

雪漁太太笑道：「真這麼說？」

「現今都這樣，總是送下堂妾出洋。」

「南京的要人到現在還是哪個女人不要了，也往國外送。」露道。

「他們自己掉了差事也往國外跑，說是去考察，還不是為了挽回面子。」珊瑚道。

「女孩子還不止是為面子，還為了釣個金龜婿，出洋的中國人哪個不是家裏有錢。」

「我就沒釣著。」珊瑚笑道。

「你挑得太厲害了。」雪漁太太道：「讀書識字的女人就是這點麻煩。不怪人家說：念過小學堂的嫁給念過中學堂的，念過中學堂的嫁給念過大學堂的，念過大學堂的嫁給念過洋學堂的，念過洋學堂的只有嫁給洋人了。」

「倒不是女人老想嫁給比她們高的，男人也寧願娶比他們低的。」珊瑚道。

「說真格的，怎麼沒嫁給洋人？」雪漁太太問道，對象是露，不是珊瑚。這話不該她答。

「洋人也是各式各樣。」露道：「也不能隨便就嫁。」

「別那麼挑眼。『千揀萬揀，揀個大麻臉。』」

「最氣人的是我們的親戚還說珊瑚小姐不結婚，都是跟我走太近的緣故。」露道。

「話可是你親弟弟說的。」珊瑚打鼻子裏哼一聲。「說是同性戀愛。」

「他學了這麼個時新的詞，得意得不得了。」露道。

「我就不懂，古時候就沒有什麼同性戀愛，兩個女人做貼心的朋友也不見有人說什麼。」珊瑚道。

「古時候沒有人不結婚，就是這緣故。」雪漁太太道：「連我都嫁了。」

「是啊，現在為什麼有老處女？」珊瑚道。

「都怪傳教士開的例。」雪漁太太道。

「老處女在英語裏可不是什麼好話。」露道：「這裏就不同了。處女『冰清玉潔』，大家對一輩子保持完璧的女人敬佩得很。」

「是因為太希罕了。」珊瑚道。

「也是因為新思想和女權的關係。」露道。

「噯，叫人拿主意結婚不結婚，有人就是不要。」雪漁太太道。

「我從來也沒說過不結婚。」珊瑚道。

「那怎麼每次有人提親，十里外就炸了？」雪漁太太道。

「我就是不喜歡做媒。」

「大家都說珊瑚小姐是抱獨身主義。」

「這又是一個新詞。」

「聽說抱獨身主義就在小指頭上戴戒子，是不是真的？」

何干端了盤炸玉蘭片進來，是她的拿手菜。

「小琵琶，」雪漁太太一壁吃一壁說道：「她像誰？像不像姑姑？」
「可別像了我。」珊瑚道。
「她不像她母親，也不像她父親。」
琵琶小時候面團團的，現在臉瘦了，長劉海也剪短了，把眼裏那種凝視的精光也剪了。現在她永遠是笑，總告訴她別太愛笑，怕笑大了嘴。
「琵琶不漂亮。」露道。「她就有一樣還好。」
「嗯，哪樣好？」雪漁太太身子往前傾，很服從的說。
琵琶也想知道。是她的眼睛？小說裏，女主角只有一樣美的時候，永遠是眼睛。她倒不注意她的眼睛是不是深邃幽黑，勾魂攝魄，調皮而又哀愁，海一樣變化萬端，倒許她母親發現了。
「猜猜。」露道：「你自己看看。她有一樣好。」
「你就說吧。」雪漁太太咕嚕著。
「你猜。」
「耳朵好？」
耳朵！誰要耳朵！她確實不像陵有對招風耳，又怎麼樣？陵有時睡覺一隻耳朵還向前摺，還是一樣好看。
「那就不知道了，你就說是什麼吧。」雪漁太太懇求道。
「她的頭。」露道，手揮動，像揭開面紗。

「她的頭好？」

「她的頭圓。」

雪漁太太摸了摸她的頭頂。「噯，圓。」彷彿有點失望。「頭要圓才好？」

「頭還有不圓的？」珊瑚道。

「當然有。」露聖明的說道。

琵琶與陵每個星期上兩堂英語課。露把自己的字典給了他們。翻頁看見一瓣壓平的玫瑰，褐色的，薄得像紙。

「在英國一個湖邊撿的。好漂亮的深紅色玫瑰，那天我記得好清楚。看，人也一樣，今天美麗，明天就老了。人生就像這樣。」

琵琶看著脈絡分明的褐色花瓣。眼淚滾了下來。

「看，姐姐哭了。」露向陵說。「不是為了吃不到糖而哭的。這種事才值得哭。現在的人不了，不像從前，詩裏頭一點點小東西都傷感，季節變換，月光，大雁飛過，傷春悲秋，現在不興了。新的一代要勇敢，眼淚代表的是軟弱，所以不要哭。女人太容易哭，才會說女人軟弱。」

琵琶得了誇獎，一高興，眼淚也乾了。很希望能再多哭一會兒。雖然哭的理由過時了。

「記得這片玫瑰吧，珊瑚？我在格拉斯密爾湖撿的。」

「噯，真是個漂亮的地方。只是每次想起來就想起謀殺案。」

「什麼謀殺案？」琵琶開心的問道。

「問你母親，她喜歡說故事。」

「那件案子真是奇怪，最奇怪的是偏讓我們碰上了。我們到湖泊區去度假，再沒想到那麼安靜偏僻的地方會遇見中國人。這兩個人都是中國的留學生，才新婚，來度蜜月。我們住同一間旅館，可是我們不願去打擾他們，他們也不想交朋友，見了面也只點個頭。有一天他一個人回旅館來，早上他們出去散步。旅館的人問他太太呢，他說回倫敦了。他們不信。」

「噯，他們以為小兩口是吵架了。」珊瑚道。

「不是，老板說他一開始就不信。這些人以為華人都是傅滿洲。」

「那裏的人對中國什麼都不知道。」珊瑚道：「會問『中國有雞蛋沒有？』頭一次見了中國人，偏偏又是個殺妻的，末了上了絞架。真是氣死人。」

「他們幾天以後才找到她，坐在湖邊，兩隻腳浸在湖裏。赤著腳，一隻絲襪勒在頸子上，勒死的。」

「最恐怖的地方是傘。」珊瑚道。

「噯，她還打著傘，可能是靠著樹什麼的，背影看上去就只是一個女人打著傘坐在湖邊。」

「抓到他了嗎？」琵琶問道。

「在倫敦抓到了。也許是把她的幾張存摺都提出來了露了形跡。」

「還不是為了她的錢才娶她的。」珊瑚道。

「他們兩個在一塊，讓人忍不住想，男的這麼漂亮，女的太平常。」

「那女的醜。」

「她是馬來亞華僑，聽說很有錢，就是拘泥又邋遢。」

「是醜。」

「男的在學生群裏很出風頭，真不知道怎麼會做出這種事，太傻了。我看他也不是蓄意的，要殺也不會急於這一時。一定是他們坐在湖邊，新婚燕爾嘍，她跟他親熱，他實在受不了，裝不下去了。噯唷，」她羞笑道：「沒有比你不喜歡的人跟你親熱更噁心的了！」

「我真弄不懂，她怎麼會以為他愛她？」

「當然是昏了頭了，一個女孩子，一個人在外國，突然間有個漂亮的同鄉青年對她好。」

「我真不懂人怎麼能這樣子愚弄自己。我要是她，就做不到。」

「像那樣的女孩一戀愛了，就一定是真的愛。我倒想起榆溪了。」露笑彎了腰，捧著單薄的胸口，她向琵琶說：「你父親也有多情的時候，那時候最噁心。」

琵琶愛聽這件殺妻案，戀戀不忘的卻是乾枯的玫瑰花瓣。人生苦短，這粉碎了一切希望的噩耗打上門來了。無論將來有多少年，她總覺過一天少一天。有的只是這麼多，只有出的沒有進的。黃昏她到花園裏，學那個唱〈可憐的秋香〉的女孩子，在草地上蹦跳舞蹈。觸摸每一棵樹叢，每一個棚架，每一段圍籬，感覺夕照從一切東西上淡去。

「一天又過去，墳墓也越近。」

她唱道，可惜沒能押韻。她迫切需要知道有沒有投胎轉世。她不問她母親，知道她會怎麼說，而她也會立刻就相信，就得放棄那些無窮無盡過下去的想法。問老媽子們也不中用。她們的宗教只是一種小小的安慰，自己也知道過時了，別人看不起。也不想跟誰分享，或說服自己不信。何干趁著跟佟干去買布，偷偷到廟裏。兩人都燒了一炷香，事後談起來，還透著心虛的喜悅。

「下次帶我去好不好？」琵琵問她。

「啊，你不能去，人太多了。」

琵琵倒沒放在心上太久。突然之間她的生活裏太多的事情，豐富得一時間不能完全意會。她大字形坐在織錦小沙發上看書，雙腿掛著一邊椅背。鋼琴上一瓶康乃馨正怒放，到處都是鮮花。露用東西兩個世界的富麗來裝潢房子。她拿嫁妝裏的一套玻璃框卷軸做爐台屏風，綉的四季風景。從箱子裏挖出布料來做椅套，餘下的賣給古董商。沙發上永遠堆了異國的東西，偶爾會引出「別碰」的喊聲。古董商一次找一個上家裏來，針織小帽，黑色長袍微帶冰濕的氣味，都長得一個模樣，面無表情的檢視皮袍等什物。琵琵挨近去看這列隊的遊行，綉花的小圖穿插著抽象圖案與昆蟲，看得她頭暈眼花，嗒然若失，只覺得從指縫中溜走，卻不知溜走了什麼。

需要疾言厲色的時候總是珊瑚登場。

「我們沒有時間討價還價。」古董商一挑剔，她便開口道：「只要開個價錢。價錢不對，我們就找別人來。我們沒那個工夫整天爭多論少，我們還有別的事要忙。」

古董商很是生氣，也不知該不該聽信她的話，指不定她這是以退為進。末了鐵青著一張臉，他脫口道：「十六塊。」

「好，十六就十六。」

他鐵青著一張臉掏出一幅摺起來的白布，打了個包袱，是個龐大的白球，頂上有摺子。

「拿得動麼？」露問道。

「行。」

兩手環抱住白色巨岩，還得想辦法看路，他忍不住露出諷刺的笑容。琵琶看著他兩腳外八，開心的走了出去。總是又有東西來填補空出來的位置，而且新的東西似乎是更該買的。給她和陵的三輪的小腳踏車，給陵的一輛紅色小汽車，真有駕駛盤，因為他長大了要當汽車夫。買的賣的，雙向交通川流不息。有時露上街也帶著琵琶。在百貨公司某個櫃枱太久，連琵琶都覺得無聊。店夥很巴結，從櫃枱後不知哪裏搬出椅子來。

「請坐請坐。坐著看舒服。」

露會拒絕，微有些不悅，像是嫌她看得太久了。可是琵琶坐了下來。玻璃下的東西晶晶亮亮的雖然迷人，看久了眼皮子也直往下掉，到最後露也得坐下來。

從百貨公司裏出來，得穿越上海最寬敞最熱鬧的馬路。

「過馬路要當心，別跑，跟著我走。」露說。

她打量著來來往往的汽車電車卡車，黃包車和送貨的腳踏車鑽進鑽出。忽然來了個空隙，正要走，又躊躇了一下，彷彿覺得有牽著她手的必要，幾乎無聲的嘖了一聲，抓住了琵琶的手，抓得太緊了點。倒像怕琵琶會掙脫。琵琶沒想到她的手指這麼瘦，像一把骨頭夾在自己手上，心裏也很亂。這是她母親唯一牽她手的一次。感覺很異樣，可也讓她很歡喜。

聖誕節露為孩子們弄了很大一棵樹，樹梢頂著天花板。

「站開點，小心，可不能起火了。」她警告道，興奮的笑。她和珊瑚掛起了漂亮的小飾品，老媽子們幫著把蠟燭從樹頂點到樹根。

「真漂亮。」琵琶讚嘆個不停。蠟燭的燭光向上，粉紅的綠色的尖筍。蠟燭的氣味與長青樹的味道混和，像是魔法森林裏的家。露和珊瑚要同羅家的幾個年青人出去吃晚餐跳舞，羅侯爺的兒子和姪子。看著她們換裝，變成聖誕裝飾也是一種享受。露一身湖綠長袍，綴了水滴形珍珠的長披肩，綉著雨中的鳳凰。珊瑚是及膝米色長毛絨大衣，喇叭裙厚厚滾了一圈米色貂毛。

「當心蠟燭啊。」露臨出門還不忘再囑咐老媽子們一聲。

第二天下午孩子們的禮物在聖誕樹下拆開。他們並不習慣得到禮物，每年也只有舊曆年有紅包，給親戚磕頭，親些的得十塊錢，疏些的得四塊錢。老媽子們讓他們把壓歲錢擱在枕頭底下睡一晚，然後就存進了銀行賬戶，再也不看見了。這時他們坐在滿地的盒子、包裝紙、細刨花裏，興奮的知覺麻木了。打雜的又拿進了一個籃子來，是一隻活蹦亂跳的小狗。

「你們要給牠取什麼名字？」露問道：「隨便什麼都可以，是你們的狗。」

中國人給狗取名字不外乎小花、小黃、來富。琵琶卻決定要叫牠威廉，是陵的眾多英文名裏不用了的。小狗有黃色斑點，耳朵不大看得見。姐弟倆帶著小狗躺在地毯上看英文童書上的插畫，英文還看不懂。書上的樹寶塔似的綠裙展開來，吊著鳳梨和銀薊。西方特為孩子們創造的魔法世界歡喜得她不知如何是好。而且她還享受著中國的奢華。有幾家親戚與露很親熱，不是「認養」了她就是陵。她一下子多了三個乾媽，舊曆年送她錢，每回去都還帶糖果回來。自己的母親依舊是最好的，很像是神仙教母，比一般人的母親都要好，她很得意有這樣的不同。

有天她母親父親卻在午餐時吵了起來。兩人一天中只有這個時候會碰面。

「我是回來幫你管家的，不是幫你還債的。」

「這筆錢我不付。」

「我不會再幫你墊錢了。」

「看看這個。又沒人生病，還會有醫院的賬單。」

「誰像你？醫生說你打的嗎啡夠毒死一匹馬了，要你上醫院還得找人來押著去。」

「這筆錢我不付。看看這些賬單，一個人又不是衣服架子。」

「你就會留著錢塞狗洞，從來就不花在正途上。」

「我沒錢。你要付，自己付。」

「我知道你打的什麼主意：榨乾她，沒有錢看她還能上哪。」

何干一聽拉高了嗓門，早把孩子們帶到法式落地窗外。琵琶不願走。餐桌是個狡猾的機器，突然不動了，前一向一直好好的，修理起來當然不用一分鐘。珊瑚姑姑不就還默默吃她的飯，佟干也一樣立在她背後搖著蒲扇？她習慣了父親母親總是唱反調。記憶裏總是只有在吵架的時候才看見他們兩個一塊。珊瑚跟陵、她自己也知道是當他們的緩衝器，她也喜歡那樣。兩人仍是高聲。也許是沒什麼，他們只是見面就吵。洋台上明亮而熱。紅磚柱之間垂著綠漆竹簾子，陽光篩下來，蟬噪聲也篩了進來。

「在這兒玩。」何干低聲道，靠著闌干看著他們騎上三輪腳踏車。

兩人繞著圈慢慢騎著。洋台不夠大，姐弟倆一會兒擦身而過，看也不看一眼。屋裏的聲音還是很大，露像留聲機，冷淡的重疊著榆溪的暴吼拍桌，可是琵琶聽不出他們在吵什麼。恐怖之中地板下突然空了，踏板一往下落，就軟軟的往下陷。她又經過弟弟一次，也不看他。兩人都知道新房子完了。始終都知道不會持久。

「你姑姑跟我要搬走了。」一個星期之後露向琵琶說。她拿著一根橙色棍子擦指甲油，坐在小黃檀木梳妝台前面，鏡子可以摺疊放平，也是她的嫁妝。「我們要搬進公寓，你可以來看我們。你父親跟我要離婚了。」

離婚對琵琶是個新玩意。初始的畏懼褪去後，她立刻就接受了。家裏有人離婚，跟家裏有汽車或出了個科學家一樣現代化。

「幾年以前想離婚根本不可能，」她母親在說。「可是時代變了。將來我會告訴你你父親跟我的事，等你能懂得的時候。我們小時候親事就說定了，我不願意，可是你外婆對我哭，說不嫁的話壞了家裏的名聲。你舅舅已經讓她失望了，說我總要給她爭口氣，我不忍心傷她的心，可是她也已經過世這麼多年了。事情到今天的地步，還是我走最好。希望你父親以後遇見合適的人。」

「這樣很好。」琵琶不等問就先說。震了震，知道離婚是絕對正確的，雖然這表示新生活也沒有了。

露卻楞了楞，默然了一會，尋找銼指甲刀。「你跟弟弟跟著你們父親過。我不能帶著你們，我馬上就要走。橫豎他也不肯讓你們跟我，兒子當然不放，女兒也不肯。」

琵琶也覺得自然是跟著老媽子和他們父親過，從沒想過去跟著她母親。可以就好了！跟著母親到英國，到法國，到阿爾卑斯的雪地，到燈光閃爍的聖誕樹森林。這念頭像一道白光，門一關上就不見了。多想也無益。

「這不能怪你父親。不是他的錯。我常想他要是娶了別人，感情很好，他不會是今天這個樣子。」

「我們不要緊。」琵琶道，也學母親一樣勇敢。

「你現在唯一要想的就是用功念書。要他送你去上學得力爭，話說回來，在家念書可以省時省力，早點上大學。我倒不担心你弟弟，就他這一個兒子，總不能不給他受教育。」

露和珊瑚搬進公寓，公寓仍在裝潢，油漆工、木匠、電工、家具工來來去去。倒像新婚，不像離婚。琵琶去住一天，看得眼花繚亂。什麼樣的屋子她都喜歡，可是獨獨偏愛公寓。

露與榆溪仍到律師處見面，還是沒有結果。

榆溪堅決不簽字。「我們沈家從來沒有離婚的事，叫我拿什麼臉去見列祖列宗？無論怎麼樣也不能由我開這個風氣，不行。」

只要能把婚姻維持下去，有名無實他也同意。倒不怕會戴綠帽子，他了解自己的妻子。娶到這樣的妻子是天大的福氣。可是他翻來覆去還是那句話：

「我們沈家從來沒有離婚的事。」

毫無希望的會面拖下去。

「我一直等你戒掉嗎啡。」露道：「把你完完整整的還給你們沈家，我也能問心無愧走開。過去我就算不是你的賢內助，幫你把健康找回來至少也稍補我的罪愆了。我知道你是為了我，我很對不起你。」

她還是頭一次這麼說。榆溪心一灰，同意了。往後半個鐘頭兩人同沐浴在悲喜交加之中。下次見面預備要簽字了，榆溪卻又反悔。沈家從來沒有離婚的事。

英國律師向露說：「氣得我真想打他。」租界上是英國律師佔便宜，他總算威嚇榆溪簽了字。

「媽要走了。」露同琵琶說。「姑姑會留下。」

「姑姑不走？」

「她不走。你可以過來看她，也可以寫信給我。」

她母親的東西全擺出來預備理行李，開店一樣琳瑯滿目，委實難感覺到離愁。啟航到法國那天，琵琶與陵跟著露的親戚朋友去送行，參觀過她的艙房，繞了一圈甲板，在紅白條紋大傘下坐了下來，點了桔子水喝。國柱一家子帶了水菓籃來，露打開來讓大家都吃。

「可別都吃完了。」國柱的太太吩咐孩子們。

「來，先擦一擦。」露道：「沒有水可洗，也不能削皮，就拿手帕擦，用點力。」

「哪費那個事！」國柱道：「街上買來就吃，也吃不死，嘿嘿！」

「等真病了，後悔就來不及了。」露說。

「人吃五穀雜糧的，誰能不生病？我們中國人最行的，就是拖著病長命百歲。」

「拜託你別說什麼『我們中國人』，有人還是講衛生的。」

「噯呀，我們這個老爺，」他太太道：「要他洗澡比給小娃子剪頭髮還難。」
「多洗澡傷元氣的。」國柱說。
「你的元氣——整個就是消化不良。」露說。
「這一對姐弟，到了一塊老是這樣麼？」雪漁太太問國柱太太。
她笑道：「他是因為姑奶奶要走了，心裏不痛快。」
「珊瑚可落了單了。」雪漁太太胖胖的胳膊攬住了珊瑚的腰。「我來看你，跟你作伴。」
「好啊。」
雪漁太太又摟住了露的腰，三人像小女孩似的並肩而站。「再見面也不知道哪年哪月了。」
「在中國舒舒服服的住著偏不要，偏愛到外頭去自己刷地煮飯。」國柱嘟囔著。
「上回也是，我倒頂喜歡的。」露道。
「一個人你就不介意做這些事。」珊瑚道。
「只有這樣我才覺得年青自由。」露道。
「哼，你們兩個！」國柱道：「崇洋媚外。」
「也還是比你要愛國一點。」珊瑚道。
「我們愛國，所以見不得它不夠好不夠強。」露道。
「你根本是見不得它。」國柱說。
露道：「你們這些人都是不到外國去，到了外國就知道了，講起中國跟中國人來，再怎麼禮貌也給人瞧不起。」

「哪個叫你去的？還不是自找的。」

露不理琵琶與陵。有人跟前她總這樣，對國柱的孩子卻好，是人人喜愛的姑姑。今天誰也沒同琵琶和陵說話。國柱、他太太、雪漁太太只是笑著招呼，就掉過了臉。離了婚的母子，也不知該說什麼，不看見過這種情況。他們也都同榆溪一樣，家裏從來沒有離婚的事。琵琶跟著表姐去參觀烟囪、艦橋、救生艇，一走遠一點就給叫回來。黃澄澄的水面上銀色鱗片一樣的陽光，一片逐著一片。挨著河太近，溫暖的空氣弄得她頭疼。這是楊家的宴會，她和弟弟不得不出席，雖然並不真需要他們。

好容易，站到碼頭上，所有人都揮手，只有琵琶與陵抬頭微笑。揮手未免太輕佻魯莽了。

在家裏，又搬家了，搬回衖堂裏，這次房子比較現代。離婚的事一字不提。榆溪的脾氣倒是比先前好。西方墜入地平線下，只留下了威廉這條狗。沒有了花園追著狗玩，就到衖堂裏追。漸漸也明白了，雖然心痛，小狗待琵琶與陵和街坊的孩子沒有什麼兩樣。跟著他們跑，因為精神昂揚，不是因為他們喊牠。晚上拴在過道，半希望能變成一隻看門狗。老媽子們不肯讓狗上樓，榆溪不准狗進餐室。琵琶與陵從來不吃零嘴，三餐間也沒有東西餵牠。餵威廉的差事落到佟干頭上，照露的吩咐給牠生豬肝，老媽子們嫌糟蹋糧食，可是沒有公開批評。

「別過來，狗在吃飯。」何干警告道：「毛臉畜牲隨時都可能轉頭不認人。」

廚子抱怨豬肝貴，改餵剩飯泡菜汁。

「還不是照吃不誤。」老媽子們說。

威廉老在廚房等吃的。廚子老吳又罵又踢，還是總見牠在腳邊繞。琵琶覺得丟臉，喊牠出來，牠總不聽。牠倒是總不離開廚子老吳。廚子高頭大馬，圓臉，金魚眼佈滿了紅絲，骯髒的白圍裙下漸漸的墳了起來，更像屠夫。

「死狗，再不閃開，老子剝了你的皮，紅燒了吃。」他說。

打雜的笑道：「真紅燒可香了，油滋滋的，也夠大。」

「狗肉真有說的那麼好吃？」佟干問道。

「聽說鄉下的草狗有股子山羊的羶氣。」打雜的說。

「狗肉不會，沒聽人家說是香肉嘿。」廚子道：「招牌上都這麼寫的，有的館子小攤子就專賣香肉。」

「那是在舊城裏。這裏是租界，吃狗肉犯法。」打雜的說。

「管他犯不犯法，老子就煮了你，你等著。」廚子向狗說。

「噯，都說狗肉聞起來比別的肉都要香。」何干說。

「是啊，治絛蟲就是用這法子。把人綁起來，面前擱碗狗肉，熱騰騰的。」打雜的道：「他搆不著，拼命往前掙，口水直流，末了肚子裏的絛蟲再也受不了了，從他嘴裏爬出來，掉進碗裏。」

每次廚子老吳揚言要宰了狗，傭人就一陣的取笑討論，跟請先生一樣成了說不厭的笑話。琵琶只有裝作不聽見。

有天早上狗不見了。琵琶與陵屋子找遍了，還到衖堂裏去找，老媽子們也幫著找。下午佟干輕聲笑著說：「廚子送走了，送到虹口去了。」漫不經心的口氣，還是略顯得懊惱，難為情。

琵琶衝下樓去找廚子理論。

「我不知道，我不知道狗丟了，沒那條狗我的事就夠多了。」他說。

「牠老往外跑。」打雜的道：「我們都沒閒著，誰能成天追著一隻狗？」

「那隻狗這一向是玩野了。」何干道。

「佟干說是你把牠送到虹口了！」

「我沒有。誰有那個閒工夫？」

「她不過這麼說說，怕你跑到街上去找。」何干道：「你可不准到街上去亂走。」

「是廚子捉了。」琵琶哭了起來。

「嚇咦！」何干噤嚇她。

「我只知道今天早上狗不在廚房裏，我可一點也不想牠。」廚子說。

「牠自己會回來。」何干跟琵琶說。

「只要不先讓電車撞死。」廚子說。

他們知道她不能為了母親送的狗去煩她父親。當天狗沒回來。隔天她還在等，並不抱希望。下午她到裏間去從窗戶眺望，老媽子們的東西都擱在這裏。一束香插在搪磁漱盂裏，擱在窗台上。末端的褐色細棍從未拆包的粉紅包裝紙裏露出來。我要點香禱告，她心裏想，說不定還來得及阻止狗被吃掉。到處找不著火柴。老媽子時時刻刻都警告她不能玩火柴。劃火柴這麼危險的事只能交給老媽子們。她惦記著下樓去，拿客室的烟灰缸裏的火柴，又疑心自己劃不劃得著。總是可以禱告。不然那些沒錢買香的呢？老天總不會也不理不睬吧。她抬頭望著屋頂上白茫茫的天空。陰天，慘淡的下午，變冷了。老天像是渴望烟的樣子。還是去拿火柴的好。可是她頂怕會闖禍失火。還是禱告吧。又不願意考驗老天爺的能耐，末了發現什麼也沒有，沒有玉皇大帝，沒有神仙，沒有佛祖，沒有鬼魂，沒有輪迴轉世。她的兩手蠢蠢欲動，想從白茫茫的天上把秘密摳出來。好容易忍住了，一手握住那束香，抬頭默念，簡短清晰，更有機會飛進天庭去：

「不管誰坐在上頭，拜託讓我的狗威廉回家，拜託別讓牠給吃了。」

反覆的念，眼圈紅了。在窗台前又站了一會才出去。不會有用的。沒有人聽見，她知道。連焚香的味道都沒有，吸引不了玉皇大帝的注意。

晚上醒過來，聽見門外有狗吠。睡在旁邊的何干也醒了。

「是不是威廉？」琵琶問道。

「是別人家的狗。怎麼叫得這麼厲害？」

「說不定是威廉。下去看看。」

「這麼晚了我可不下去。」何干悻悻然道：「樓下有男人。」

「那我下去。」

「唉哎嗳！」

極驚詫的聲口。整個屋子都睡了，在黃暗的燈光下走樓梯，委實是難以想像。男女有別的觀念像宵禁。琵琶躺到枕頭上，還是想下樓去。狗吠個不停。

「要是威廉回來了呢？」

「是我們家的狗早開門放進來了，不會讓牠亂叫吵醒大家。」

琵琶豎耳傾聽，待信不信的。

「睡了。知道幾點鐘了麼？」何干低聲威嚇，彷彿邪惡的鐘點是個埋伏的食人魔，可能會聽見。

琵琶担著心事睡著了。第二天人人說是附近人家的狗。好兩個月過去了，她也深信天上沒有神可以求告，佟干卻又懊惱的笑道：

「那條狗回來了，在後門叫了一整晚。廚子氣死了，花了一塊錢僱黃包車來，送到楊樹浦去了，說那兒都是工廠。這次總算擺脫牠了，再也不會回來了。」

十三

新年新希望，離婚後也總是痛下決心。榆溪買了架打字機、打孔機器、卡其色鋼製書桌與文件櫃，擱在吸烟室一隅，烟舖的對面。訂閱《福星》雜誌，研究新車圖片小冊子，買了一輛車，請了一個汽車夫。榆溪懂英文，也懂點德文，在親戚間也是出了名的滿腹經綸。他小時候科舉就廢了，清朝氣數將盡前的最後幾個改革。都說讀古書雖然是死路一條，還是能修身養性。骨子裏是沒有人能相信中國五六百年來延攬人才的制度會說廢就廢，預備著它捲土重來得好，況且也沒有別的辦法來教育男孩子。外國語只是備用，正途出身不可得，也總能給他弄到個外交職務。清朝垮了，官做得再大也還是貳臣。可而今離婚後重新開始，榆溪倒慎重思索起找差事了。喝了一肚子的墨水，能賣給誰？是可以教書，薪水少地位低。還是有不少學校願意請沒有學位的老師。還是到銀行做事，讓人呼來喝去。他沉思良久，也向別人請益。末了在一家英國人開的不動產公司找到了差事。每天坐自己的汽車去上班，回家來午飯，抽幾筒大烟，下午再去。沒有薪水，全看買賣的抽成。他一幢屋子也沒賣出，後來也不上班了。到底還是無所事事最上算。樣樣都費錢，納堂子裏的姑娘做妾，與朋友來往，偶爾小賭，毒品的刺激。他這一生做的事，好也罷壞也罷，都只讓他更拮据。

他只拿打字機寫過一兩封商業書信，就再也沒用過。有天琵琶在一張紙上打了滿滿一頁的早安。

「胡鬧！」他惱怒的說，半是笑，匆匆把紙張抽掉。

琵琶愛極了打孔機器，在紙上打了許多孔，打出花樣來，做鏤空紙紗玩。她常進來。他的房間仍是整日開著電燈，藍霧氤氳，倒是少了從前的那種陰森。烟舖上堆滿了小報，叫蚊子報。他像籠中的困獸，在房間裏踱個不停，一面大聲的背書。背完一段就吹口哨，聲音促促的，不成調子。琵琶覺得他是寂寞的。她聽見珊瑚說起他在不動產公司的辦公桌。琵琶那時哈哈笑，姑姑口裏的她父親什麼都好笑。可是在家裏就覺得異樣，替他難過。他似乎喜歡她進來，看他的報紙。她搜索枯腸，找出話來告訴他，好笑奇怪的事情，他喜歡的事情。離婚後他就不和楊家來往，倒不阻止琵琶去楊家。

「舅舅的姨太太真挑嘴，除了蝦什麼都不吃。」她告訴他。

「是麼？」他有興趣的說，又回頭去漫聲吹口哨。

琵琶倒慶幸他沒追問，她也不知道還有什麼下文。

他把何干叫來替他剪腳趾甲，結婚以前的習慣一直不改。何干站在當地談講一會，大都是說起老太太在世的時候。何干倒是很樂於回憶。可是他嗤道：

「你老是出了點芝麻大的事就嚇死了，養媳婦就是養媳婦。」

他從小就喜歡取笑她是養媳婦。美其名是養個媳婦，卻是養個奴才，供住供穿，卻挨打挨餓，受她未來丈夫的欺凌，經常還被他姦淫。

「咳，」何干抗聲道：「我頭髮都白了，孫子都大了，還是養媳婦？」

「那你胆子那麼小？你到死都還是養媳婦。」

「真的麼？何干是養媳婦？」琵琶很是愕然。

何干年歲大了話也多了，還是絕口不提年青時候的事，永遠只提她一個寡婦辛苦拉拔大兩個幼小孩子。

「噯，還有什麼法子？我們母子三個人跟在收莊稼的人後頭，撿落在地下的玉米穗子。有時候我也紡些苧蔴。女兒好，晚上幫我織，才八歲大。我看她睏得直點頭，頭撞上了窗子，我就叫她去睡，我一個人紡到天亮，可是有時候連油燈也點不起。有一次真的沒吃的了，帶著孩子到他們大伯伯家借半升米，給他說了半天，低著頭，眼淚往下掉。」

「他說你什麼？」琵琶問。

「就是說嘍。」她似乎不知怎麼說。

「說什麼啊？」

「說這說那的，老說窮都怪你自己，後來還是量了米讓我們帶回去了。半升米吃不了多久。怎麼辦呢？虧得這個周大媽幫我找了這分差事，她以前就在沈家幹活。我捨不得孩子，哭啊。」

她的兒子富臣還是上城來找事。四十歲的人了，蒼老又憔悴，兩條胳膊垂在身旁站在榆溪面前，看著就像是根深紅色莖梗。榆溪躺在烟舖上，解釋現在這年頭到處都難，工作難找。住了約摸三個星期，何干給了他一筆錢，讓他回去了。

「富臣又來要錢了。」琵琶告訴珊瑚。她覺得富臣是最壞的兒子，雖然其他的老媽子也都把大半的工錢往家裏寄。彷彿沒有人能靠種地生活了，都是靠老媽子們在城裏幫工維持下去的。

「何干給他找了個差事。」珊瑚道：「他這下可野了。喝，那時候他可多機靈，花頭也多。」

「什麼差事？」

「不記得了，看在何干的面子上才不追究，就是他一定得走。」

「富臣以前就野麼？」琵琶跟何干說。

「那是年青時候的事了，現在好了。」何干說，半眨眨眼，作保一樣。「這如今年紀大了，知道好歹了。」

照例老媽子們隔幾年可以回鄉下一次。何干終於決定回去，坐了好兩天火車，到通州換獨輪車到縣城，再走五里路回村子。

「我也要去。」琵琶說。她想看看在老媽子們背後的陌生悽慘的地方，像世界末日一樣的荒地。

「噯，」何干道：「哪能去？鄉下苦啊。」

「我要看。」

「鄉下有什麼好看的？」

「我要睡在茅草屋裏。」

一時間何干非常害怕，怕她真要跟去了。她又換上了軟和的交涉口吻。「鄉下人過得苦，款待不起你，老爺就會說怎麼把小姐餓壞了，都已經這麼瘦了。」

何干去了兩個月回來了，瘦多了，也晒得紅而亮，帶了他們特產的大芝蔴餅，硬綳綳的，像風乾鰻魚皮一樣一片片的，咬一口，吃到裏頭的棗泥，味道很不錯。

她常提到老太太，老太太的賞識是她這一生的頂點，提升了她當阿媽的頭，委她照顧兩代的沈家人。

「痛就說。」她幫琵琶梳頭。

「不痛。」

「老太太也說我手輕。」

又一次「老太太說我心細，現在記性差了。」她在抽屜裏找琵琶的襪帶。抽屜裏的東西都拿手巾包好，別上別針，一次拆開一小包，再摺好，別上別針。

過年她蒸棗糕，是老太太傳下來的口味。三寸高的褐色方塊，棗泥拌糯米麵，碎核桃脂油餡，印出萬壽花樣，托在小片粽葉上。榆溪只愛吃這樣甜食，琵琶也極喜歡，就可惜只有過年吃得到。

離婚後第一次過年，榆溪沒提買花菓來佈置屋子，也沒人想提醒他。到了除夕才想起來，給了琵琶十塊，道：「去買蠟梅。」

她摸不著頭腦，從來沒有買過東西。她出去了，問何干。街底有家花店。她堅持不要人陪，買了一大束黃蠟梅，小小的圓花瓣像蠟做的，付了一塊一，抬回家來，跟抬棵小樹一樣。十塊錢讓她覺得很重要，找的錢帶回來還給父親更讓她歡喜，單為這就過了個好年。比平常更像她的家。

吃飯時榆溪幫她夾菜到碗裏。寵壞女兒不要緊，橫豎將來是別人家的人。兒子就得嚴加管教。要他跑腿，榆溪老是連名帶姓的喊他「沈陵！」嚴厲中帶著取笑。他總是第一個吃完，繞著餐桌兜圈子，漫聲背著奏章。走過去伸手揉亂琵琶的頭髮，叫她：「禿子。」

琵琶笑笑，不知道為什麼叫她禿子。她頭髮非常多，還不像她有個表姐夏天生瘡癤，剃過光頭。從來沒想到過他是叫她Toots（年輕姑娘）。

她可以感覺到他對錢不湊手的恐懼。一點一點流失，比當年揮霍無度時還恐怖。平時要錢付鋼琴學費，總站在烟鋪五尺遠，以前背書的位置。

「哼。」他咕嚕著再裝一筒大烟，等抽完了，又在滿床的報紙裏翻找。「我倒想知道你把我的書弄哪兒了。書都讓你吃了，連個屍骨也沒留下，憑空消失了。」好容易看他坐起來，從絲錦背心口袋裏掏出錢包來。

王發老是沒辦法從他那裏拿到房屋稅的錢，背著他悻悻然道：「總是拖，錢擱在身上多渥兩天也是好的。」

何干為了琵琶與陵的皮鞋和她自己的工錢向榆溪討錢，還是高興的說：「現在知道省了，敗子回頭金不換噁！」

榆溪這一向跑交易所，賺了點錢。在窮愁潦倒的親戚間多了個長袖善舞的名聲，突然成為難得的擇偶對象。

端午節他帶琵琶到一個姑奶奶家。

「也該學學了。」他附耳跟她說。

她的個子又竄高了，不尷不尬的。可是很喜歡這次上親戚家，似乎特別受歡迎。有個未出嫁的表姑帶她到裏間去說話，讓她父親在前面陪姑奶奶談講。她讓琵琶坐在掛著床帳的床上，也在她身旁坐下，握住她兩隻手，羞澀的笑，像是想不起說什麼。她的年紀不上三十，身材微豐，長得倒不難看，幾個妹妹倒比她先嫁了。有一個湊巧走過，笑望著床上牽手坐著的兩個人。

「你們兩個真投緣。」

不理睬她。

「在家裏做什麼？」她終於問琵琶。

「跟著先生讀書。」

「弟弟小吧，你幾歲了？」

「十二了。」

「在家裏還做什麼？」

「練琴畫畫。」

「多用功啊。」她笑望進琵琶的眼裏，手握得更緊，羨慕似的。

琵琶覺得是為了她自己的生活枯燥的緣故，這麼一大家子人擠在破舊的屋子裏。她跟珊瑚說起到姑奶奶家的事。

「他們是想把你三表姑嫁給你父親。」珊瑚笑道。

她沒想過父親會再婚。這時才明白到姑奶奶家引起的騷動，頓時覺得自己身價高了，有人爭著巴結，但也有點皇皇然。

「他們現在說你父親可說盡好話了。脾氣又好，又有學問，又穩重，還越來越能幹了。」

「爸爸喜歡三表姑麼？」

「不知道。」

他喜歡女人瘦。琵琶想到她母親和老七。三表姑的旗袍寬鬆鬆的，底下似乎很豐滿。我願意她做我的後母嗎？她的人不壞，不太聰明。琵琶隱約希望她父親能娶她，又不知道是不是真心想要。她不喜歡去想有後母的事。

榆溪讓琵琶定期去看珊瑚，陵不跟著去。兒子是寶，是做父親一個人的。珊瑚和露仍是一體，雖然露不在這兒。還有個更現成的理由，姑姑本來就該見姪女的時候比姪子多。珊瑚買了汽車，學開車，旁邊坐著波蘭汽車夫，隨時預備接手。一身嶄新的高腰洋服非常的時髦，下襬及地，開高衩，襯托出腿和胸。她有一件米黃絲錦鑲褐色海豹皮大衣，公寓也都是深淺不一的褐色與立體派藝術，琵琶覺得不似人間。她尤其喜歡七巧板桌，三角形、平行四邊形，都靠一條腿站著。

「這些是仿的七巧板。」珊瑚道，取出舊的拼圖給琵琶看，七塊黃檀木片裝在黃檀木盒裏。「看，可以拼出許多花樣來，梅花、魚、風箏、空心方塊、走路的人。想讓桌子變個樣子，只要先拿這些拼圖試。」

「是姑姑想到的？」

「是啊。這裏的東西大部分是你母親的主意，只有這張桌子是我想出來的。」

她母親的照片立在書桌上，相框可以反轉，翻過來就是珊瑚的照片。露從相片裏往外看，雙眉下眼窩深，V字領上一張V字臉，深褐色的衣服襯得嘴唇很紅艷。

「來給你母親寫封信。」珊瑚道。

開始琵琶還很雀躍，說不定能告訴母親她的感覺，一直沒能說出口的話。可是立刻便發現隨便說什麼都會招出一頓教訓。提起發生過的趣事，或是她有興趣的事，露也總用蜘蛛似的一筆小字，寫滿整整一頁，讓人透不過氣來，警告她一切可能的壞處，要不就是「我不喜歡你笑別人。別學你父親，總對別人嗤之以鼻，開些沒意思的玩笑……」

她母親的信其實文如其人，可是還是兩樣。不過電影上的「意識」是要用美貌時髦的演員來表達的。琵琶選最安全的路，什麼也不告訴，只重複說些她母親的訓示。她用心練琴，多吃水菓，一面寫一面喝茶。

「噯呀，滴了一滴茶在上面了！」她哀叫道。

「你媽看了還當是一滴眼淚。」珊瑚取笑道。

「我去再抄一遍。」

「行，用不著再抄。我看看，只有這個字糊了點。」

「我情願再抄一遍。」

「行了，不用抄了。」

「還是再抄一遍的好。我情願再抄一遍！」

哭著寫信給母親！想起來就發窘，寧可抄一整本書也不肯讓她母親這麼想。只費一張紙，還有一整本簿子可以畫畫。

珊瑚去接電話，坐在穿堂，草草記下號碼。她也從交易所賺錢，女人最聰明的賺錢辦法。她跟新朋友聊天，不是女掮客就是老字號商家的太太，投機賺錢來維持優渥的生活。沈家人沒有一個像她一樣融入上海。電話到末了，她說的是國語，聲音壓得低，只聽，很少開口。琵琶不去聽。她給訓練得沒了好奇心，也感覺她母親姑姑不介意她在旁邊也是為了這緣故。她們就不這麼信任她弟弟。她甚至不納悶姑姑都在電話上同誰講這麼久，總是啞著喉嚨說話，顯得可憐巴巴。在珊瑚家遇見明哥哥，也從不疑心是跟他講電話。明哥哥是羅侯爺的兒子，侯爺夫人帶大的。到家裏來過又跟她母親姑姑出去吃茶跳舞的表哥裏頭，明哥哥是最不起眼的一個。他清瘦安靜，比她高不了多少。

「明真喜歡跳舞。」珊瑚說。

「明哥哥喜歡跳舞？」琵琶詫異道。

「是啊，他上舞廳跟女孩子跳舞，就因為喜歡跳舞。」露向珊瑚說。

「現在有錢做別的事了。」珊瑚咕嚕了一句，兩人都笑。

「明哥哥跟舞廳的女孩子跳舞？」琵琶喊道。

他一個人來找珊瑚，琵琶花了很長的時間才明白是怎麼回事，又訝然發現他是珊瑚的朋友。

「明哥哥來了。」珊瑚跟她說，那天她留下來吃飯，珊瑚覺得有必要解釋：「是你雪漁表舅爺的官司，我在幫他的忙。」

琵琶一直沒見過明哥哥的父親。要是知道是侯爵，她一定更好奇，可是她母親姑姑不喜歡提頭銜，不民主。琵琶只知道侯爵的房子何干記得，在南京。另一幢屋子是相府，其實是同一家人，搬到了上海，只是琵琶始終沒想通。

「官司？」她儘量露出關切的樣子。

「挪用公款。他在船運局。」珊瑚悻悻的嘟囔，猛然扭過頭。

琵琶覺得雪漁表舅爺就跟新房子的六爺一樣，也官居高位。「他們在告他麼？」她問道。

「把他抓起來了，錢是公家的。」

琵琶換上了難過的神色，可是珊瑚立刻就打破了坐牢的影像：

「他現在在醫院裏，病了。」

「喔，那還好。」

「他是真有病。」

琵琶又換上了難過的表情。

「我們在想辦法讓他出來，因為這些事情拖多久都有可能。」珊瑚道，略帶遲疑，彷彿跟孩子說這些有點傻氣。「他是給人坑害了。」她咕嚕一聲。「都是周爾春搗的鬼。」也不知是誰，琵琶只管點頭。姑姑會幫忙救人並不奇怪，姑姑就是這麼有俠氣。

「問題在怎麼把虧空的錢給填上。」

「很大筆錢嗎？」

「他哪次不是大手筆。」珊瑚說，無奈的笑笑。

明哥哥晚飯後來了，跑了一整天。珊瑚絞了個熱手巾把子，送上杯冰茶，坐在洋台上，像滿身征塵的兵勇這才鬆弛下來，氣力總算恢復了，方才說起這一天的忙亂，見過了律師等等，也見到了爸爸。聲音很低，端著茶杯正襟危坐，並不看誰。一提起「爸爸」，這兩個字特別輕柔迷濛，而且兩眼直視前方，彷彿兩個字懸在空氣中散發著虹光。珊瑚問話也是輕言悄語，琵琶卻不覺得是有事情瞞著她。他們講的事她完全聽不懂。他在講剛才去見某人受到冷遇，一面說一面噗嗤噗嗤笑，說到最可笑處，突然拉高了嗓門。琵琶倒不知道明哥哥有幽默感。她喜歡這樣坐在黑暗中聽他們說話。八層樓底下汽車呼嘯而過，背後是半明半暗的寂靜公寓。他們是最高尚最可靠的兩個人。兩人不疾不徐的談著，話題廣泛，像走在漫漫長途上，看不到盡頭。

「都說沒有柏拉圖式的戀愛。」末一句引的英文，中文沒有這個說法。

「什麼叫柏拉圖式？」琵琶問道。

「就是男女做朋友而不戀愛。」珊瑚道。

「喔。那一定有。」

「喔？」珊瑚道：「你怎麼知道？」

「一定有嘔。」

「你見過來著？」

「是啊，像姑姑和明哥哥就是的。」

兩人都沒言語。琵琶倒覺得茫然，懊悔說錯了話，卻也不怎麼担心，姑姑和明哥哥不會介意的。靜默了一會，他們又開口，空氣也沒有變。

時間晚了。琵琶才怕姑姑會叫她回家，姑姑就掉轉臉來說：「你爸爸要結婚了。」

「是麼？」她忙笑著說。在家裏她父親不管做什麼都是好笑的。

「跟誰結婚？」明哥哥壓低聲音，心虛似的。

珊瑚也含糊漫應道：「唐五小姐。河南唐家的。」

「也是親戚？」他咕噥了一聲。

「真要敘起來，我們都是親戚。」

後母就像個高大沒有面目的東西，完全遮掩了琵琶的視線。彷彿在馬路上一個轉彎，迎面一堵高牆，狠狠打了你一個嘴巴子，榨乾了胸膛裏的空氣。秦干老說後母的故事。有一個拿蘆花來給繼子做冬衣，看著是又厚又暖，卻一點也不保暖。

「青竹蛇兒口，

黃蜂尾上針，

兩者皆不毒，

最毒婦人心。」

她是這麼念誦的。實生活裏沒有這種事，琵琶這麼告訴自己。

「她要就在眼前，我就把她從洋台上推下去。」這念頭清晰徹亮的像聽見說出來。她很生氣。她的快樂是這樣的少，家不像家，父親不像父親，可是連這麼渺小的一點點也留不住。

「說定了嗎？」明哥哥問道。

「定了吧。」兩人都含糊說話，覺得窘。「是秋鶴的姐姐做的媒。聽說已經一齊打了幾回麻將了。」

頓了頓，又向琵琶道：「橫豎對你沒有影響。你十三了，再過幾年就長大了，弟弟也是，你們兩個都不是小孩子了。你爸爸再娶也許是好事。」

「是啊。」琵琶說。

「你見過這個唐五小姐？」明哥哥問珊瑚。

「沒見過。」

「不知道長得怎麼樣。」

「唐家的女兒都不是美人胚，不過聽說這一個最漂亮，倒是也抽大烟。」

「那好，」他笑道：「表叔倒不寂寞了。」

「是啊，他們兩個應該合得來。」

「她多大年紀了？」

「三十。」聲口變硬。「跟我一樣年紀。」

明哥哥不作聲。珊瑚岔了開去，說些輕快的事。琵琶提醒自己離開之前要一直高高興興的。

十四

沈秋鶴是少數幾個珊瑚當朋友的親戚，有時也來看她。他的身量高壯，長衫飄飄，戴玳瑁眼鏡。是個儒雅畫家，只送不賣，連潤筆也不收。就是好女色，時時對女人示愛。同是沈家人，又是表兄妹，他就不避嫌疑，上下摩挲珊瑚光裸的胳膊。也許是以為她自然是融合了舊禮教與現代思想，倒讓她對近來的墮落不好意思。

「聽說令兄要結婚了。」他道。

「明知故問。不是令姐撮和的嗎？」

他是窮親戚，靠兩個嫁出去的姐姐接濟，看她們的臉色，提起她們兩個就委頓了下來。

「我一點也不知道。」舉起一隻手左右亂擺，頭也跟著搖。「家姐的事我一點關係也沒有。」露與珊瑚同進同出，給榆溪做媒也等於對不起珊瑚。不適應離婚這種事，他仍是把露看作分隔兩地的妻子。

「你認識唐五小姐，覺得她怎麼樣？」

他聳肩，不肯輕易鬆口。「你自己不也見過。」

「就前天見了一面。她怎麼會梳個髮髻？看著真老氣。」

「她就是老氣橫秋，尖酸刻薄又婆婆媽媽。」

「榆溪這次倒還像話，找了個年紀相當，門第相當，習性相當的——」

「習性相當倒是真的。」秋鶴嗤笑道，雖然他自己也抽大烟。

「唐家人可不討人喜歡。每一個都是從鼻子裏說話，齉聲齉氣的。人口又那麼多——二十七個兄弟吧？——真像阿里巴巴與四十大盜。」

「十一個兒子十六個女兒，通共二十七個。」

「倒像一窩崽子。」

「四個姨太太一個太太，每個人也不過生了五個。」他指明。

「是不算多。」立時同意，提醒自己秋鶴的姨太太也跟大太太一樣多產。他自己拿自己的兩份家的好幾張嘴打趣譏刺倒無所謂，別人來說就是另一回事了。

秋鶴吸了口烟。「我那兩個好事的姐姐一股子熱心腸，我不想插手。我倒是想，都是親戚，誰也不能避著誰。將來要是怎麼樣，見了面，做媒的不難為情麼？」

她聽得出話裏有因。

「怎麼？」她笑問道：「你覺得他們兩個會怎麼樣？」

「他到底知道多少？」

「噯，原來是為這個。他跟我說過了，他不介意。」

「好，他知道就好。」他粗聲道。

珊瑚知道娶進門的妻子不是處子是很嚴重的事，有辱列祖列宗，因為妻子死後在祠堂裏也有一席之地。可是又拿貞潔來做文章，還是使她刺心。

「也不知道他怎麼突然間來跟我說這個。」她仍笑道：「他來我這兒，抽著雪茄兜圈子，說結婚前要搬家。忽然就說：『我知道她從前的事，我不介意。我自己也不是一張白紙。』我倒不知道他也有思想前進的一面。」

秋鶴搖頭擺手。「令兄的事我早就不深究了。」

「到底是怎麼回事？兩人約定情死麼？」

秋鶴重重嘆口氣。「她父親不答應她嫁給表哥，嫌他窮。兩人還是偷偷見面，末了決定要雙雙殉情。她表哥臨時反悔，她倒是服毒了。他嚇壞了，通知她家裏，到旅館去找她。」

「事情鬧穿了可不是玩的。」珊瑚忍不住吃吃笑。

「出了院她父親就把她關了起來，丟給她一條繩一把刀，逼著她尋死。親戚勸了下來，可是從此不見天日。她父親直到過世也不肯見她一面。」

「那個表哥怎麼了？」

「幾年前結婚了。」

「我最想不通她怎麼會吸上大烟，可沒聽過沒出嫁的小姐抽大烟的。」

「事發以後才抽上的，解悶吧，橫是嫁不掉了。可沒有多少人有令兄的雅量。抽上了大烟當然就更沒人要了。」

「他倒是喜歡。他想找個也抽大烟的太太，不想再讓人瞧不起，應該就是這個緣故。」

「我是弄不懂他。」

世紀交換的年代出生的中國人常被說成是穀子，在磨坊裏碾壓，被東西雙方拉扯。榆溪卻不然，為了他自己的便利，時而守舊時而摩登，也樂於購買舶來品。他的書桌上有一尊拿破崙石像，也能援引叔本華對女人的評論。講究養生，每天喝牛奶，煮得熱騰騰的。還愛買汽車，換過一輛又一輛。教育子女倒相信中國的古書，也比較省。

「上學校就知道學著要錢。」他說。

至於說上學校是為將來投資，以他本身為例，他知道錢是留在身邊的好，別指望能賺回來。大學學位是沉重的負担。出洋歸國的留學生總不愁找不到事做，可是榆溪卻不屑。

「頂著個地質學碩士學位的人回來了在財政部做個小職員，還不是得找關係。」

新生活展開的前夕，他陡然眷戀起舊情，想搬回他們在上海住過的第一幢屋子裏。在那裏他母親過世，他迎娶露，琵琶誕生。他不覺得新娘會在意。那個地段貶值，房租也不貴。房子隔壁的一塊地仍是珊瑚的，她建了兩條小衖堂。他帶唐五小姐看過，早年某個大班蓋的大宅院，外國式樣，紅磚牆，長車道，網球場荒廢了，只有一間浴室。婚禮也一樣不舖張，在某個曾經是最時髦現今早已落伍的旅館舉行。禮服幛紗花束都是照相館租來的。榆溪穿了藍袍，外罩黑禮服。

琵琶與陵在大廳的茶點桌之間徘徊。大紅絲錦帷幛覆著牆壁，親戚送的禮貼著金紙剪出的大大的喜字，要不就是「天作之合」、「郎才女貌」、「花好月圓」。婚禮舉行了，琵琶倒不覺得反感。後母的面還沒見過，她也不急。後母有什麼？她連父親都不怕。她特為想讓陵知道她完全無動無衷，甚至還覺得父親再婚很好玩。可是一遇見親戚，便心中不自在。

「嗳。」和她寒暄的表姑會露出鬼祟的笑，似乎不知該說什麼好。她覺得自己是喜筵中的鬼。後來驚呼一聲：「你的胳膊是怎麼了？」

「碰的。」琵琶快心的說。

「嘖嘖嘖，怎麼碰的？」

「我正跑著，跌了一跤。」

表姑不能問「沒事吧？」或是「沒跌斷骨頭吧？」怕晦氣。「嘖嘖嘖嘖！」又是連聲咋舌，上下端相白色的吊臂帶，露出帶笑的怪相。婚禮上戴孝的白。怎麼沒人告訴她？

珊瑚忙著張羅客人，只匆匆看了琵琶一眼，半笑半皺眉。

「今天不吊著帶子也行。」

「我不敢。」

「你這樣成了負傷的士兵了。」

琵琶很歡喜得到注意。人們好奇的看著她，必定是猜她是誰，斷了胳膊還來，想必是近親。樂隊奏起了結婚進行曲，她退後貼著牆站。新郎的女兒可不能擠到前面去直瞪瞪釘著新娘子。陵早不知躲哪了，可能是羞於與觸目的吊臂帶為伍。她倒願意沒他在旁邊，一對苦命孤兒似的。

「看得見麼？要不要站到椅子上？」有個女孩問，拉了把椅子靠著牆。

「看得見，謝謝。」誰要站在椅子上看後母！

「你叫琵琶是吧？」

「噯。」她看著年紀比她大的女孩。身量矮小，手腳擠得慌，一張臉太大，給電燙的頭髮圈住了，倒像是總掛著笑。

「我們是表姐妹。」她道。

琵琶的表姐妹多了，再一個也不意外。「你叫什麼？」

「柳絮。」是那個把雪花比擬成柳絮的女詩人。「你的胳膊怎麼了？」

「跌跤了。」

「你上哪個學校？」

「在家裏請先生。你上學校麼？」

「嗳，」她忙道：「在家請先生好，學得多。」

柳絮爬上了椅子，忙著拉扯旗袍在膝上的開衩，四下掃了一圈，怕有人會說她。又爬了下來。「上前面去，我想看榮姑姑。」

琵琶沒奈何，只得跟著，撥開人群，擠到前排。

「你姑姑在哪？」

她輕笑道：「新娘就是我姑姑。」

「喔。」琵琶嚇了一跳，只是笑笑，表示世故，新的親戚並不使她尷尬。「我不知道。」

「現在我們是表姐妹了。」

「是啊。」琵琶也回以一笑。

柳絮朝她妹妹招手。琵琶讓位置給她們，退到第二排。知道後母是這些絕對正常的女孩子的姑姑，使她安心不少。婚禮也跟她參加過的婚禮一樣。新娘跟一般穿西式嫁衣的中國新娘一樣，臉遮在幛紗後面。她並沒去看立在前面等待的父親，出現在公共場合讓她緊張。

台上的證婚人各個發表了演說。主婚人也說了話。介紹人也說了。印章蓋好了，戒子交換過。新人離開，榆溪碰巧走在琵琶這邊，她忍不住看見他難為情的將新剪髮的頭微微偏開，躲離新娘。當時她並不覺得好笑。但凡見到他彆扭的時候，她的感官總是裹上了厚厚的棉，不受震驚衝擊。可是事前事後就像個天大的笑話，她父親竟然會行「文明婚禮」，與舊式婚禮全然相反，又是伴娘又是婚戒的，只少了一頂高帽子。

賓客吃茶，新人忙著照相。琵琶跟兩個新的表姐坐一桌。

「我哥哥在那兒。」柳絮站起來攔住一個經過的年青人。「過來。」她道：「這是琵琶。」

她哥哥點個頭，把她的椅子往外拉，柳絮一坐下，坐了個空。

她從地上爬起來，撣撣旗袍，轉過身看後面是不是弄髒了。有人笑了出來。她紅了臉，怒瞪他。

「就會欺負人。走開走開，不要你在這裏。」她喃喃嗔道，偷看他一眼，看他的反應。不敢再多說。

吃了茶賓客又到一家舊館子吃喜宴。琵琶還是同表姐一桌，她們讓她挺稱心的。應酬她們，讓她覺得自己很有手腕，而且也喜歡她們，雖然她們是後母的姪女。她父親結婚是他的事，與她不相干。跑堂的對著通到下邊廚房的管子唱出菜名，划拳的隔桌吆喝，她跟著表姐一齊笑。一群表姪由羅明帶領，到新人的桌子敬酒。新娘換了一件醬紫旗袍，長髮溜光的全往後，挽個低而扁的髻，插了朵絲錦大紅玫瑰。跟著榆溪挨桌向長輩敬酒，滿臉是笑，肩膀單薄，長耳環晃來晃去，端著錫酒壺，倒比較像旗人，側臉輪廓倒是鮮明，從頭至腳卻是扁平的。一張蒼白的長方臉，長方的大眼睛熒熒然。他們並不到琵琶這桌來，都是些小輩。每到一桌都有人灌酒。珊瑚看他們過來了，站起來，一人送上一杯酒。

「喝個一雙，」她道：「我再陪一杯。」

榆溪道：「我陪你喝一杯，她的酒量不好。」

「好體貼的丈夫。」羅侯爺夫人道：「已經護著人家了。」

「噯呀，再喝一杯喝不壞你嬌滴滴的新娘子。」又有人說。

「賞個臉，賞個臉吧！」珊瑚喊道。

新娘忙笑道：「我是真不行了。」

還是榆溪打圓場：「就一杯，下不為例。」

「我陪你喝一杯。」秋鶴在隔桌朝珊瑚舉杯。「我知道你還能喝。」

兩人都乾杯，一亮杯底。珊瑚參加婚禮總是興高采烈，才不顯得自己的前途黯淡。經常是她領頭鬧，熱活場子。今晚她半是為懷想露的婚禮與她自己的青春而飲。喜宴後，琵琶與陵同坐她的汽車到榆溪的屋子。侯爺夫人也同他們一塊去鬧新房。琵琶的新表姐沒來。鬧新房沒有小一輩的分，讓他們看見長一輩的作弄房事不成體統。有些人家誰都可以來鬧新房，有時鬧上個三天。「三朝無大小。」沈家唐家的規矩大。

侯爺夫人在幽黑的汽車裏說：「我真不想來，可是秋鶴的姐姐直攛掇著要大伙來。」車裏淨是酒味。

「我反正躲不了，我該張羅客人。」珊瑚說。

「我本來是不來的，偏讓他們釘住了，說是少了我沒趣。」侯爺夫人道。

「你不來哪行，你可躲不了。」珊瑚斷然道，打斷了話頭。侯爺夫人這麼說只是表明她並不是倒向了新娘一面，不忠於露。可是她這人就是愛熱鬧。

「說句老實話，新娘子太老了沒意思，鬧不起來。」她聲音半低，嗤笑道。

「不但是老，還老氣橫秋，像是結過好幾次婚了，說說笑笑的。」珊瑚道。

「我也是這個意思。鬧她有什麼意思？人家根本就不害臊。」

「倒是，新娘越年青越害臊越好。」

「倒還是榆溪怪難為情的。」

「他倒是想要人鬧。」

「這就奇了，鬧榆溪一點意思也沒有。」

「我們坐一會就可以走了。」

寂靜片刻後，侯爺夫人這才想起兩個孩子也在。

「嗳，琵琶。」她說，沒了下文，跟在婚禮一樣，想不起能說什麼。

「嗳，明天你就有見面禮了。」她又說。「還沒見過面吧？」

「沒有。」琵琶說。

「兩個孩子怎麼叫她？」侯爺夫人掉轉臉來問珊瑚。

「叫她娘。」

「虧得可以叫媽也可以叫娘，就是繞得人頭暈眼花。」侯爺夫人喃喃道，又吃吃傻笑。以前沒有離婚，後母總在生母過世後進門，沒有稱呼上的問題。

「是媒人出的主意。」

「媒人考慮的倒是周到。」

「我看是不會有見面禮的，這一向能省則省。」

「他們不是照老規矩麼？像鬧新房。」

「不花錢的才照老規矩。」

別的汽車先到達了，紅磚門廊燈火通明。

「新娘回來了？」珊瑚一頭上台階一頭問道。

「新娘回來了。」一個纏足的大個子婦人答道。立在台階上瞇著眼笑。琵琶沒見過她，一時間還以為走錯了屋子。

胖婦人帶客人進屋，吸烟室敞著門，特為結婚重新佈置了，烟榻罩著布，擺了墊子，烟盤收走了。琵琶與陵回自己房裏。

「我不用進去吧？」琵琶問何干，對鬧新房倒有些好奇。

何干微搖頭，眼睛閃了下，不算眨眼。

「那個老媽子是誰？」

「是潘大媽，太太的陪房。」

忙著送琵琶上床睡覺，還得忙進忙出，回應新來的阿媽的呼救聲，機敏又快心的樣子。琵琵知道何干臉上是笑，心裏卻發煩。新太太進門就會有全新的規矩。

隔天早上潘媽拿心形洋鐵盒裝了喜糖來給琵琶和陵。還有許多分送給所有親戚的孩子。

「這些小盒子真別緻。」何干道：「以前都是綉荷包裝喜糖，盒子更好。」

「麻煩少。」潘媽道：「喜糖送來就是裝在盒子裏了，省得再往荷包裏裝。」

琵琶吃了幾個，剩下的都給了何干。

「這盒子倒方便，裝個小東西。」何干說。

「那你就留著吧。」

琵琶與陵直到午餐時間才見到新娘子，在餐室等他們下來吃飯。老媽子們預備好了一張小紅毯。兩個人磕頭，依何干教的喃喃叫娘。

「嗳喲。」新娘子發出禮貌的驚訝呼聲，身子向前探著點，伸出手來像要攔住他們。就跟向先生磕頭一樣，琵琶心裏想，做個樣子。這如今她大了，知道並不存什麼意義。她笑著磕頭，覺得臉皮厚了，儘量慢著點。站起來後又向榆溪磕頭，喃喃說：「恭喜爸爸。」

榆溪略欠了欠身。然後是僕傭進來行禮，先是男人半跪行禮，再是女人請安。

大家坐下來吃飯。榮珠夾了雞肉放進琵琶和陵的碟子裏。榆溪說話她只含笑以對，說的都是親戚，偶爾打喉嚨深處嗯一聲。

午飯後新婚夫婦出門。琵琶溜進了客室。預備有客來，擱了幾盆菊花，此外仍像是天津的舊房子，赤鳳團花地毯，王發擺設的褐色家具，熟悉的空屋子味，不算是塵灰吊子味，卻微帶著雞毛撢的氣味，而且彌漫著重重的寂靜，少了大鐘滴答聲，別處也能聽見這寂靜。房間使她悲傷，可是她喜歡這裏。她拿桌上的糖果吃。陵進來了，瞪大眼睛笑著，意味著「怎麼回事？」

「好吃，就只有這些。」她拎著藍玻璃紙包的大粒巧克力糖的魚尾巴。

四個玻璃盤裏的糖果陵都拿了，顯得平均些沒動過。可是只有巧克力糖好吃。兩人費力咬著中央的堅果，吃了一嘴的果仁，覺得受了賄賂。陵不看她的眼睛，知道視線相遇她或許會露出譏誚的笑。他們聽見有人進來，並不轉頭，羞於人贓俱獲。

潘媽進來了，臉頰紅潤潤的，小腳扛著一座山。

「吃吧，多著呢。」看見桌上的藍玻璃紙忙說道。

兩人又吃了一會，才不顯得心虛。潘媽拿了個大罐子進來，再裝上糖果。

「吃吧，」她不耐的催促，「吃吧。」抓了一把巧克力糖擱在他們眼前。

何干進來同潘媽說話，也沒叫他們留點肚子吃晚飯。兩人自管自吃著。

是賄賂。他們覺得廉價，倒許還上了當。琵琶站起來上樓去了。陵也跟著上去。

十五

何干每天問琵琶：「進去了沒有？」指的是吸烟室。

「沒有，說不定他們不要人去攪擾。」三餐見面儘夠了。她不像何干，知道有蜜月。

「你又不是外人，他們歡喜見你，進去說說話。」

「等會吧。」

「他們起來一會了，現在正好。」

有時候琵琶說：「等會吧，有客人。」

「沒別人，就是你六表姑七表姑。」榮珠的異母姐妹。「去跟她們說說話，親熱一點，都是一家人了。」

「好，好，等一會。」

半個鐘頭後何干又回來了，低聲催道：「進去。」

「知道了。」

她立時站了起來，省得還得解釋，有些話委實說不出口，可是一見何干的神色便知道不需多言。兩人有默契。就如俗話說的：

「打人簷下過，哪能不低頭？」

琵琶每天總在她父親後母躺著抽大烟的房裏待一些時候，看看報，插得上嘴就說兩句話。

她不覺得難為情，換了何干她卻覺反感。何干回話總是從心底深處叫聲「太太！」老縮了，像隻大狗蹲坐著仰望著榮珠。太兩樣了。琵琶總以為她不慍不火，這會子卻奴顏婢膝的。

拿不定榮珠的脾氣，何干對陪房的阿媽仍舊很客氣，榮珠的母親搬進來住，也只敢皺眉頭。她的母親是姨太太，說親的時候始終不出面，婚禮上琵琶也不記得見過她，雖然她一定也在。

「老太太！」何干這麼稱呼她，總像一聲驚嘆。老姨太顯然是極快活自己的身份高了。搖搖擺擺邁著步子，矮小，挺個大肚子，冬瓜臉。雖說女大十八變，琵琶就是想不通會有誰願意納她做姨太太，究竟男人娶妾完全是自己的主意，不像大太太是家裏給討的。榮珠的父親在前清出使德國，甚至還帶著她。出使蠻邦生死未卜，朝廷命婦還許被迫跟人握手，所以把太太留在家裏。姨太太吃慣了苦，從前家裏在北京城趕貨車。對外就說是大太太，卻不讓別的老媽子們看見。

「公使館的舞會可熱鬧了。」夏天有個晚上她坐在洋台上回憶往事，琵琶與陵也在。「樓上有小窗戶眼兒，看見下面那個又大又長的房間。我們都扒在那窗戶眼兒上看。嗳呀！那些洋人都摟摟抱抱的跳，還親女人的手。那些洋女人腰真細，胸脯都露出來了，雪白雪白的，頭髮戴滿了金鋼鑽，嗳呀！我還學了德文字母。」她神往的說，小聲背誦：「啊、貝、賽、代。以前記得的還多。唉，不行了，記性壞了。」

「鬧拳匪的時候我正好像你這麼大。」她跟琵琶說。「那時候我們在北京，大門上了閂，扒著柵欄門往外看，看喔，義和拳喔。」

「不怕讓人看見？」琵琶問。

「怎麼不怕？嚇死了。」用力睜眼，小眼睛就是不露縫，總是一副扒著門縫往外看的模樣。

有天下午像是要下雨，她喊道：「咱們過陰天兒哪！」像什麼正經事似的。「我知道怎麼過，我做南瓜餅。」

她到廚房煮南瓜，南瓜泥和麵糊煎一大疊薄餅，足夠每個人吃。沒什麼好吃，卻填滿了那個陰天下午的情調。

她很怕女兒。剛來的時候榮珠對她客氣，演戲給新家的外人看，她還張皇失措。沒多久榮珠就老說她：「媽就是這樣！」重重的鼻音帶著小兒撒嬌的口吻。

「我沒別的意思，我只是說……」老姨太嘟嘟囔囔的走出去了。

聖人有言：「嫡庶之別不可逾越。」大太太和她的子女是嫡，姨太太和子女是庶。三千年前就立下了這套規矩，保障王位及平民百姓的繼承順序。照理說一個人的子女都是太太的，卻還是分等。榮珠就巴結嫡母，對親生母親卻嚴詞厲色，呼來叱去。這是孔教的宗法。

「出來。」榆溪在洋台上喊太太。「看又新起了那棟大樓。」

「在哪？是在法租界裏吧？」

「不是，倒像是周太太前一向住的附近。」

琵琶也到洋台上。「那是不是鳥巢？」她指著一棵高白玉蘭樹，就傍著荒廢的硬土地，以前是花園和網球場。

「倒像是。」榮珠頓了頓方漫應一聲，顯然是刻意找話說。

榆溪突然說：「咦，你們兩個很像。」嗤笑了一聲，有點不好意思，彷彿是說他們姻緣天定，連前妻生的女兒都像她。

榮珠笑笑，沒接這個碴。琵琶忙看著她。自己就像她那樣？榮珠倒是不難看，夏日風大，吹得她的絲錦旗袍貼著胯骨和小小的胸部，窄紫條紋襯得她更纖瘦，有一種嬌羞。陽光下臉色更像是病人一樣蒼白。真像她麼？還是她父親一廂情願？

冬天屋子很冷。榮珠下樓吃午飯，帶隻熱水袋下來。榆溪先吃完了，搶了她的熱水袋。繞室兜圈子，走過她背後，將熱水袋擱在她頸項背後。

「燙死你，燙死你。」他笑道。

「啊啊！」她抗聲叫，脖子往前探，躲開了。

琵琶與陵自管自吃飯，淡然一笑，禮貌的回應他們的調笑。琵琶在心裏業已聽見自己怎麼告訴姑姑了，直說得笑倒在地板上。

「噯呀！你爸爸真是肉麻。」珊瑚聽見了作個怪相，又道：「我就是看不慣有人走到哪都帶著熱水袋，只有舞女才這習氣。」

另一個琵琶愛說的事是洋娃娃。珊瑚送過她一隻大洋娃娃，完全像真的嬰兒，藍藍的眼睛，穿戴著粉藍絨線帽子衫褲。珊瑚又另替它織了一套淡綠的。琵琶反對，珊瑚卻說：

「織小娃衣服真好玩，一下子就織好了。」

琵琶不願想也許是姑姑想要這麼個孩子，不想替姑姑難過。她倒並不多喜歡洋娃娃，可是臉朝下躺著，完全像真的嬰兒，軟軟的絨線，沉甸甸的身體，圓胖冰涼的腿。就是哭聲討厭，像被囚的貓虛弱的喵喵叫，與洋娃娃的笑臉不相稱。娃娃張著嘴，只有兩顆牙，她總想把紙或餅乾揠進去。

「我要問你件事。」榮珠跟她說。「你那洋娃娃借給我擺擺。」

「好啊。」琵琶立刻去抱了來。

「你不想它麼？」

「不想。我大了，不玩洋娃娃了。」乍聽像諷刺，她父親變了臉色，榮珠倒似渾不在意。

「什麼時候都能抱回去。」榮珠說，把它坐在雙人床的荷葉邊綉花枕頭上。床舖是佈置新房買的一堂楓木家具。

琵琶告訴了珊瑚，她道：「是為了好兆頭，你娘想要孩子呢。」咧嘴一笑，琵琶微覺穢褻，也不像姑姑的作風。

「娘當然會想要個自己的孩子。」她含糊漫應道。

「也不是不行，她的年紀又不大。」說得輕率，末了聲音低了下來，預知凶兆似的。琵琶知道姑姑想什麼，榮珠生了自己的孩子，琵琶與陵的日子就更不好過了。

洋娃娃坐在床上好兩個月，張著腿伸著胳膊要人抱的樣子。茫然的笑容更多了一種巫魘的感覺。琵琶走過來走過去，心裏對它說：「你去作法好了，誰怕你！」心裏卻磣可可的，彷彿是在挑撥命運。

榮珠也支持榆溪的省儉。他只拖延著不付賬，她索性一概蠲削了。

「何干一個月拿五塊，前一向是十塊。」陵來向琵琶報告。他在烟舖附近的時候多，家裏的情況也知道得多。有天榆溪連名帶姓喊他：

「沈陵！去把那封不動產的信拿來。」

陵應了聲「喔！」比慣常的輕聲要高。走到書桌，拉開抽屜，立刻便把信遞了上去。琵琶倒訝異他這麼幹練。她也發現他在家裏更心安理得，像找到了安身立命的角落。烟舖上的三個人是真的一家人。十二歲了，還是大眼睛，小貓一樣可愛，太大了不能摟在懷裏，可是榮珠問他話，喊他名字聲音拖得老長，撫弄似的，哄他說話。

「我聽說你娘到哪裏都帶著陵。」珊瑚笑向琵琶道：「都說把他慣壞了。八成是想：你們都把琵琶當寶，我偏抬舉陵。你媽其實一向對你們姐弟倆沒有分別。」

「這樣才公平。」琵琶道：「我能來這裏，他不能來。」

「我聽說你娘教陵做大烟泡。」又一次珊瑚憂心的說道：「不該讓孩子老在烟舖前轉。」

「沒有什麼關係吧，我們從小聞慣了。」琵琶道：「我喜歡大烟的味道。」

「你喜歡大烟的味道？」

「烟味我都喜歡。」

她沒法子讓珊瑚了解鴉片是可以免疫的，她倒不會不放心陵。可是聽見他學了榮珠的聲口，也學著唐家人打鼻子眼裏出聲，卻刺心。

何干一直沒說她的工錢減了。有天琵琶憤憤的問她。她扭頭看了看，擺手不讓她說下去。

「老爺有他的難處。」她低聲道。

「憑什麼單減你的工錢？」

頓了頓，何干方低聲道：「前一向我就比別人拿得多。」半眨了眨眼。

獨有她多拿五塊錢，因為是老太太手裏的人。然後榮珠又打發了打雜的，要漿洗的老媽子做他的活。

「你也可以幫著洗衣服吧？」她向何干說。「小姐和小少爺都大了，不犯著時時刻刻跟著了。」

「是啊，太太！我可以洗衣服。」

為了節省家用，榮珠要秋鶴教她畫畫，橫是他總也來吸大烟，總得從他身上撈回點好處來。

「琵琶也學，她喜歡亂寫亂畫。」榆溪說。妻女並肩習國畫，這想法讓他欣慰。

琵琶見過秋鶴的山水畫，峯頭一團團一束束的，像精彫細琢的髮式，緞帶似的水流，底下空白處一葉扁舟，上頭空白處一輪明月。

「他可是名家，他的畫有功力。」珊瑚說過。秋鶴送過她一幅扇面，她拿去配了扇形黃檀木框。

琵琶也猜他是好手。一筆一畫瀟洒自如，增一分太肥，減一分太瘦，渾然天成。飽滿的墨點點出峭壁上的青苔，輕重緩急拿捏的極有分寸，每一點都是一個完美的梨子。圖畫本身可能摹的是有名的古畫，也不知是融合了多幅名畫，許多相似的地方：船、橋、茅舍、林木、山壁。是國畫的集句，中國詩獨有的特色，從古詩中摘出句子，組合成一首詩，意境與原詩不同。要中國這種歷史悠久的國家才能欣賞這樣有創意的剽竊。可是有些集句真是鬼斧神工，琵琶心裏想。也不知什麼緣故她卻憎厭畫也集句。她喜歡自己畫，發現世上的好畫都有人畫過了，沮喪得很。可是國畫讓她最憎惡的一點是沒有顏色，雪白的一片只偶爾刷過一條淡淡的銹褐色。真有這樣的山陵溪流，她絕對不想去。單是看，生命就像少了什麼。

她喜歡秋鶴，卻總替他不好意思。榆溪跟榮珠談起他：

「噯呀！這個鶴少爺。說是過不下去了，只好讓太太回鄉下，可是路費上哪籌？又到哪弄錢給她安家？沒有錢她說什麼也不肯走。住下來，三天兩頭吵，總是為錢吵。兒子要學費，最小的又病了，姨太太又有喜了。這如今他不得不走，差事又丟了。」

「橫豎他的差事也掙不了幾個錢。」榮珠道：「政府的薪水少得可憐。」

「嫌少？丟了差事就知道少不少了。噯喲，他真是一團糟。」

琵琶知道老一輩幾乎人人都有兩份家。秋鶴伯伯一團糟只是因為供不起。倒許不公平，可是貧窮使得這種事上了枱面，更是叫人憎惡。他又是恂恂文士的模樣，說話柔聲緩氣的，更讓他像偽君子。他面目黧黑，長臉，戴眼鏡，眼睛總釘著地上，彷彿凸著兩隻眼的馬。

他躺在烟舖上，跟榆溪面對面，聽他評析政治。榆溪也講要為族人興學，在北京城外他們村子裏辦一所免費的學校。他還計畫要保祖墳常青，原有的樹木都被農人和士兵砍伐了。秋鶴只偶爾咕嚕一聲。榮珠坐在一隅聽著。有機會她倒想像秋鶴的姐姐一樣教訓他幾句，只是秋鶴總對她敬而遠之。

每次看見琵琶，他總兩手抓著她的手，把她拉過去。

琵琶喜歡他說「小人」的聲口，略透著點駭然，彷彿在她身上看見了十四歲的人獨特的個性。

「小人！」他道。

她也見過秋鶴摩挲珊瑚的光胳膊，使她覺得姑姑的胳膊涼潤如雪，卻不知怎的心裏像有蟲子蠕蠕爬過。珊瑚倒似不在意，卻也略覺得窘。不犯著低頭，她也知道自己的胳膊像兩根無骨的長麥稈，像要往上攀住棚架的植物。環肥燕瘦，女人女孩，他反正喜歡女人的肌膚，永遠貪得無厭，也永遠得不到滿足。誰也沒有那個權利這麼貪婪，使自己這麼可悲。失去人性尊嚴總使她生氣。她發現臉上的笑容掛不住，可為了不失禮又不得不微笑。她並不掉過臉去看榮珠是不是在看，可是不願讓後母看見她抽開手，免得之後她又帶笑問她父親注意到沒有。榮珠不會說她心眼骯髒或是太敏感，只會說她長大了，曖昧的說法。

「小人。」他戀戀的說，摩挲她的胳膊。

「噯，她鶴伯伯不過是喜歡她。」

倒是不假。可是現在他固定來教畫，要壓下反感特為困難。他終於也察覺到了，深受侮辱。下次來只「噯」了一聲，看也不看她。握著手教畫也很勉強，只對著榮珠教課。向後不來了，《芥子園畫譜》也只上不了多少。

「鶴伯伯到滿洲國去了。」陵又來報告，志得意滿的神氣。

「真的？」她笑道。

他們在報紙頭條上看見滿洲國的消息，是日本人扶植的傀儡政權。

「到滿洲國去做官。」

「你怎麼知道？」

「聽人說的。」一咕嚕一句，避重就輕。

陵一向不發問，榆溪也沒有回答他的習慣。琵琶有時會問父親問題，只是表示友好。

「鶴伯伯怎麼到滿洲國去了？還忠於溥儀麼？」

榆溪頭一偏，鄙薄她那種愛國的口吻。「溥儀自己都作不了主。鶴伯伯去是因為得養家。」

親戚間視此為醜事，雖然對清廷仍是舊情拳拳。「滿洲國」三個字狼藉得很。有人彼此埋怨不借貸給秋鶴，逼得他出此下策，尤為怪他兩個姐姐。榆溪倒獨排眾議。親眼目睹日人入侵，知道滿洲國還是開始。中國文人一向兼治文史。孔夫子曾說：「學而優則仕。」[3]文人入宦，自然而然。榆溪雖然絕於宦途，仍是這方面的專家。他關心國際政治，大量閱讀報章，不放過字裏行間。他不喊口號，不發豪語，愛國心與別人一般無二，不過他的愛國是政客式的，總得鑽縫覓隙以維護他個人最切身的權益，末了割捨了整個國家。他給陵請了日本先生。陵並不認真學。也許是恥於學日文。他的事誰也說不準。說到念書上，他也不愛英文，也不愛古書。

榆溪只和客人清談，在室內繞圈子，大放厥詞，說軍閥的笑話，叫他們老張、小張、老

3・這句應為《論語》〈子張〉篇中子夏的話。

馮、老蔣。琵琶想聽，政治卻無聊乏味。儘管置之不理，壓力還是在的。「救國」的呼聲直上雲霄。愛國之於她就如同請先生的第一天拜孔夫子一樣。天生的謹慎，人人都覺得神聖的，她偏疑心，給硬推上前去磕頭，她就生氣。為什麼一定得愛國？不知道的東西怎麼愛？人家說上海不是中國。童年住過的天津也說跟上海一樣。那中國到底是什麼樣？是可怕的內地，能在城裏耗著就決不去？

親戚讚過內地好：「學校更好，有紀律得多。年青人也好，不那麼虛榮，成天淨想著打扮。精神也高昂，不像這裏。」

舅舅也老說要遷到內地去。「過日子容易，雞呀肉呀菜呀都新鮮便宜，人也古道熱腸。請你過去住上一個月，一大家子都帶去，也不覺得什麼。有古風。」

說是說，並不去。

中國是什麼樣子？代表中國的是她父親、舅舅、鶴伯伯、所有的老太太，而她母親姑姑是西方，最好的一切。中國並不富強。古書枯燥乏味。新文學也是驚懾於半個世紀的連番潰敗之後方始出現，而且都揭的是自己的瘡疤。魯迅寫來淨是鄙薄，也許是愛之深責之切。但琵琶以全然陌生的眼光看，只是反感。學堂裏念的古書兩樣。偶爾她看出其中的美，卻只對照出四周的暗淡，像歐亨利的陳設的房間裏驅之不散的香水氣味。

「想想國家在不知不覺中給了你多少，」她在哪裏讀到過，「你的傳統，你的教育，舒適的生活，你視為理所當然的一切。你怎能不愛國？」

她只作修辭，而不是現實。國家給她這些因為她有幸生在富裕的家庭。要是何干的女兒，難道還要感激八歲大就餓肚子，一頭紡紗一頭打盹？從小到大只知道做粗活，讓太陽烤得既瘦又長得像油條？

「那些學生，」榆溪有一次一壁繞圈子一壁跟孩子們說：「就學會了示威、造反、遊行到南京請願。學生就該好好念書，偏不念。」

這點琵琶同意，正喜歡上念書。有比先生和書本更恐怖的事，家裏的情況變得更糟。何時開始的她說不清，只知道陵每天挨打。

「我老說不能開了頭，一開了頭可就成習慣了。」榮珠的母親在洗衣房裏跟老媽子們說。剛從吸烟室裏出來，心情還是激動，粗短的胳膊上下亂划，強調她說的話。原是低聲，說著說著就又回到本來的大嗓門。

「做什麼每天打？」潘媽低聲道，傷慘的皺著眉眼。「打慣了就不知道害臊了。天天打有什麼用？」

「嚇咦，這個陵少爺！」何干沾了肥皂沫的手在圍裙上揩淨。「真不知道他這一向是怎麼了。」

「噯呀，他爸爸那個脾氣。」老姨太低了低聲音。「他娘倒想勸，他爸爸偏不聽，也不想想別人會怎麼說：『又不是自己的兒子，到底隔了層肚皮。』今天我也看不下去了，我說話了。我說：『行了，打也打了，不犯著罰他在大太陽底下跪著，外頭太熱了。園子裏又人來人往的。丟臉，臉皮可也練厚了，再有下次就不覺得丟人了。』」

「我也這麼說。」潘媽說：「慣了也就不害臊了。」

「我說外面日頭毒。沒聽他爸爸作聲，眼皮子也沒掀。我傻楞在那兒，碰了釘子，碰了一鼻子灰。」

「剛才還好好的嚜！」潘媽委屈的說，彷彿每天都風浪險惡。水手再怎麼小心，就是會起風波。

「叫他偏不來。」老姨太說：「總嚇得躲。嗳，那個孩子。說他胆小吧，有時候又無法無天。」

何干說：「這可怎麼辦？只有求老太太去說情了。」

「我不行，說過了。」

「等會吧，等氣消了。」

「嗳，叫我們做親戚的都不好意思。要不是大家和和樂樂的，住在別人家裏有什麼味？我不是愛管別人家的閒事。可是跪磚，頭上還頂著一塊，得跪滿三炷香的時間。膝蓋又不像屁股，骨稜稜的，磕著磚頭。嗳呀！」她的臉往前伸了伸，讓老媽子們聽得更清楚，面上神情不變，小三角眼像甜瓜上的鑿痕。

電話響了，榮珠的聲音喊：「媽！」

「嗳？」心虛似的，立時往吸烟室裏走。

「找你的。」

兩個老媽子都不作聲。何干看陵受罪覺得丟臉，潘媽是榮珠的陪房也是臉上訕訕的。

「嗳，剛才還好好的嚜！」半是向自己說。

琵琶在隔壁陰暗的大房間裏看書。三炷香要燃多久？拿香來計時，感覺很異樣。該是幾年？幾世紀？窗玻璃外白花花的陽光飄浮著。電車鈴叮鈴響，聲音不大，汽車喇叭高亢，黃包車車夫上氣不接下氣，緊著嗓子出聲吆喝，遠遠聽來像兵士出操。對街的布店在大拍賣。各行各業還是不見起色。布店請的銅管樂隊剛吹了〈蘇珊不要哭〉，每隻樂隊似乎都知道，遊行出殯都吹這曲子。時髦的說法叫「不景氣」，是日本人翻譯的英文。從前沒這東西。一九三五這年，大蕭條的新世紀了，還罰兒子跪磚？花園哪裏？窗戶看得見麼？她坐在屋子中央的桌上，窗玻璃像圍了上來。

何干進來，她問道：「弟弟呢？」

「別出去。」何干低聲道：「別管他，一會就完了。」

「哪一邊？」

「那邊。」何干朝吸烟室一摔頭。喔，吸烟室的窗看得見。琵琶心裏想。「可別出去說什麼，反而壞了事。」

「究竟是為什麼？」

「不知道。回錯了電話，我也不知道。也是陵少爺不好，樓上叫他，偏躲在樓下傭人房裏。」

琵琶恨他們反怪陵。不是他的錯就是他父親的錯。琵琶知道她父親沒有人在旁挑撥是不會每天找陵麻煩的。他沒這份毅力。何況人老了，可不會越看獨生子越不順眼。可她也恨陵中了人家的計。在我身上試試看，她向自己說道，覺得同石頭一樣堅硬。試試看，她又說一聲，咬緊了牙，像咬的石頭。她不願去想跪在下面荒地的陵。跪在那兒，碎石子和蔌蔌的草看著不自然。陽光蒙著頭，像霧濛濛的白頭巾。他卻不能睡著，頭上的磚會掉，榆溪從窗戶看得到。小小的一炷褐色的香，香頭紅著一隻眼，計算著另一個世紀的時間，慢悠悠的。他難道也是這麼覺得？還許不是。弟弟比別的時候都要生疏封閉。指不定是她自己要這麼想，想救他出去，免去他受罰的恥辱，也救她自己，因為羞於只能袖手不能做什麼。

過後在樓下餐室見到他。何干給他端了杯茶，送上一套藍布袍。他不肯坐下來讓何干看他的膝蓋。琵琶震了震，他長高了。必是以為他受罰後總有些改樣，才覺得他變了。鮮藍色長袍做得寬大，長高後可以再穿。穿在他身上高而瘦。他的鼻子大而挺，不漂亮了。琵琶只知自己的個子抽高了，不注意到自己也變了。弟弟的臉是第一張青春的臉，跟看著他在她眼前變老一樣的傷慘。一見她進來，他就下巴一低，不願她可憐，也不想聽訓，立在餐桌邊，垂眼看著地下。

「有什麼茶點？」她問何干。

「我去問問。」

「看不看見我的鉛筆？到處找不著。」

何干去廚房了，她這才壓低聲音向陵說：

「他們瘋了，別理他們。下次叫你就進去，要你做什麼就做什麼。讓他們知道你不在乎今天喜歡你明天又不喜歡你。不喜歡你又怎麼樣？只有你一個兒子。」

她含笑說道，知道弟弟不會說什麼，還是直視他的臉，等什麼反應。什麼也沒有。她聽見自己的聲音在空虛裏異樣的清楚，心往下沉，知道言者無心聽者有意。身體往後仰，怕讓他窘，以為是可憐他，反倒顯得她輕浮幼稚脾氣壞，最糟的是他好容易全身而退，卻不當回事。她嘴上不停，反覆說著，心裏急得不得了，因為不會再提起這件事，讓他再想起今天。他仍低著頭，大眼睛望著地下，全無表情。他的沉默是責備她派父母的不是？孔教的觀點後母等於生母。還是知道向她解釋也解釋不通？她不會懂其中的微妙之處。還是怪她教訓他要勇敢，出事的時候她又躲哪了？她只担心說錯話，沒工夫管他怎麼想。可是突然不說了，知道說了也是白說。她轉過身，看著門口，側耳聽腳步聲。不想有人看見她在安慰他，兩人都顯得可悲。她上樓了。

每天都有麻煩，老姨太跑去向老媽子們嘀咕，兩隻胳膊亂划。有次琵琶出去看穿堂上怎麼有腳底擦地的聲音。是何干推著陵到吸烟室去。他垂著頭，推一下才往前蹭個半步。

「嚇咦，陵少爺，這是怎麼啦？」何干壓低聲音，氣憤的喝道。

推不動他，何干索性兩手拉扯他。他向後掙，瘦長的身體像拉滿的弓。

「嚇咦！」何干噤嚇他。

他也是半推半就，讓何干拉著他到吸烟室門口，鞋底刮過地板。他握住門把，何干想掰開他的手。潘媽上前來幫忙，低聲催促：

「好了，陵少爺，乖乖進去什麼事也沒有，什麼事也沒有。」

他半坐下來，腿往前溜。

「嚇咦！」

他還是賴在地下扳著房門不放。琵琶恨不得打死他。好容易給推進了吸烟室，她不肯留下來看。他這種令人費解的脾氣小時候很可愛，像隻彆扭的小動物，長大了還不改，變成高聳妖魔的圖騰柱。

他這一生沒有知道他的人。誰也沒興趣探究，還許只有榮珠一個，似乎還知道他，不是全然了解，至少遂了她的用意。有時候她是真心喜歡他。風平浪靜的日子，她還像一年前剛進門的時候，拉長聲音寵溺的喊他的名字。琵琶受不了陵那副揚揚得意，一整天精明能幹，卻不聲張，掩飾那份得意的神氣。

麻煩來了的日子，她總不在眼前，因為她在吸烟室的時間越來越少，她特意冷落陵。陵驚訝的看著她，不耐煩起來，頭一摔，在眼淚汪汪之前掉過臉去。

「弟弟偷東西。」她告訴珊瑚。「說他拿了爐台上的錢。」

「小孩子也是常有的事。」珊瑚道：「看見零錢擱在那裏，隨手拿了起來，就說是偷了。他們唐家還不樂得四處張揚。一揹上了賊名，往後的日子就難了。」珊瑚像是比剛才更煩惱。「都怪他們。我真不知道該怎麼辦，有人能勸勸你父親就好了。鶴伯伯又不在，我也想不到還能找誰。我自己去跟他說，又要吵起來。我不想現在找他吵架，我們正聯手打官司，要告大爺。」

「告大爺？」琵琶極為興奮。

「我們小時候他把我們的錢侵吞了。」

「喔？」

「奶奶過世的時候，什麼都在他手裏捏著。」
「那不是很久以前的事了，還能要回來麼？」
「我們有證據。我現在打官司是因為需要錢，雪漁表舅爺的官司，我在幫他的忙。」末一句說得很含糊。
「姑姑以前就知道麼？」
「分家的時候我們只急著要搬出來，不是很清楚。你大媽不好相處，跟他們一起住真是受罪。他又是動不動就搬出孔夫子的大道理，對弟弟妹妹拘管得很嚴苛。你父親結婚了都還得處處聽他的，等他都有兩個孩子了，才准他自立門戶，我也跟著走了。還像是傷透了他的心呢。」
「我不知道大爺是那種人。」
「喝！簡直是偽君子，以前老對我哭。」
「他會哭？」
「哭啊。」珊瑚厭厭的說道：「真哭呢。」
「為什麼哭呢？」
珊瑚像是不願說，還是惱怒的開口了。「他哭因為沒把我嫁掉。『真是我的心事，我的心事啊。我死了叫我拿什麼臉去見老太爺？』一說到老太爺就哭了。」
琵琶笑著扮個怪相。
「我那時候長得醜，現在也不好看。可是前一向我又高又胖，別的女孩胳膊都像火柴棍，我覺得自己像一扇門。十三歲我就發育了。奶奶過世以後他們讓我去住一陣子，你大媽看見了，大吃一驚，忙笑著說：『不成體統。』帶我到她房裏，趕緊坐下來剪布給我把胸脯縛住。她教我怎麼縫，要我穿上，這才說：『好多了。』其實反倒讓我像雞胸。我的頭髮太厚，辮子太粗，長劉海也不適合我。有胸部又戴眼鏡，我真像個歐洲胖太太穿旗袍。」

琵琶只說：「真恐怖。」

「我去看親戚，人人都漂亮，恨不得自己能換個人。大爺一看見我就說什麼心事，沒臉見老太爺，噗嗤一聲就哭。我受不了，就說：『做什麼跟我說這些？』拿起腳就走出房間了。」末一句聲氣爽利，下頦一抬，沉著臉。琵琶聽出這話就像典型的老處女一聽見結婚的反應。「做什麼跟我說這些？」意思是與女孩子本人討論婚姻，不合禮俗。婚姻大事概由一家之主作主，謹池是她的異母大哥，該也是他說了算。這話出自珊瑚之口令人意外，琵琶只覺費解，頓時將她們分隔了兩個世紀。

「現在想想，從前我也還是又兇又心直口快。」珊瑚道，似乎沾沾自喜。

「回來之後也沒去看過他們。」她往下說。「他們氣死了，沒攔住我們不讓出國去。新房子的老太太也不高興我們出國。她也是個偽君子，噯呀！好管閒事，從頭到腳都要管。」

「只有我們親戚這個樣子，」琵琶問道：「還是中國人都這樣？」

「只有我們親戚。我們的親戚多，我們家的，奶奶家的，你媽家的，華北，華中，華南都有，中國的地方差不多都全了。」

「羅家和楊家比我們好一些麼？」

「啊！跟他們一比，我們沈家還只是守舊。羅家全是無賴。楊家是山裏的野人。你知道楊家人是怎麼包圍了寡婦的屋子吧。」

「姑姑倒喜歡羅家人。」

「我喜歡無賴吧。話是這麼說，我們的親戚可還沒有像唐家那種人。唐家的人壞。」她嫌惡的說，把頭一摔，撇過一邊不提的樣子。

「怎麼壞？」

「嗳，看你娘怎麼待她母親。她自己的異母姐妹瞧不起她，說她是姨太太養的，這會子倒五姐長五姐短，在烟鋪串進串出的。誰聽說過年青的小姐吸鴉片的？——你娘的父親外面的名聲就不好。」莫名的一句，像不願深究，啜起了茶。

「他怎麼了？」

「喔，受賄。」

「他不是德國公使麼？」

「他也在國民政府作官。」

「那怎麼還那麼窮？」

「人口太多了吧。——不知道。」

「我老是不懂四條衖怎麼會那麼窮。二大爺不是兩廣總督麼？」

「還做了兩任。」

「他一定是為官清廉。可是唐家人怎麼還會窮？」

「有人就是鬧窮。」頓了頓，忽然說道：「寫信給你媽可別提弟弟的事。我也跟她說了，說得不仔細，省得讓她難過，橫豎知道了也沒辦法。」

琵琶點頭。「我知道。」

「我還在想辦法。實在找不到人，我得自己跑一趟，就是這種事情太難開口。」半是向自己說話，說到末了聲音微弱起來。忽而又脫口說：「一定是你娘挑唆的，你爸爸從來不是這樣的人。」

「他一個人的時候脾氣倒好。」

「至少沒牽連上你。」珊瑚笑道：「也許是你有外交豁免權。你可以上這兒來講。」

琵琶笑笑，很想說：「也是因為他們知道我不像弟弟。我不怕他們，他們反倒有點怕我。」

「當然是你年紀大一點。只差一歲，可是你比較老成。你怎麼不說說弟弟？」

「我說了，說了不聽。」

「你們姐弟倆就是不親。」

「我跟誰都說不上話，跟弟弟更說不上。喔，我們有時候是說話，只說看的書跟電影。」

這類話題他也是有感而應，感激她打斷了比較刺心的話頭。

「好看麼？」他拿起一本新買的短篇故事集。

「很好看。」

他好奇的翻了翻。「原來你喜歡這種書。」

「你就愛神怪故事。」
「有些神怪故事寫得不錯。」
「你喜不喜歡中國嘉寶[4]？」
「噯喲！」他作怪相。「你喜歡她？」
「噯。」
「神秘女郎。黑眼圈女郎。你喜歡她？」
「我喜歡她的黑眼圈。」
其實沒什麼可說的，然而他總多站一會，搖搖晃晃的，像梯子在找牆靠。然後就走了。

4．指阮玲玉。

十六

珊瑚常打電話來討論打官司的事。榆溪並不願打官司，怕和異母兄弟絕裂，一家人鬧翻。可是他的妻子妹妹都贊成，而且也牽扯到金錢。王發給找來問老太太過世時有多少家產，他翻出了半腐爛的蘆葦籃子，籃子裏塞滿了古舊的賬簿。最後一個經管的人辭工了，就由他來收租。王發不識字，沒辦法查閱賬簿，便全數留了下來。珊瑚請律師審查，找到了有用的資料。

珊瑚和榮珠不常見面，姑嫂的感情還算不錯。兩人互稱姐姐。叫姐姐而不叫嫂嫂，叫哥哥而不叫姐夫，婚姻關係比起血親來世俗得多，這樣的稱謂典雅有況味。這會子聯手取回家產，她們分外的賣力討好。榮珠向珊瑚埋怨陵總是惹他父親不悅，珊瑚費了好大勁才忍住了不搶白她幾句。在吸烟室商議完後，她趿著高跟鞋輕盈下樓，很滿意自己的表現。見著何干，她快心的喊，學何干的土音：

「噯，何大媽，你好啊？」

「好好，珊瑚小姐好麼？」

「好好。」珊瑚模仿她。

就像從前，可是何干卻是淡淡的，怕跟珊瑚說話。附近沒有人，還是怕有人聽見。誰知道是不是疑心她說新太太的不是？

珊瑚倒摸不著頭腦。一時間竟還疑心何干是不是聽見了她和明的事。她倒從不顧慮何干怎麼想，可是老阿媽不贊同也讓她心煩。倒是肯定榆溪沒聽見什麼。

「雪漁怎麼樣了？」他會問候侯爺。「情況怎麼樣？」不追問細節，免遭袖手旁觀之譏。他們的親戚也沒有一個幫忙。

「她就是好事。」榆溪背後笑道，終究傳進了她耳朵裏。「可是現在能幹了，圓融多了。老練了。」

他決不會疑心她和侯爺有什麼，侯爺的年紀太大了。侯爺的兒子是珊瑚的表姪，又比她小了六歲。表姪也還是姪子。姑姪相戀是亂倫，幾乎和母子亂倫一樣。誰也不想到她會做出這樣的事。大家都信任她。

「大家開口閉口說的都是你，從來不說我。」她曾向露說，幾乎透著悵望。

侯爺夫人也什麼都不覺察到。真覺察了，她也藏不住。難道是傭人？他晚上回家晚，電話又多？樓下是不是閒言閒語的？不然何干怎麼冷冷的？琵琶去看她，她又想了起來。

「我在想，怎麼何干對我就不像對你一樣。」她忽然道：「她也是看我長大的。」

「她是爸爸的阿媽，不是姑姑的。」

「她也照顧我，我的阿媽太老了。」

「姑姑怎麼知道她對你不一樣？」

「噯，看得出來。」

你老取笑她，對她又沒有用處，琵琶心裏想。然而一論及情愛，她對姑姑就有保護欲。

「也許是像人家疼兒子總不及疼孫子一樣。」她道：「人老了就喜歡小孩子。我就像她的孫女。」

「大概吧，不知道。」珊瑚不像服氣了。

每晚何干都到琵琶房裏縫縫補補，陪她讀書畫畫，只有頭頂一盞昏黃的燈，兩人圍坐在正中的桌邊，圍爐一樣。何干打盹，琵琶畫她。她的頭垂在胸口，變得很大，露出光閃閃的禿頂，稀疏的銀白頭髮緊緊往後梳。燈下，秀氣的臉部的骨架，秀氣的嘴唇，稀稀的眉毛睫毛褪了顏色。陰影濃淡透視看得琵琶出神，彷彿是她發明出來的。

「何干你看我畫的你。」

「我是這個樣？」何干愉快的說。「醜相。睡死了，怎麼睡著了。」

琵琶上床後她送熱水袋來，掗進被窩裏。兩隻手像老樹皮，刮著琵琶的腳。琵琶把腳擱在法蘭絨布套著的熱水袋上，世上唯一的溫暖，心裏一陣哀痛。

「我今天上街。」何干有天晚上向她說。「給客人買蛋糕。大家都忙，要我去。靠近靜安寺那兒的電車站有個老叫化子，給了她兩毛錢。我跟自己說，將來可別像她一樣啊。人老了可憐啊，要做叫化子。」

「不會的。」琵琶抗聲說，愕然笑笑。「你怎麼會這麼想？」

何干不作聲。

琵琶回頭看書，何干也拿起針線，突然又大聲說：「何干要做老叫化子了。」從不這麼激動過。

「怎麼會呢？」琵琶忙笑道。「除非——」除非她自己要走，她父親是不會讓她走的，琵琵正想這麼說，彷彿她父親靠得住。末了改口道：「不會的。」仍是掛著極乏的笑。「不會的。」

何干仍是不作聲。琵琶心焦的釘著她縫衣服。想不出能說什麼，不了解幾句承諾就夠了，不管聽起來有多孩子氣。她會養何干。過兩年她就大了，何干就不用担心了。可是琵琶忘了怎麼承諾。小時候她說長大了給何干買皮子，小時候她對將來更有把握。她可以察覺到何干背後那塊遼闊的土地，總是等著要錢，她筋疲力竭的兒子女兒，他們的信像蝗蟲一樣飛來。比起空手回家，什麼都好。能不回去，榮珠怎麼對她都可以忍。她怕死了被辭歇回家，竟然想到留在城裏乞討，繼續寄錢回去。

琵琶從沒想過從她父親那裏繼承財產。父母是不會衰老死亡的。他們得天獨厚，縱使不是永保青春，至少也是永保中年。去看珊瑚，她問起打官司的事，也只因為是姑姑正在做的一件事情。回家來從不聽見提起打官司的事。

「我們有勝算。」珊瑚道：「這些事當然說不準。」

「開庭了嗎？」

「開了，現在說什麼還太早，下一庭是五月。」

「大爺也去了？」

「沒有去，只他的律師去了。」

「大爺看見姑姑不知道會怎麼樣？」

琵琶對法律與國民政府倒是有信心。她唯一知道的法律是離婚法律。她母親能夠離婚，軍闊當政的時候簡直不可能。噯，她聽說中國的離婚法比英國的尚且要現代。

五月快開庭以前，珊瑚的律師打電話來。榆溪同謹池私了了，官司給釜底抽薪了。珊瑚怒氣沖沖去找哥哥理論，他嚴陣以待。

「我是不得已，」他道：「只有這個辦法。我知道你聽不進去。他們之前就問過我們了。要是告訴了你他們提了一個數，你反正也是拿著了把柄好對付他們。」

「你出賣我拿了多少錢？」珊瑚問道：「一定很便宜。」

「我只是不想再蹚渾水，我可沒給錢逼瘋了。官司打下去是個什麼了局？」

「我們贏定了，陳律師說我們贏定了。」

「贏了反倒是泥足深陷。我不打了。」

榮珠打岔道：「他一直就不願意。官司拖下去，沈家人都沒面子。」

「我們贏定了。你以為他們這麼急著私了是為什麼，他們可不是傻子。」

「他們只是不想打官司了，我們丟人也丟得夠了。」他道。

「可別讓親戚們笑話。」榮珠道。

「是你拖我進來的，我不想再插手了。」他道。

「現在又怨起我來了。你倒大方，隨人家搶，得了一點好處，這會子又成了好兄弟了。」

「異母兄弟到底還是兄弟。」榮珠道：「老太爺老太太要知道你們為了錢連手足之情都不顧了，就是死了也不閉眼。看看我們，我們家兄弟姐妹多了，都是和和氣氣的，大的教導小的，小的尊重大的，每個都是你推我讓的。」

反駁的話迸在舌頭尖上，可是珊瑚不想打斷話頭。不理榮珠，仍是針對榆溪，明知無望，仍希望能逼他再改變立場。

這回礙於太太的面，咬定了不鬆口。珊瑚想搧旺他的貪念。謹池打官司花了那麼多錢，能給他的也不多了。他們得送錢，打通了法官這個關節，再依著法官的指示打點重要人士。儘管拍胸脯担保，打點的費用只怕不止這些。驚人的花費顯然讓榮珠卻步，消了發財夢。而榆溪捨不得的是手上的錢與一門闊親戚。兼顧了傳統與社會，他在物質上與精神上的需要。至於妹妹，也不是特為和她作對，他早也不滿。離婚的事他也怨怪她。要不是她和嫂嫂形影不離，總是幫著嫂嫂，也不會以離婚收場。

珊瑚走了，臨走說再也不上他家的門。榆溪倒不禁止琵琶去看姑姑。珊瑚什麼也沒跟琵琶說，不希望她在她父親家裏的日子更難過。

「什麼時候再開庭？」琵琶問道。

「我們輸了。」珊瑚道。

「怎麼會輸了？」

「他們送錢給法官，我們也送。他們送得多。」

端午節忽然叫王發送四色酒菓到大爺家，王發也不知是怎麼回事。去了以後才從傭人那裏知道榆溪與大爺私了了。

回家來傭人也有米酒吃。

「喝一杯吧，何大媽？」潘媽說。廚子也說：「喝點吧，潘大媽？」眼裏閃動著作賊似的光采，有些心虛促狹。老媽子們吃了半杯，男傭人吃得多。晚飯後王發一個人坐在長板凳上，臉喝得紅紅的，抽著香烟。何干把水壺提回來，他就說了官司的事。

「老爺做什麼都是這樣，」他道：「虎頭蛇尾。我根本摸不著頭腦，突然又想起送什麼節禮？官司難道是打著玩的？今天打，明天和？聯手對付自己的親妹妹？可不作興胳臂肘向外彎。」

何干很緊張，怕有人聽見了。「我一點也不知道。」她反覆的說。

「我不是幫珊瑚小姐，可是她終究是自己的親妹妹。現在要她怎麼辦？官司輸了，說不定錢都賠上去了，又沒嫁人，將來可怎麼好？」

「老爺一定有他的緣故。」何干低聲說道：「我們不知道。」

「珊瑚小姐來，跟我問賬簿，我整籃整籃的拿了來。我倒不是等他們贏了官司打賞，可是看他們虎頭蛇尾，真是慪了一肚子火。我就說要幹什麼就別縮手，要縮手就別幹。」

何干低聲道：「這些事我一點也不知道，可是老太太過世的時候，珊瑚小姐還小，老爺年紀大，應該知道。珊瑚小姐從來就不聽人家的勸。」

「總強過了耳根子軟，聽人吹枕頭風，倒自己親骨肉的戈。就一個兒子，打丫頭似的天天打，弄得跟養媳婦一樣成天提著心吊著胆。」

片刻的沉默。

「得上去看看。」何干喃喃說道，卻沒起身，王發又說了起來。

「從前當著姨太太的面，我不敢罵，只在樓下罵。現在兩樣了。人家可是明媒正娶來的，我連大氣都不敢哼。前天去買洋酒預備今天送禮，還怪我買貴了。我說：『就是這個價錢。』她不喜歡我的口氣，掉過臉跟老爺說：『這個家我管不了。』老爺就說了：『王發，你越來越沒規矩了，還以為是在鄉下欺負那些鄉下人。下次就別回來了。』欺負鄉下人？我是為了誰？在這屋裏連吃口飯都沒滋味了。知道你老了，沒有地方去，就不把你當人看了。」

「怎麼這麼說，王爺？」何干一頭起身一頭笑道：「老爺不看重你還會要你去收租麼？」

秋天王發下鄉去收租，錢送回來了，自己卻不回來。留在田上，隔年死在鄉下了。

琵琶一點都不知道，跟榮珠卻也交過幾次手。跟她要大衣穿，她只有一件外套，舊外套改的，也太小穿不下了。

「你可真會長。」榮珠笑道：「現在做新的過後又穿不下了。」

「可是我出門沒有大衣穿。」

「去看親戚不要緊，他們不會多心。我們在家裏都隨便穿。你們家裏也一樣，你奶奶就很省，問你爸爸。」

榆溪在房裏踱來踱去轉圈子，不言語。女兒的衣服由母親經管，他交由榮珠處理，還頗以為樂。

「可是天冷了。」

「多穿幾件衣服。」榮珠忙笑道。

「大家都有大褂，獨我沒有，多怪。」

「誰會笑話你？你不知道現在外頭這時世，失業的人那麼多，工廠一家接一家關門，日本人又虎視眈眈的。」

琵琶聽得頭暈腦脹。直覺知道說的是門面話，粉飾什麼。家裏錢不湊手？她常聽見鴉片的價格直往上漲。了解的光芒朦朧閃過，也願意講理，她衝口而出：「是不是錢的關係？」

「不是，不是因為錢。」榮珠斷然笑道，耐著性子再加以解釋。

琵琶幾次想插嘴打斷她這篇大道理，幸喜她還不算太愚鈍，沒提起榮珠才替自己訂了一件小羊皮黑大衣。

她在報上看到新生活運動。實踐上連女人的裙長袖長都有定制。不准燙髮。提倡四書五經、風箏、國術。錙銖必計，竟使她想起後母的手段，覺得政府也在粉飾什麼，任日本人作威作福，國事蜩螗卻不作為。

還有次為了鋼琴課。

「我們中國人啊，」榮珠躺在烟鋪上向琵琶說道：「崇洋媚外的心理真是要不得。你芳姐姐也學琴，先生是國立音樂學院畢業的，就不像你的俄國先生一樣那麼貴。」掉過臉去對著另一側的榆溪。「這個梁先生很有名，常開音樂會，還上過報，聽說很行。怎麼不換她來教？」

她向琵琶說道。

「我習慣了這個先生了。」

「我在想在中國當天才真是可憐。資格那麼好，還是不能跟白俄還是猶太人收一樣的錢。我們中國人老怪別人瞧不起，自己就先瞧不起自己人。等你學成了，可別一樣的遭遇。」

「換先生一個月能省多少錢？」琵琶問道。

「倒不是省錢不省錢。你的鋼琴也學了不少年了，現在才想省錢也晚了。」

琵琶的琴一直學得不得勁，從她母親走後就這樣了。教琴的先生是個好看的俄國女人，黃頭髮在頭上盤個高髻，住了幢小屋子，外壁爬滿了長春藤，屋裏總像燉著什麼，牆壁上掛滿了暗沉沉的織錦和地毯。養了一隻中國人說的四眼狗，眼睛下有黑斑。她的先生細長的個子，進出總是他替琵琶何干開門。琵琶剛來時還不能和俄國先生說什麼，先生得把她用的男廚子叫進來通譯。他是山東人，也不知琵琶聽不聽懂他說的話，總掉頭看坐在小沙發上的何干，成了四邊對談。

先生解釋她怎麼晒得紅通通的。

「昨天我去戛秋。」她做出游泳的姿態。

「喔，上高橋去了。」何干說。

「對，對，戛秋。非常好。可是看？噢！」她作個怪相。「看？全部，全部。」只一下子就把棉衫掀到頭上，長滿雀斑的粉紅色寬背轉向她們。「看？」聲音被衣服埋住了。

何干咕嚕著表示同情，並不真看，緊張的扭過頭去看廚子是不是過來了，自動側跨一步擋住她，不讓從廚房進來的人看見。赤裸的背有汗味太陽味。琵琶沒聞過這麼有夏天味兒的一個人。

琵琶彈完一曲，先生會環抱住她，雨點一樣親吻她的頭臉，過後幾分鐘臉都還濕冷的。琵琶客氣的微笑著，直等出了屋子才拿手絹擦。等她進了尷尬年齡，先生也不再誇獎她了。

「不不不不！」她捂住耳朵，抱著頭，藍色大眼睛裏充滿了眼淚。琵琶不習慣音樂家和白女人的怪脾氣，倒不想到先生之前的歡喜也是抓住學生的一個手段。使先生失望，她慚愧得很，越來越怕上鋼琴課。

因為後母的意思，她換了梁先生。梁先生受的是教會派的教育，她母親姑姑素來最恨被人誤認是教會派的。西化的中國人大半是來自教會派的家庭。

「尤其是知道你沒結婚，」珊瑚道：「馬上就問你是不是耶教徒。」

「手怎麼這麼放？」梁先生說。

「從前的先生教的。」

「太難看了。放平，手腕提起來。」

琵琶老記不得。俄國先生說手背要低，她相信。

「又是！」梁先生喊。「我不喜歡。」

她老弄錯，梁先生氣壞了，一掌橫掃過來，打得她手一滑，指關節敲到鍵盤上的板子。

她早就想不學了，然而該怎麼跟媽媽姑姑啟齒？都學了五年了。她學下去，不中斷，因為鋼琴是她與母親以及西方唯一的聯繫。

可是該練琴的時候她拿來看書。陵來了，抵著桌子站著，極希罕的來做耳報神。

「我今天到大爺家去，駿哥哥過生日。」

「他們怎麼樣？」

「老樣子。」又溫聲道：「噯呀！最近去了也沒意思。你倒好，用不著去。」

「去了很多客人？」

「是啊，駒也去了。」

琵琶過了一會方吸收。駒是姨太太的兒子。「怎麼會？大媽知道了？」

「知道了，倒許還知道一段日子了。」

「什麼時候認的？」

「一陣子了。你不大看見他們吧？」

琵琶除了拜年總推搪著不去。榮珠怕大爺大媽不高興琵琶還和珊瑚來往，興許還幫著珊瑚監視他們的一舉一動。

「大媽和吉祥對面相見了？」

「噯，她還得過去磕頭。」

「就這麼順順當當的？」

「大媽還能怎麼樣？都這麼多年了。不高興當然是有的，說不定還怪罪每個人，瞞著不告訴她。」

他的聲口，圓滑的官腔，總覺刺耳。陵的每一點幾乎都讓她心痛。

「駿哥哥到不動產公司做事了。」

「做什麼差事？」

「不知道。駿哥哥那個人……」同榆溪那種失望帶笑的聲氣一樣，只是緊張的低了低聲音。

「駒長大了吧。」

「噯。」

「幾歲了？十歲還是十一歲？」

「十一了。」

「他以前圓墩墩的，真可愛。」

「現在改樣了。」

「他也在家裏念書？」

「噯，說不定會上聖馬可中學。」一掉過臉去，以榆溪的口氣咕嚕，半是向自己說：「可是駒那個人……」

琵琶等著聽駒又怎麼也不是個有前途的人，可他沒往下說。倒是覺得表兄弟二人都不怎麼敷衍陵。剛到上海那時候吉祥很是親熱，小公館讓他們有一家人的感覺。當時姨太太對前途仍惴惴不寧，孩子又小。這如今不怕了。窮親戚走得太近可不大方便。一時間琵琶覺得與弟弟一齊步入了他們自己知道立足於何處的世界。其實她並不知道。

十七

讓她決定放棄鋼琴的原因是至少她父親歡喜。也是鬆了口氣，再不犯著立在烟舖前等他坐起來，萬分不捨的掏出皮夾。這次她要大步走向烟舖，說：「爸爸，我不想再學鋼琴了。」就像送他一份昂貴的大禮。她不曾給過他什麼，雖然也便宜了後母，並不壞了她的情緒。

榆溪榮珠果然歡喜。珊瑚也平靜的接受。

「既然不感興趣，再學也沒用。」她道：「那你長大了想做什麼？」

「我要畫卡通片。」琵琶只知道這種可以畫畫，而且賺進百萬的行業。她思前想後了許久。唯其如此才能坦然以對母親姑姑，因為她讓她們狠狠的失望。

「你要再回去畫畫了，像狄斯耐嗎？」

「我不喜歡米老鼠和糊塗交響曲，我可以畫不一樣的。我可以畫中國傳說，像他們畫佛經。」

「不是有人畫過了？好像在哪裏看到過。」

「是萬氏兄弟，在這裏製作了一張卡通片，《鐵扇公主》。」

「那不是和畫畫兩樣？」

「噯，是特別的一種。能讓我做學徒就好了。」

說得豪壯，話一出口就覺得虛緲，自己也悵惘了。聽她說的彷彿她的家和外面世界並不隔著一道深淵。連自己上街買東西都極少，她敢走到陌生人面前請他們僱用她？老媽子們總笑話楊家的女兒自己上街買糖果。「年青小姐上店裏買東西，連我們陵少爺都不肯。」

橫豎她的職業是將來的事，將來有多遠她自己或姑姑都不知道。時間像護城河團團圍住了她，圈禁保護。

「說不定該上美術學校，學點——」珊瑚總算沒說出「基礎」兩個字。「唔，技術的部分，像人體解剖。」

說到末了自己也縮住了口。榆溪怎麼肯讓女兒混在男同學群裏畫裸體模特兒。誰都知道美術學校是最傷風敗俗的。

「我不想上美術學校。」本地美術老師臨摹皇家學院最不堪的畫作，上過報，琵琶見過。

「也好。」珊瑚道，鬆了口氣。「學校要不好，倒抹殺了天分。」頓了頓，方淡淡道：「不會又改變主意吧？都十六了。」

「十六」兩字陡然低了低聲音，歉然笑笑，像是提醒哪個女人不再年青了。微蹙的眉頭卻難掩她對琵琶的失望。她本該與她們兩樣，為自己選定的職業早早開始訓練，證明女孩子只要有機會一樣可以出人頭地。

「不會再改了。」琵琶笑道，覺得空洞洞的，忙著在心裏抓住點什麼牢固的東西。

鋼琴上蒙了一層灰，使她心痛，傭人擦過心裏才舒坦。「自己擦，」她母親當時說：「這是一生一世的事。」柳絮的母親想要鋼琴，榮珠卻不給，又不能向自己的嫂嫂收錢，賣給別人也難為情。鋼琴便仍是擱在客室裏。

榮珠滿腦子儉省的算盤。在報紙副刊上看見養鵝做為一種家庭企業。花園橫是荒廢著，她要廚子買了一對鵝，靠花園圍牆牆根上蓋了鵝棚。她從窗戶望出去，看見兩隻鵝踱來踱去，大聲自問什麼時候下蛋，疑心是不是一公一母，也不知廚子是不是給誆了？過些時也不看了。仍讓她想到自己，這屋裏連鵝都不生。

兩隻鵝成了花園的一部分，大而白，像種在牆沿的高大的白玉蘭。大園子裏只有這四五棵樹木，崎嶇不平的地面，一塊塊的草茬。很難說園子有多大，就像空房間，時而看著大時而看著小。黃昏之前琵琶在園子裏跑了一圈又一圈，這時間隱晦些，安全些。她個子抽高了，昂首闊步太觸目，在園子裏卻不覺得。在灰褐的荒涼中飛跑，剝除了一切，沒有將來，沒有愛，沒有興趣，只有跑步的生理快樂。兩隻大白鵝搖搖擺擺的踱步，彼此分開幾步，園裏的擺設似的，經過時理也不理她，原始的平原上與另一物種相遇，不屑為伍。大白鵝長得極為龐大，也不知是薄暮中空曠中顯得大。橙色圓頂硬禮帽小了好幾號，帽下兩隻圓滾滾的眼睛瞪著兩側。要是肯讓她輕撫白胖的背，就像狗一樣可愛了。有一次她經過時靠得太近，突然給注意到，下一秒鐘立刻狼狽奔逃，氣喘吁吁，恐懼捶打著耳朵，幾乎聾了。兩隻鵝追著她，悄然移動，雖然是東搖西晃，竟快如閃電，一門心思將她逐出園子。

榮珠有個窮親戚，遠房的姪子，只有他對榮珠的母親很尊重。老姨太總跟阿媽們說他有多好：

「今年二十二了，書從沒有念完過，人倒是很勤奮，在銀號裏當店伙，養著他母親。現在跟著他榆溪姑爺到交易所，邊看邊學。這孩子有前途。」

他高瘦，一襲青衫，古典美中略帶靦腆，一雙鳳眼，精彫細琢的五官，膚如凝脂。在吸烟室裏他聽著榆溪評講市場近況，緊張的稱是。在表姑面前也害羞。等話說得差不多了，他退出吸烟室，過來到琵琶房裏。

「看書啊，表妹？」他在門口含糊的說道，琵琶訝然抬頭。

「豬表哥。」她點頭微笑，半站了起來。

他走進來，隨時就走的樣子。

「請坐啊。」

他走過來到桌前。

「表妹好用功。」他說。

「喔，我不是在看書，是看小說。」

她把書本拿給他。他接過去掀動書頁。

「請坐啊。」

「打擾了表妹。」

「沒事沒事，我也是閒著。」

他只坐椅子邊緣，仍心不在焉的掀著書頁。

「你喜歡看小說麼？」

他頓了頓，方道：「我什麼也不知道，得跟表妹多討教。」

「表哥太客氣了。你喜歡什麼？看電影？」

「不知道。」

「說不定還沒看到好片子。看過哪些片子？」

他尋思著。

「電影總看過的。」

他似乎真的很認真的思索，正想開口，看著地下的臉卻蹙起了眉頭。「記不得了。」他喃喃說道。

「表哥的工作一定很忙。」

他不安的動了一下。「沒有，不值一提。」咕噥了一句。

琵琶過了一會才想到交易所，比銀號規模要宏大得多。

「交易所怎麼樣？很刺激麼？」

「姑爹正教我。我還是什麼也不懂。」

何干送茶進來。「表少爺，請喝茶。」

「不不，我得走了。」還是又拿起了書，垂眼釘著。

「你喜不喜歡京戲？」

他想了想，含糊應道：「不知道。」淡淡一笑，頭略搖了一搖，撇下不提了。

琵琶不再說話，他說：「攪糊表妹了。」便走了。

下次來還是一樣。她猜他是要自己把家裏的每一個人都應酬到。

柳絮問：「褚表哥常來麼？」

「噯，也不知道該跟他說什麼。」

「討厭死了。」

詫於她那惱怒的聲口，琵琶倒樂意她這次少了那種圓滑的小母親似的笑容。倒像兩人是真正的朋友。

「他進來坐下，一句話也不說。」

「芳姐姐也是這麼說。老是進來坐，一句話也不說。芳姐姐說他討厭死了。」

「他也上你們家去？」

「倒不常來。他只往有錢的地方跑。」

「我們家沒有錢。」

「姑爹有錢。」

「喔？」琵琶詫異道。

「他當然有錢。你知道芳姐姐怎麼說褚表哥麼？」一手遮口，悄悄道：「管他叫『獵財的』。以為她會看上他。哼，追芳姐姐的人多了。」

琵琶駭笑。「這麼討厭還想獵財！」

獵財的人將她看作肥羊，琵琶倒哭笑不得。她還是富家女嗎？卻連一件大衣都沒有。與芳姐姐歸入同類，她應該歡喜欲狂，芳姐姐二十四歲，衣著入時又漂亮。但是聽見說褚表哥也是一樣去默坐，不禁愴然。

榮珠有天說：「要不要燙頭髮？你這年紀的女孩子都燙頭髮了。」

還是第一次提到琵琶的外表。說得很自然。琵琶登時便起了戒心，不假思索便窘笑道：「我不想燙頭髮。」

榮珠笑笑，沒往下說。

其實琵琶早想燙頭髮，人人都會說她變了個人，下次緒表哥來準是嚇一跳。她不喜歡直直的短髮，狗啃似的，穿後母的婚前的舊衣服，穿不完的穿，死氣沉沉的直條紋，越顯得她單薄、直棍棍的。

珊瑚道：「等你十八歲，給你做新衣服。」

珊瑚一向言出必行，但是琵琶不信十八歲就能從醜小鴨變天鵝。十八歲是在護城河的另一岸，不知道有什麼辦法才能過去。

「你就不能把頭髮弄得齊整一點？」

「娘問我要不要燙頭髮。」

「你娘還不是想嫁掉你。」珊瑚笑道。

琵琶笑笑。她很熟悉那套模式：燙頭髮，新旗袍，媒人請客吃飯，席間介紹年青男人，每個星期一齊吃晚飯，飯後看電影，兩個人出去三四回，然後宣佈訂婚。這是折衷之道，不真像老派的媒妁之言，只是俗氣些。她不担心。誰有胆子在她身上試這一套！

「我說不想燙頭髮。」

「別燙的好，年青女孩子太老成了不好看。」

表舅媽從城裏打電話來，珊瑚要她過來。

表舅媽望著琵琶道：「小琵琶。」有些疑惑的聲口。

「快跟我一樣高了。」珊瑚道。

「淨往上長，竹竿似的。倒沒竹節，像豆芽菜。噯，女大十八變，知道往後什麼樣呢。」

表舅媽和氣的道。

「她至少頭髮別那麼邋遢。」

「她是名士派。對，名士派。」表舅媽得意的抓住了這個字眼。「名士派。跟她秋鶴伯伯一樣。」

「我不是。」琵琶喊，覺得刺心。

「那怎麼這麼邋遢？」珊瑚道。

「你這年紀的女孩子應該喜歡打扮。還是一天到晚畫畫看書？瞧不起錢？」

「不是！我喜歡錢。」

「好，給你錢。」珊瑚給她一毛。

「我不想跟鶴伯伯一樣。」

「奇怪你不喜歡他，他那麼喜歡你。」

「他回來後見過麼？」表舅媽問珊瑚。

「鶴伯伯從滿洲國回來了？」琵琶詫異道。

「噯。」

「真帶了姨太太回來了？」表舅媽身體往前湊了湊，急於聽笑話。

「我問過他。我說恭喜啊，聽說找到新歡了。他只搖頭嘆氣，說：『全是誤會，我也只是逢場作戲。』」

「他兩個姐姐怎麼說？差事丟了，又弄了個姨太太。」

「他說她才十六，還是個孩子。」珊瑚道，彷彿年齡和身量減輕了這樁大罪。

「是怎麼回事？」

「他自己說是可憐她。」

「堂子裏的？」

「是啊。同僚拖他去的。長春荒冷寂寥，他又沒帶家眷，下了班也沒地方去，這個女孩子又可憐。」

「偏我們的秋鶴爺又是個多情種子。」

「我倒不怪他又看上了一個，就是不該帶回來。家裏大太太和姨太太已經鬧不清了。」

「這會子他要怎麼辦？去過滿洲國又成了黑人。」

「也許是他兩個姐姐養著他。」

「這一個住哪裏？」

「同姨太太住吧——大太太在鄉下。」

「這一個可別又生那麼多孩子。」

無論他說是愛情或是同情都不相干，琵琶心裏想。丟進鍋裏一燉，糊爛一團。貧窮就是這樣。

「他至少該在滿洲國賣幾張畫。」珊瑚道：「鄭孝胥在那裏做總理，自己就是書法家。」
「要是跟那些人處得好，也不回來了。」
「是啊，可是他的畫從不賣，死也不肯賣。」
有個第五世紀的文人，死也不肯提起錢這個字，他叫什麼來著？有人特意在他屋子裏到處堆滿銅錢，他只嚷：「舉卻阿堵物！」從此「阿堵物」成了錢的別稱。實生活裏也確實堵死了許多人的路。不看不說也無濟於事。她就受不了榮珠繞著錢打轉，卻絕口不提錢字。不出口的字是心上的障礙，整個中國心理就繞著它神秘的迴旋。
珊瑚將露寄來的近照拿給表舅媽看。在法國比阿希芝海灘上，白色寬鬆長袴，條紋荷葉帽。
「氣色真好，一點也不顯老。」
「反倒年青了。」
「交朋友了嗎？」
「沒有特別的吧。」
她將相片遞給琵琶。琵琶倒覺好笑，還特意迴避。她母親有男朋友未嘗不可？離婚之前也不要緊，橫豎只是朋友。她母親太有良心了。
「真佩服她，裹小腳還能游泳。」表舅媽心虛的低了低聲音，珊瑚也是。
「還滑雪，比我強。」
兩人在一塊就分外想念露。三人小集團裏表舅媽最是如魚得水。只剩兩個，關係太深了點，不自在。其實這一向她們兩人有些緊張。珊瑚不知道援救雪漁表舅爺的事一概瞞住表舅媽使她憤懣不平，像個傻子給撂在一旁。每每表舅媽問起最近的發展，得到的答案只是哄老太太的含糊其詞。珊瑚心事太多，不留意到傷了她的心。珊瑚只想著表舅媽是不是疑心她和明的事。她不高興明堅持要秘而不宣，倒也想得到若是表舅媽知道了真相，準是倉皇失措。儘管她見識廣，對愛情又有憧憬，也不能接受姑姪相戀，尤其是她當兒子一樣親手帶大的孩子。

但是珊瑚覺得表舅媽不是個藏得住事的人，心緒壞指不定是因為要担心的事太多。自從表舅爺出了事，她便不像從前一樣好玩。今天又幾乎恢復舊貌。幸喜琵琶也在，又是三個人。

十八

褚表哥再來，琵琶仍是在看書。也真怪，聽見了他的事，並不改常。他在門口遲疑著不進來。

「攪糊表妹了。」

她半立起來，仍是驚訝。「沒有，沒有。褚表哥。」

「表妹真用功。」

「不是，我是在看小說。」

她讓他看封面。

「表哥看過麼？」又來了，圖書館員似的。

這麼多人偏揀她來獵財，整個是笑話。他又不傻。別的不知道，這一點她是知道的。他長大成人了，神神秘秘的，長條個子，像是覆著白雪的山。可是她不要人家說她是愛上了他。她提醒自己不要太熱絡了。

他仍是否認看過什麼書什麼電影。長長的靜默。他倒有些不安。開罪她了？

「我自己的時間太少了，」他喃喃說道：「也不知道那張片子好。」

「國泰戲院有一張片子很好，你一定得去看看，報紙會有上演的時間。」她一古腦說了所有的細節。

他一臉的無奈。「噯，我是想看看，偏是抽不出空來。」他喃喃道，搭拉著眼皮，聲音走調，有些刺耳。奇怪，卻不猜到他以為她把順序攪混了，還沒找媒人上門來說親，就要他帶她去看電影。琵琶自然是要他自己去看的意思，也不信他會去，只是搭訕著找話說。

榮珠竟幫她訂了件大衣，未免太性急了，因為兩個月後就聽說褚表哥與一個銀行家的女兒訂婚了。榮珠的母親興奮的告訴老媽子們：

「中通銀行的總經理，就只有她一個女兒。將來也把女婿帶進銀行，給他一個分行經理的位子。我就知道這個孩子有出息，現在這麼好的年青人找不到嘍。」

他果然是個獵財的。琵琶也不覺得怎麼樣，從不疑心差一點就愛上他。過後沒多久做了個夢，夢見了她的新婚之夜。賓客都散了，耳朵仍是嗡嗡的響，臉上酡紅，腮頰蒙著熱熱的霧靄。坐在床沿，旁邊坐著新郎，大衣櫃鏡子裏映著兩個人。大衣櫃很貼近床鋪，房間準是很小。她不能環顧，太害羞，整個頭重甸甸的。吊燈怒放著光，便宜的家具泛出黃色的釉彩。她看著怪怪的模糊影子，兩個坐著的人強掗進鏡子裏，鏡子擱得太近，男人的臉挨得太近，有米酒的氣味，熱辣辣的臉頰有電金屬味。他是誰？不是褚表哥。根本不認得。油膩膩的泛著橙光的臉挨得太近，放大了，看不出是誰。難道畢竟還是褚表哥，給強灌酒，喝成這副臉色？可是她在那裏做什麼？她是怎麼插進來的？困住了。心像是給冰寒裹住了。

「她自己要的。」她聽見後母向珊瑚說。「我們是覺得年紀太小了，可是她願意。」

是的，是她自己不好。被人誤解很甜蜜，隨波逐流很愉快，半推半就很刺激，一件拉扯著一件。末了是婚禮，心裏既不感覺喜悅也不感覺傷慘，只覺得重要，成就了什麼。完成了一件事，一生中最重大的事。然而倏然領悟她沒有理由在這裏，天地接上了，老虎鉗一樣鉗緊了她。把賓客叫回來？找律師來？在報上登啟事？笑話。沒有人這麼做。自己決定的事不作興打退堂鼓。來不及了。

她躲避那人帶酒氣的呼吸，又推又打又踢。可是他們是夫妻了，再沒退路了。經過了漫長的一天，他這時早忘了當初為什麼娶這一個而不是另一個。現在他和她一個人在房裏。非要她不可，不然就不是男人。沒人想要，卻人人要。理所當然是一股沛之莫能禦的力量。她還是抗拒。過後就什麼都完了。抗拒本身就像是性愛本身，沒完沒了，手腳纏混，口鼻合一變成動物的鼻子尋找她的臉，毛孔極大的橘皮臉散發出熱金屬味。這時又是拉扯袴腰的拉鋸戰。夢裏她仍穿著小時候的長袴，白地碎花棉袴，繫著窄布條，何干縫的。她死抓不放的是臍帶，為她的生命奮戰，為回去的路奮戰，可是那是最後一陣的掙扎。她在睡眠中打輸了。

同樣的夢一做再做。有時一開始是新娘新郎向天地磕頭。她的頭上並不像老派的新娘覆著紅頭蓋。他們是時髦的新人，在租來的飯店禮堂結婚，照例是回來家再行舊式跪拜禮。我在這裏做什麼？頭磕到一半她自己問自己。來不及了。但是還沒站起來她就抓住供桌，打翻了燭台，砸了菓菜，推倒了桌子。她只是使自己成為笑柄。太遲了，不中用了，即使像陣旋風颸過苦苦相勸的親戚，她也知道。

都是難為情的夢。也許是怕自己被嫁掉吧。從不想到是她自己渴望什麼真實的東西。她的繪畫探索先是寫實派與美感，又欣賞起義大利畫家安德瑞亞．德．沙托的聖母像，比拉斐爾的漂亮，最後又繞進了好萊塢。她描摹電影明星的畫像，斤斤計較每一束頭髮的光澤，藍黑或白金，眼睫毛投下的每一道蛛絲細紋，皮膚的濃淡色調，紫紅與橙色的暈染接合。她就像俗話說的畫餅充饑。儘管在明暗上汲汲營營，畫出來的畫仍是不夠觸目。彫塑既不可得，她拿舊鞋盒做了個玩具舞台，何干幫她縫了一排珍珠做腳燈。

「是這樣麼？」何干問道：「是要這樣的麼？」

從來跟她要的兩樣。可是她沒有心思告訴何干誰做得齊整，何干會覺得是自己做壞了。

榮珠的阿媽經過房間，停下來看。

「什麼東西？」她茫然說，噗嗤一聲笑了起來。「何大媽，這是什麼東西啊？」

何干有些訕訕的。「不知道，潘大媽，是她要的。」

潘媽彎腰皺眉瞪著眼看，舌頭直響。「嘖嘖嘖，可費了不少工夫。咦，還演戲呢。」她吃吃笑。

何干覺得玩樂被當場逮住。「好多東西要做，只得撇下別的活。」

「也得做得來，我這輩子也不行。」潘媽說。

「老爺小時候我常幫他縫鴿子。」

「你也幫我們做過。」琵琶說。

「我做了好些，找對了小石子和一點布就成了。」

「看起來跟真的一樣，就是缺了腿。」

「容易做的。老爺跟珊瑚小姐喜歡鴿子。老太太只准他們養鴿子。不會髒了屋子，而且老太太總說鴿子知道理，到老守著自己的伴。」

這一向她很少提老太太了。怕像在吹噓，萬一傳進了榮珠耳朵裏，還當是抱怨。她服侍過老太太，又照料過老爺，六十八了反倒成了洗衣服的阿媽，做粗重活。她知道有人嫌她老了。在飯桌邊伺候，榮珠極少同她說話。每次回話，琵琶就受不了何干那種警覺又絕望的神氣，眉眼鼻子分得那麼開，眼神很緊張，因為耳朵有點聾，彷彿以為能靠眼睛來補救。表情若有所待，隨時可以變形狀，熔化的金屬預備著往外傾倒。

潘媽仍彎著腰端相舞台。「珍珠是做什麼的？」

「腳燈。」琵琶說。

「嘖嘖嘖！真好耐性。」

「還能怎麼辦呢，潘大媽？她非要不可嘿。」

潘媽直起腰板，蹬蹬邁著小腳朝門口走，笑著道：「在我們家年青的小姐凡事都聽阿媽的，在這裏何大媽都是聽琵琶小姐的。」

琵琶傲然笑笑。何干也笑笑，不作聲。

「何大媽脾氣好。」潘媽出去了，一面做了這麼個結論。

何干病倒了。琵琶也染上了麻疹，醫生來家裏看病，她要醫生看一下何干。

「別讓她吃太燙的東西。」只得了這麼一句。

何干沒多久就下了床，照樣幹活，得空總來琵琶床邊。

「現在就洗床單了麼？」

「只洗床單蚊帳。秋天了，蚊帳該收了。」

「不忙著現在洗嘍。」
「唉哎噯！怎麼能不洗。」
她將自己的午飯端到琵琶房裏，坐在床邊椅子上吃，端著熱騰騰的碗。
「醫生說你不能吃太燙的東西。」
何干只淡淡一笑，沒言語，照樣吃著。
「你怎麼還吃？怎麼不等涼一涼？醫生的話你都不聽，那怎麼會好？」
何干不笑了，只是默默的吃。
琵琶不說話了，突然明白她這麼大驚小怪是因為此外她也幫不上忙，像是送她去檢查，幫她買藥。她虛偽的避開真正的問題，比榮珠也好不了多少。她也知道何干寧可吃熱粥的緣故。她喜歡感覺熱粥下肚。不然她還有什麼？琵琶覺得灰心的時候還可以到園子裏去跑一跑。何干跑不動了，也沒什麼可吃的，可是她樂意知道自己還能吃，還能感覺東西下肚。
生病後第一次下樓吃飯，琵琶看見榮珠還隨餐吃補藥，還是很出名的專利藥。琵琶聽見說她前一向有肺結核。太多人得過這病，尤其是年青的時候。都說只要拖過了三十歲便安全了。榮珠拿熱水溶了一匙補品，沖了一大杯黑漆漆的東西，啜了幾口便轉遞給陵。
「陵，喝一點，對身體好。」
換個杯子，琵琶暗暗在心裏說。別這麼挑眼，她告訴自己。公共場所的茶杯又乾淨到哪去？空氣都還充滿了細菌呢。
陵兩手捧著杯子，遲遲疑疑的，低下頭，喝了一小口。再喝一口，像是頗費力，然後便還給了榮珠。她又喝了幾口。

「喝完它。」她說。

琵琶也不知道怎麼會一點一滴都看在眼裏。陵勉強的表情絕錯不了。為什麼?榮珠每每對陵表現出慈愛，榆溪也歡喜。陵不會介意用同一個杯子，不怕傳染的話。但是陵這個人是說不準的。也許是他不喜歡補品的味道，分量也太多了。低頭直瞪著看還剩多少，一口口喝著，好容易喝完了，放下了杯子。

再吃飯琵琶發現是一種常例，他們兩人之間的小儀式。榮珠總讓他喝同一個杯子裏的補品。陵總一臉的無奈。疑心她想把肺結核過給他，也不知是味道太壞?問他也不中用，他橫豎直瞪瞪看著你。找他談又有什麼用?若是能讓他相信無論是不是有意的，都有傳染的危險，他有那個胆子拒絕不喝麼?連試都不肯試。她也把這念頭驅逐出心裏了。誰會相信真實的人會做出這種事，尤其是你四周的人。可是杯子一出現，不安就牽動了五臟六腑。

陵不時咳嗽，也許還不比她自己感冒那般頻繁，卻使她震動。有一天她發現他一個人在樓下，把頭抵在空飯桌上。

「你怎麼了?」

他抬起頭來。「沒什麼，有點頭昏。」

「頭昏?不會發燒了吧?」

「沒有。」他忙囁嚅道：「剛才在吸烟室裏，受不了那個氣味。」

「什麼氣味?鴉片烟味?」她駭然。險些就要說你老在烟鋪前打轉，聞了這麼多年，今天才發現不喜歡這個氣味？

陵苦著臉。「聞了只想嘔。」

「真的？」頓了頓，又歉然道：「我倒不覺得。」

「我受不了。」

他這變化倒使琵琶茫然。天氣漸冷了，他們得在略帶甜味的鴉片烟霧中吃飯，因為只有樓上的吸烟室生火。午飯陵第一個吃完。榆溪吃完後又在屋裏兜圈子，看見陵在書桌上寫字，停下來看。

「胡寫什麼？」他含糊道，鼻子裏笑了一聲。

他低頭看著手裏團縐了的作廢支票。陵從字紙簍裏撿的，練習簽字，歪歪斜斜，雄赳赳的寫滿了他的名字。

「胡鬧什麼？」榆溪咕噥道。

榮珠趴在他肩上看，吃吃笑道：「他等不及要自己簽支票了。」

榆溪順手打了他一個嘴巴子，彈橡皮圈似的。琵琶不很清楚發生了什麼事，還吃著飯，舉著碗，把最後幾個米粒扒進口裏，眼淚卻直往下淌。拿飯碗擋住了臉，忽然丟下了碗，跑出房間。

她站在自己房裏哭，怒氣猛往上竄，像地表冒出了新的一座山。隔壁房裏洗衣板一下又一下撞著木盆，何干在洗衣服。地板上有一方陽光。陽光遲慢慵懶的移動著，和小時候一樣。停下來！她在心裏尖叫。停下來，免得有人被殺掉。走下去，會有人死，是誰？她不知道。她心裏的死亡夠多了，可以結束許多條生命；她心裏的仇恨夠烈了，可以阻止太陽運轉。一隻手肘架著爐台站著，半隻胳膊軟軟垂著，她的身體好像融化了，麻木沒有重量，虛飄飄的，只有一股力量，不是她控制得住的，懸在那裏，只因為不知道往哪裏去。

一把菜刀，一把剪子也行。附近總是有人，但是她只要留神，總會覷著沒有人的空檔。然後呢？屋子裏有地方誰也不去，她自己也沒去過。分了屍，用馬桶沖下去。她在心裏籌劃著細節，她知道施行起來截然不同。屍體藏不住。巡捕會來，逮捕她，判刑槍決。她不怕，只是這件事上一命還一命並不公平。榮珠業已過了大半輩子，她卻有大半輩子還沒過。太不划算了。那麼該怎麼辦？忍氣吞聲，讓別人來動手？

何干進來了。

「怎麼了？出了什麼事？」

陵進來了，瞪著眼睛。

「怎麼了，陵少爺？剛才吃飯出了什麼事？」

他不作聲。兩人就站著看著她。何干聽見別的老媽子進了洗衣房，轉身出去找她們打聽。琵琶背對著陵，抽噎得肩膀不斷聳動，覺得很窘。用力拭淚，忽然看見爐台上一對銀瓶，榮珠多出來的結婚禮物。漫不經心的看著鏤花銀瓶，她覺得有錐子在鑽她的骨頭。她轉過去看陵，決斷的拭去眼淚，抽噎著呼吸。陵驚懼的等著，彷彿不敢錯過了臨死前的最後一句話，半張著嘴，幫著交代遺言。

「我死也不會忘。」她道：「我要報仇，有一天我要報仇。」

大眼睛瞪著她，他默默立在她面前，何干回來了，他才溜走。琵琶撲到床上，壓住哽咽。

「好了，不哭了。」何干坐在床上，低聲安慰。「好了，哭夠了。進去吧。」

琵琶聽見了末一句話，簡直不敢相信，報仇似的索性哭個痛快。何干在身邊就成了孩子的哭鬧，現在一停豈不是失了面子。何干也只是耐著性子，隔了一陣子就反覆說：

「好了，哭夠了。好了，快點進去。」

她去絞了個熱手巾把子來。

「擦擦臉。好端端的，哭成這樣。快點進去，等一下進去反而不好了。」

她知道何干的意思。遲早得再到吸烟室去，惡感一落地扎了根，只有更蕃蕪難除。君子報仇，三年不晚，她向自己說，也像做奴才的人聊自安慰。站了起來，把熱毛巾壓在臉上，對鏡順了順頭髮，回到吸烟室去。

他們倆都躺在烟舖上。琵琶倒沒有設想什麼，還是震了震。房間裏溫暖靜謐，爐膛裏的火燒得正旺。他們也不知道她會怎麼樣，一進去就感覺到他們的緊張。她朝書桌走，平平淡淡的神態，不看左也不看右，像是要拿什麼忘在那兒的東西，結果坐了下來看報紙。寂靜中只聽見烟槍呼嚕。

「你還沒見過周家人吧？」榮珠又從方才打斷的地方往下說，卻把聲音低了低，彷彿是怕吵擾了房裏的安靜。

榆溪只咕嚕一聲。她也不再開口。

琵琶將報紙摺好，左耳突然啪的一聲巨響。她轉頭瞥見窗外陵愕然的臉孔，瘦削的臉頰，鼻子突出來像喙。他在洋台上拍皮球，打到了窗子。幸喜玻璃沒破。他閃身去撿皮球，青衫一閃，人就不見了。

「看見了吧?他不在意。」榮珠輕聲道。太輕了，琵琶聽見了還沒會意過來是向她說的。

十九

「表舅爺放出來了？」

珊瑚隨口說了這個消息。

「官司總算了了！」

「還早呢，他只是先出來了。」

琵琶慣了姑姑的保留，毫無喜悅的聲氣也並不使她驚訝。報紙上說還不止是虧空，她看了半天也不懂。報上說的數字簡直是國債的數目，牽涉的是金錢，而不是刑案，所以她不感興趣。但是她知道姑姑忙了許久，要籌錢墊還虧空，連籌一部分都是艱鉅的工程。尤其是珊瑚和謹池的官司打輸了，自己也手頭拮据。琵琶原先也有點担心，後來見姑姑並沒有什麼改常，心裏也就踏實了。

「我把汽車賣了，反正不大用。」珊瑚道：「我也老開不好。」

又一次她道：「我在想省錢，還許該搬到便宜一點的房子住。」

琵琶真不願意姑姑放棄這個立體派的公寓，後來不再聽她說起，也自歡喜。這一向她的心情起伏不定，有時候心不在焉，可是琵琶去總還是開心。

「你媽要回來了。」珊瑚淡淡的告訴她。

琵琶的心往下一沉，又重重的跳了跳，該是喜悅吧。她母親總是來來去去，像神仙，來到人間一趟，又回到天庭去，下到凡塵的時候就賞善罰惡，幾家歡樂幾家愁。姑姑也有一筆賬得算。珊瑚為了幫明的父親籌錢做投機生意，緊要關頭動用了露託她管理的錢，想著市場一反彈就補回來。末了不得不寫信告訴露。錢沒了，露只得回國。這如今珊瑚和明也走到了盡頭，兩個人要分手。

兩個月後她打電話來找琵琶。

「下午過來，你媽回來了。」

琵琶揿電鈴以前先梳個頭髮，至少聽珊瑚的話，把自己弄得齊整一點。珊瑚白天請的阿媽來開門。

「在裏頭。」她笑指道。

琵琶走進浴室，略楞了楞，無法形容的感情塞得飽飽的、僵僵的。珊瑚立在浴室門口，跟裏頭的露說話，只是她並沒說話，只是哭，對著一隻櫃子，兩隻手扳著頂層抽屜柄，胸部和肚子上柔軟的線條很分明。

「姑姑。」

珊瑚轉身，點個頭。「琵琶來了。」她說，退了開去。

露正對著浴室鏡梳頭髮。

「媽。」

露扭頭看了一眼。「噯。」她說，繼續刷著頭髮，髮式變了，鼓蓬蓬的。膚色也更深，更美了。

「身體還好麼？書念得怎麼樣了？」她對著鏡子說。琵琶也望著鏡子裏，聽她的健康與教育的訓話，儘量不去看壓在臉盆邊上瓶子綠小洋裝下瘦削的臂。

珊瑚回來了。

「我要出去了。」她跟露說。

「明不過來吃飯？」露頓了頓方道。

「他是來看你的，我用不著在家。」

又頓了頓，露便道：「那不顯得怪麼？避著人似的。——隨你吧。」

「那我不出去了。橫豎是一樣。」

珊瑚一壁脫大衣，走開了。

兩人的聲口使琵琶心裏惘惘的。珊瑚又為什麼哭著跟露說話？真奇怪，兩個人好像既親密又生疏。她實在不能想像她們不是知心的朋友。

「我還許應當堅持送你上學校。」露又對鏡說起話來。「可是中國文憑橫豎進不了外國大學。你想到外國念書吧？」

「我想。」

「真想念書的人到英國是最好了。不管想做什麼，畫畫，畫卡通片，還是再回去學鋼琴，頂好是得到學位，才能有個依靠。」

計畫未來不再好玩了。以前選擇極多，海闊天空。現今世界縮水了，什麼都變了。

「要不要到英國去？」

「要。」至少還是樁大事，真實的東西。

明來了，原是要登門致歉解釋的，看見琵琶也在，舒了口氣，可以無限期的延挨下去。露反正知道他的用意，說不說都是一樣。她嬌媚的笑著以法語說「嗚啦啦」和「吾友」。

「歐洲要打仗了嗎？」露離婚後他就不再叫她表嬸，還是自然而然的流露出莊重的態度。

「喔，法國人怕死了，就怕打仗。對德國人又怕又恨。」

他和珊瑚寒暄幾句，彼此幾乎不對視。珊瑚忙進忙出。在露這樣的知道內情的人之前很難假裝沒事。珊瑚的中國人的拘謹，再鍍上一層英國式的活潑，決心比他更有風度，可是吃飯的時候跟他說的三言兩語卻是眼神木木的，聲音也繃得很緊。準是因為她母親回來了，琵琶心裏想。跟從前兩樣了。陌生的態度又證明世界褪色了。可她還是喜歡跟他們一塊吃飯。飯擱在桌上，倒扣了只盤子，省了阿媽為添飯進來出去。沒有熱手巾把子，而是粉紅綠色冰毛巾，摺好擱在盤子裏，擺放得像三色冰淇淋。珊瑚拿荷葉碗做洗手指的水碗，前一向是盛甜品的，碗裏有青藍色摺子。明拿毛巾拍了拍冒汗的額頭。

「屋裏真暖。」他道。

「脫了大褂吧。」露道：「出去會著涼的。」

男子不在長衫外罩西式大衣，可是也得費一番口舌才能勸他們脫掉棉袍。

「好吧。」明窘笑道：「恭敬不如從命。」

只有襖袴使他像個小男孩。琵琶也不知為了什麼緣故，直釘著他的背，看著他把棉袍擱在沙發上。兩個女人也四道目光直射在他背影上。

「公寓房子就是太熱了。」露道。

「熱得倒好。」他道。

「倒有一個好處，熱水很多。我一回來國柱就來洗澡，還把一大家子都帶了來。他們一向還特為洗澡開房間。」

「這法子好，旅館比澡堂乾淨。」他道。

「橫豎女人不能上澡堂。」珊瑚道。

「要不要在這兒洗個澡？」露問道。

「不，不，不用麻煩了。」他忙笑道。

「不麻煩，自己去放洗澡水。」

「還有乾淨的毛巾。」珊瑚忙道，急於避過這新生的尷尬。離開房間，帶了毛巾回來，隨意往他手上一摜，仍是太著意了。

他勉強接下，不知道浴室在哪裏似的。難道不是在這裏洗過好幾次了？

「下回帶弟弟來。」露告訴琵琶。「跟你爸爸說是來看姑姑。弟弟好不好？」

「不知道。」琵琶躊躕著。「娘吃治肺結核的藥，也要他喝，同一個杯子，老是逼他喝完。」

「她是想傳染給他。」露立時道：「心真毒！他怎麼就傻傻的喝呢？」

琵琶沒言語。

「不是說好得很嗎？」露道。「說是陵跟她好得很，跟姑姑也好，多和樂的一家子。」

下次琵琶與陵一齊去。他低聲喊媽，難為情的歪著頭。

「怎麼這麼瘦？」露問道。「你得長高，也得長寬。多重了？」

他像蚊子哼。

「什麼？」露笑道。「大聲點，不聽見你說什麼。」她等著。「還是不聽見。你說什麼？」

「他沒秤體重。」琵琶幫他說。

「要他自己說。你是怎麼了，陵，你是男孩子，很快也是大人了。人的相貌是天生的，沒有法子，可是說話儀態都要靠你自己。好了，坐下吃茶吧。」

茶點擱在七巧板桌上，今天排成了風車的範式。他坐在椅子上，儘量往後靠，下頦緊抵著喉嚨，像隻畏縮的動物向後退。他的態度有傳染力。疏遠禁忌的感覺籠罩了桌邊，從琵琶坐的地方看，蛋糕小得疊套在一起。

「來，吃塊蛋糕。」露道，一邊倒茶。「自然一點。禮多反而矯情。」

蛋殼薄的細磁並不叮叮響，而是悶悶的聲響。琵琶徐徐伸手拿蛋糕，蛋糕像是在千里之外，也像踩著軟垂的繩索渡江，每一步都軟綿綿的不踏實。露將茶分送給他們，要他們自己加糖與牛奶。碟子水瓶摩擦小七巧板桌的玻璃桌面，稍微一個不留神就能把桌子全砸了。露的安哥拉毛衣使她整個人像裹在朦朧的淡藍霧氣裏。琵琶察覺了露給陵的影響，就如同猝然間得了一個美麗的演員做母親。她知道他偏愛年紀大些的女人，見過他和榮珠在一塊煨灶貓似的。倒不是說他不喜歡年青女孩子，只是年紀大些的女人散發出權勢富貴的光采，世界盡在她們的掌握之中，而他卻一無所有。

露似乎不知該說什麼。琵琶倒還是第一次看見她無可奈何。她就著杯沿端詳陵。

「陵，我看看你的牙齒。你的牙齒怎麼這麼壞？是不是沒吃對東西？肉、肝臟、菠菜、水菓，要長大這些都得吃。家裏的飯菜怎麼樣？」她掉頭向琵琶說。

「還好。」

「那他怎麼會營養不良？看看他。」

「吃飯的時候空氣太不愉快，他可能吃得不夠。」

「陵，你不是小孩子了，有些事自己該知道。就拿你娘來說吧，她有肺結核，還要你喝同一個杯子裏的藥。藥不能隨便吃，你大可不必吃。你想想，你這年紀正在發育，染上了肺結核可有多危險。你總知道吧？」

他咕嚕一聲。

「你說什麼？大聲點。不聽見。」

「她很久以前就好了。」

「什麼？很久以前就好了？你怎麼知道？這種事沒有人願意承認。你的咳嗽呢？姐姐說你還咳嗽。」

他不看琵琶，可琵琶知道他必定恨她告訴了出來。她是間諜，兩個世界隨她自由穿梭。她可以說實話，不怕有什麼後果，而他只是來作客吃茶的，吃完了便得走，眼裏看見的都不是他的。茶具、家具、有暖氣的公寓、可愛的女人。在家裏無論他們做什麼，他都沾上邊，不會甩下他，等他們死了，他們有的一切都是他的。琵琶震了震，領悟到弟弟更愛後母。

「到寶齊醫院去照X光，」露正向他說，「我認識那兒的醫生。」遲疑了片刻。「跟他們說賬單寄給楊露小姐，他們認識我。」

為什麼不把錢給他？琵琶心裏想。怕他會花在別的東西上。

「聽不聽見？盡早去，找克羅斯維醫生，提我的名字。陵，聽不聽見？」

他頭一偏，微點了一下。

「你父親送不送你上學校？現在這個時世哪還有把個男孩子關在家裏的？我只担心你姐姐，覺得你兩樣。兒子當然會供到上大學——你說什麼？」

「沒有高中學歷人家哪裏收呢？」

「聽說要上聖約翰。」

「我可以買一個。」

琵琶知道他也只是說說，不讓母親再說下去。他也沒上醫院照X光，從此避著他母親。

露一門子心思都放在琵琶身上，琵琶還有救。「要你父親送你到英國去。他答應的，離婚協議上有。」

琵琶道：「我聽見爸爸說要幫沈家興義學，還供出國的獎學金。我恨不得跟爸爸說把獎學金給我。」

露頭一摔。「也不過是空口說白話。你到如今還不知道你父親那個人啊？他哪可能捐錢辦學校，還提供獎學金。」

琵琶直瞪瞪的，然後笑了起來。「我知道，我也不知道怎麼就信了。」

「別聽他說沒錢。我就是為這緣故不讓你跟著我。跟父親，自然是有錢的。跟了我，可是一個錢都沒有。我自己都不知道該怎麼辦，困在這裏一動都不能動。」

她說得喉嚨都沙啞了。琵琶沒問她母親為什麼不能回歐洲，又是究竟為什麼回來。她早早就學會了別多問，給訓練得完全沒了好奇心。

「先別忙跟你父親說什麼，我們先找人去跟他說，還許請你鶴伯伯出面。不能讓你姑姑去，他們兩個現在不說話了。」

「喔？」

「從打官司之後。」

「我不知道。」琵琶含糊道，半是向自己說。

「不關你的事別管，專心讀書就是了。」

琵琶鄭重其事告訴何干：「我要去英國念書。」

「太太帶你去？」何干問道。

「不，我自己去。」

「太太老是往那麼遠的地方跑，現在又要你也去。太太要是要你跟她，也沒什麼。她就是想把你搞到那沒人的地方去。」何干含酸道。

這還是第一次聽何干說露的不是。琵琶不知怎麼反應。

「我得去念書。」

「念書又不能念一輩子，女孩家早晚要嫁人。」

琵琶很窘，隨口道：「我不要結婚。我要像姑姑。」

「嚇咦！」何干噤喝一聲，彷彿她說了什麼穢褻的話。

「像姑姑有什麼不好？」

「姑姑是聰明，可你也不犯著學她。」

陵從不問她到「姑姑家」的情況。抬出姑姑來是為了避提他們母親。有次她撞見他用麥管喝橘子水，躲在浴室裏，以為不會有人發現。他吸進一口，含在嘴裏，又吐回瓶裏，可以再喝一次。

「嗳呀！髒死了！快別那樣。」

他不疾不徐喝完了，空瓶擱在洗臉盆上，從袴子口袋裏取出梳子，在水龍頭下沾濕了，梳頭髮。這一向他時髦得很，穿著榮珠的兄弟送的襯衫卡其長袴。他將濕漉漉的豐厚的頭髮梳得鼓蓬蓬的。琵琶看見他回頭望，窄小的肩膀上架了一個奇大的頭，神情愉快卻機警，使她想起了對鏡梳妝的母親。

「大爺家怎麼樣？還是老樣子麼？」她問道。

與他談起別人，他總是很明顯的鬆一口氣。「嗳，這如今不好玩了。大爺病了。」

「喔？」

「病是好了，又為了遺囑的事鬧了起來。」他道，女孩子似的聲口。「親戚去了不自在。」

「我想也是。」

「爸爸說麻煩還在後頭呢。爸爸說：『我們沈家的人冷酷無情，只認錢。』」抿著唇，學他父親的話，不看姐姐，臉上卻有暗暗納罕的神氣。

「爸爸說的？」琵琶詫異的笑道，也自納罕著。

「其實爸爸自己……」他忙笑道：「還不是一樣，神經有問題了。」

「怎麼會？」琵琶從不以為冷酷貪心是她父親的缺點。

他的五官擠在一塊，尚且還沒開口就不耐煩了。「他就是死抓著不放手，怕這樣怕那樣。只要還抓著錢，什麼也不在乎。」

「不是娘才那樣麼？」

他懊惱的頭一偏，不以為然。「不是娘，娘還明白，爸爸倒是越來越——比方說吧，他收到通知信就往抽屜裏一擱，幾個月也不理會。抵押到了期，就這麼丟了一塊地。」

琵琶發出難以置信的聲音，為弟弟心痛，眼睜睜看著錢一點一點沒有了。亟欲給他一點彌補，她告訴他：

「媽要賣珠寶，拿了出來要我揀，剩下的都留給你。」

「給我？」他笑道，真正詫異，卻掛著缺乏自信的人那種酸溜溜的笑。他的牙齒鋸齒似的，讓人覺得像個缺門牙的孩子。

「是啊，她先幫我們保管。你的是小紅藍寶石。」

他的嘴皮動了動，忍住了沒問她揀了什麼。

「我揀了一對玉耳環。媽說將來你訂婚了，可以鑲個訂婚戒子。」

他一逕好奇的笑著，彷彿這個念頭前所未聞。然而喜悅之情卻無論如何藏不住。沒有人提過他將來結婚的事，當然時候到了他勢必會結婚，只是現在就讓他有這個念頭，使他的心先亂了，不太好。琵琶不知如何是好，她說的只是遙遠的將來，他卻眼睛一亮。前一刻還像飽經人情世故，對錢精明得很。

秋鶴來過了。陵聽說了消息。來找她，兩隻眼睛睜得圓圓的。

「你要到英國去了？」應酬的聲口。

「不知道去得成去不成。」

他斟酌了一會。「我看不成問題，沒有理由去不成。」

她要的他一點也不心動。她倒不想到她是割捨了他焦心如焚緊釘不放的那份日漸稀少的財產。

二十

秋鶴做露的代表並不划算。他總可以向榆溪借點小錢，至不濟也能來同榻抽大烟。他反覆解釋只是傳話。榆溪若不信守承諾，露也拿他沒轍，除非是要對簿公堂。然而榆溪也只是延挨著。琵琶年紀太小，不能一個人出國。萬一歐戰爆發呢？把一個女孩家孤零零丟在挨轟炸又挨餓的島上？

秋鶴還得來第二次做敵使。榮珠第一次沒言語，守著賢妻應有的分際。這一次打岔了，不耐榆溪的混水摸魚：

「栽培她我們可一點也不心疼。就拿學鋼琴來說吧，學了那麼些年，花了那麼多錢，說不學就不學了。出國念書要是也像這樣呢？」

「離了何干一天也過不得。」榆溪嗤道，繞室兜圈子。

「琵琶到底還想嫁人不嫁？」她問道：「末了橫豎也是找個人嫁了，又何必出國念書？」

話傳回露和珊瑚耳朵裏，兩人聽了直笑。

「哪有這樣，十六歲就問人想不想嫁人。」露道。

「你學琴的事，」珊瑚道：「我不想說我早說過了，畢竟我也沒說過，不過我是覺得不想學就別學了。可是現在他們可有得說嘴了，說是你母親想讓你做鋼琴家，他們付了這麼多年的錢，到頭來你倒自己不想學了。下次再有什麼，他們正好拿這事來堵你的嘴。」

「我就不懂你怎麼突然沒了興趣。」露道：「你好愛彈琴，先生又那麼喜歡你。」

「至少英文沒有半途而廢。」

「萬一去英國打仗了呢？」琵琶問道。

「打仗了政府會把孩子都疏散到鄉下去避難。」露仍當她是小孩子。「這點可以放心，他們把小孩子照顧得很好，英國人就是這種地方好。」

「我不担心，只是納罕不知道會怎麼樣。」

「你得自己跟你父親說。萬一他打你，千萬別還手，心平氣和把話說完。」

她坐在父親的書桌前看報，掉過身去，不經意似的轉述了她母親的演說：

「爸爸，我在家念了這麼多年的書了，也應該要……」

他原是一臉恍惚，登時變得興致索然。她只忙著記住自己的演說，說到一半，一顆心直往下墜。口才真差，聽的人一點也提不起勁。偏在這時候想起來有一次看父親一個人寂寞得可憐，便拿舅舅的姨太太編故事逗他笑。跟他拿錢總拿得心虛，因為她知道他太恐懼錢不夠用。這會子要請他又割捨一大筆錢出來，雖然她對可能的花費只有模模糊糊的概念。他坐在烟舖上，搭拉著眼皮。榮珠躺在另一邊，在烟燈上燒烟泡。琵琶說完，一陣沉默。

「過兩天再說吧。」他咕噥一句。仍不看她，又脫口道：「現在去送死麼？就要打仗了。你自己不知道有多危險，給人牽著鼻子走。」

榮珠大聲說話，奇怪的挑戰口吻：「她一回來，你就變了個人。」

「我沒有變啊。」琵琶笑道。

「你自己倒許不覺著。連你進進出出的樣子都改了常了。」末了一句話說得酸溜溜的，琵琶覺到什麼，又覺得傻氣，撇開了不理。她從冰箱裏拿了個梨。電話、無線電、鋼桌和文件櫃，他們最珍貴的資產，都擱在吸烟室的各個角落裏。拿梨的時候感覺到榮珠在烟舖上動了動，煩躁不安。她倒不是貪吃，並不愛吃梨，只是因為她母親囑咐要常吃水菓。她關上冰箱門，拿著梨含笑走了出去。

「你前一向不是這樣子。」榮珠道：「現在有人撐腰了。我真不懂。她既然還要干涉沈家的事，當初又何必離婚？告訴她，既然放不下這裏，回來好了，可惜遲了一步，回來只好做姨太太。」

琵琶只笑笑，希望她能看出來是譏誚的笑。

露要知道每一句話。琵琶照實說了，她悻悻的道：

「你說了什麼？」

「我只笑笑。」

「你只笑笑！別人那樣說你母親，你還笑得出來！」

琵琶很震動，她母親突然又老派守舊起來。

「媽說過想不起什麼話好說，笑就行了。」

「那不一樣。別人把你母親說得那麼不堪，你無論如何也要生氣，堵他兩句，連殺了他們都不過分。」

琵琶正待有氣無力的笑笑，及時煞住了。

露默忖了片刻，方道：「跟那些人打交道，我倒能體會那些跟清廷交涉的外國人。好聲好氣的商量不中用，給他來個既成事實就對了。只管去申請，參加考試，通過了再跟你父親說去。」「既成事實」引的是法語。

電話響了，珊瑚去接。

「喂？——沒有人。」

「怪了。」露道：「已經是第二回了。」

電話再響，她道：「我來接。——喂？」

「你要管沈家的事，回來做姨太太好了，沈家已經有太太了。」榮珠一字字說得清清楚楚，確定露聽懂了她的諷刺。

「我不跟你這種人說話。」露砰的放下電話聽筒。

「誰啊？」珊瑚道。

「他們的娘。」露把下頦朝琵琶勾了勾。「你父親娶的好太太。我只不想委屈自己跟她一般見識，要不然我也不犯著做什麼，只要向捕房舉發他們在屋子裏抽大烟。」

「抽大烟犯法麼？」琵琶問道。

「抽大烟就可以坐牢。」

「現在管鴉片可嚴了。」珊瑚道：「所以價格才漲得兇。」

琵琶真願意她母親去向捕房舉報。不能改變什麼，至少也鬧個天翻地覆。

這年夏天打仗了。上海城另一頭炸彈爆破，沒有人多加注意，到近傍晚只聽報童吆喝號外。

「老爺叫買報紙。」潘媽立在樓梯中央朝底下喊。「買報紙。打仗了。」她兩隻小腳重重蹬在樓板上，像往土裏打樁。胖大的一個女人，好容易到了樓梯腳下。打雜的小廝買了報紙跑回來，她接過來，噗嗤一聲笑了。

「怎麼這麼小，還要一毛五。」

「我看看。」琵琶道。

單面印刷，字體比平常大。她迅速瞥了一眼紅黑雙色的頭條，如同吞了什麼下肚，不知道滋味，只知道多汁而豐盛。她將報紙還給潘媽。

往後每天都有號外。報童的吆喝像是鄉村夜裏的狗吠，散佈淒清與驚慌。總是靜默片刻方有人喊道：「馬報，馬報。」上海話「買」念「馬」。街上行人攔下報童。一夕之間英雄四起，飛行員、十九路軍、蔡廷鍇將軍、蔣光鼐將軍。相片裏儀表堂堂，訪談中慷慨激昂。中國真的要在上海抗日了。

「出來看啊，何大媽，快出來。」潘媽在洋台上喊，咧著嘴笑，秘密的。「飛機打仗啊。看見那一個下蛋沒有？」

「噯，看見了。」何干舉手搭涼棚。「看看房頂上那些人！」

「是我們的飛機不是？青天白日是我們的。」

「是麼？青天白日啊。這些事你知道，潘大媽。」

「一定是我們的。我們中國人也有飛機。」

衖堂房頂上一陣歡呼，爬滿了觀眾。有人在鼓掌。

「嘖嘖嘖，這麼多人。」何干驚異的道。

「看到沒有？看到沒有？那一個打跑了。是我們的麼？」

榆溪出來趕她們進去。琵琶留在房間裏的法式落地窗邊。似乎不該喝采鼓掌。那些人不知道打起仗來是怎樣一個情形。她覺得置身事外。她不看頭版，不知道多年來日本人蠶食鯨吞，這如今終於炸了鍋，她也不覺得眾人的雀躍狂喜。那些快心的人也許是不知道打仗是怎樣一個情形，可她也不知道。很奇異的，她與父親後母有那麼多不愉快，一打仗，她又變成個小孩子了，在大人之下，非常安樂，一點掛心的事也沒有。

「我們要不要搬家？」她問她父親。

「搬哪？」他嗤笑，兜著圈子。

「我們這兒不是靠蘇州河？」她從母親姑姑那裏聽見這裏危險，閘北的砲彈聲也聽得見。

眼一眨，頭一摔，像甩開眼前的頭髮，撇下不提的樣子。「人人都搬——一窩蜂。上海人就是這樣。你舅舅走了麼？」

「他搬進了法租界的旅館，說是比公共租界安全。」

「誰能打包票？你舅舅就是胆子小。他跟他那個保鏢。」

他儘自譏笑國柱的保鑣，自己倒也請了兩個武裝門警，日夜巡邏。他們是什麼軍閥的逃兵。主要是他們有槍，卡其制服也挺像回事，可以嚇阻強盜，戰時也能震懾趁火打劫的人。琵琶倒覺得打仗有如下雨天躲在家裏，而榮珠的母親下樓到廚房煎南瓜餅，唱道：「咱們過陰天！」幾個星期幾個月拋荒了，任她嬉遊。她不担心去不了英國，她母親親自處理她的申請。今年若是仍在本地舉行考試，她會參加。沒有人再跟她父親提起這事，他也漸漸希望不會再有下文。他和榮珠裝得一副沒事人模樣，依舊讓她去看她母親。「去看姑姑」是通關口令。她學會了搭電車去，走到電車站並不近，沿途常看到叫化子，踩過地上的甘蔗皮，到處是籐編的嬰兒車，老婦人坐在路邊賣茶，旁邊擱了一隻茶壺兩隻茶杯，小男孩推著架在腳輪上的木板滑行。晚上回來，人人在屋外睡覺，衖堂屋子太熱。每走兩步都得留神不絆到席子，跌在穿汗衫短袴的黃色的瘦薄的身體上。都是男人吧，所以從來不去看。沒有體味的中國人身體散發出的味道正巧給夜晚的空氣添了一點人氣。打仗的緣故，路上有鐵絲網，亂七八糟的環境中並不引人注目，只像短籬笆切過人行道，房間的隔板似的。

露與珊瑚剛搬進了一間便宜的公寓，位於一條越界築路上，那是公共租界的延伸，是英國人在中國地界修的路，主權仍爭議不休。所以她們泥足在不太安全的區域。

「來跟我們一塊住。」國柱從旅館套房打電話來。「有地方給你們倆，擠一擠，打仗嘛。」

「連我也讓去，真是客氣，」珊瑚向露說道：「可是我真受不了他們那一大家子。」

「我也一樣。」

兩人留在家裏，為紅十字會織襪子捲繃帶。珊瑚在學打字和速記，想找工作。有次上完打字課，從外灘回來，琵琶碰巧在那兒。

「嚇咦！好多人從外白渡橋過來，」她惶駭的喊，「塌車、黃包車，行李堆得高高的，人多得像螞蟻——」一時說不下去，只是喊「嚇咦！」反感又恐怖。「簡直沒完沒了，聽說好兩天前就這樣了。每天都是這樣，租界哪能容得下那麼些人。」

「我就不懂怎麼會有人願意住在虹口。」露道：「每次一過外白渡橋，我就覺得毛骨悚然。」

「房租便宜。」珊瑚道。

「那也不行。日本鬼子都在那裏，那是他們的地盤。」

「我沒看過日本人。」琵琶道。

「怎麼會？」露道。

「我沒去過虹口。」

「在天津總看見過吧？在公園裏？」

回想起來，隱隱綽綽記得穿著像蝴蝶的女人走在陽光下。

「喔，看見過，她們很漂亮。」

「噯唷！日本人漂亮？」珊瑚作個怪相。

「在歐洲的時候我們最氣被當作日本人，大金牙又是羅圈腿。」露道。

「最氣人的還是他們還以為是誇獎：『噯呀，你們那麼整潔有禮貌，一點也看不出你們是中國人。』」

琵琶記得秦干在公園裏說：「看不看見背上的包袱？人家都猜裏頭裝了什麼，有什麼貴重的東西得成天揹著。是揹著他們祖先的牌位呢。」

琵琶聽過別人也是這麼講。珠寶盒似的綁在後腰上，使中國人百思不解，如同別人納罕蘇格蘭男人的裙子底下是何種風光。

二十一

中日並未宣戰，報上也僅以敵對狀態稱之，租界不受影響。戰爭與和平不過是地址好壞之別。基督教青年會仍照常舉行入學考試。除了琵琶之外，也有兩個中國男孩與幾名當地英國學校的英國男學生應試。補課的麥卡勒先生是英國大學的總代表，拆開了褐色大信封，裏頭裝的是寄自英國的考卷。一時間，肅穆無聲，充滿了宗教情懷，小小的房間不需冷氣就冷颼颼的。應試的人圍著橡木桌而坐，眼睜睜看著他撕破封條，解開繩子，抽出印好的試卷分發給不同的考生。恕照著窗的夏天淡去了，街上的車聲也變小了。琵琶拿著的試卷還帶著空運的新鮮清涼的氣味，從沒有戰爭的聖殿過來的。

麥卡勒先生是約翰牛[5]的典型，當然他也可能是蘇格蘭人。外表和舉動都像生意人，對中國人來說不免市儈了些。露和珊瑚倒覺滑稽，這麼一個人竟是學者，可話說回來，英國整個是一個商人的民族。他不時看手錶。到了正午，他從桌子另一頭立起身來。

「時間到。」他喊道，收考卷。「下一場兩點，兩點整。」

琵琶情願等電梯，不肯四處尋找樓梯，雖然下去只走個一樓。安靜的走道有男人俱樂部的聖潔氣味，女人止步，基督教青年會頂樓一向是中國人不得進入。樓下的新的蘇打櫃枱假牙似的，在褐色古老世界的氣氛裏顯得突兀。一道長玻璃牆把它跟大廳隔開了。一排國際友人長相的男女用麥管啜著飲料，無聲的應答。玻璃牆給這一幕添了光彩，像時髦雜誌的圖片。一個褐髮女人，可能是中國人，罩著海灘外套，兩隻腿光溜溜的，繞著高腳凳。顯然是在室內游泳池游泳。她旁邊的男人穿了志願軍的卡其襯衫短袴，戴著國際旅的臂章，來福槍倚著櫃枱。

我就喝杯奶昔吧，琵琶心裏想。何必出去？可又怕穿過玻璃。她向自己說：一杯奶昔沒辦法讓我喝上兩個鐘頭。還是走一走，看有沒有小飯館，這裏是城中心，附近一定有不少餐廳。可是對過整條街都是跑馬場，街的這一邊又給一家摩天飯店和電影院佔了。東行往百貨公司，是一排的掛著珠簾的美容沙龍、便宜旅舍、舞蹈學校、按摩沙龍、有歌舞表演的小餐館，大中午霓虹燈沒打開，分不清哪家是哪家。不過南京路上總是人來人往。她立在街角猶豫不決。有時間到小巷裏探險麼？

轟隆！短促的一聲雷，隱約還有洋鐵罐的聲音。腳下的地晃了晃。

「哪兒？」街上的人彼此詢問。

這一聲是響，可她在家裏聽見的更響。樓板也震動，震破了一扇窗，她都不覺得怎麼。她是在家裏。

所有汽車都揿喇叭，倒像是交通阻塞了。汽車還是一輛一輛過來，堆成長龍。電車立在原地不動，鈴聲叮鈴響。黃包車車夫大聲抗議。行人腳步更快，抬頭看有沒有飛機。她兩個家都可能中彈，兩個家都在邊界上，父親的家靠近蘇州河，母親的公寓在越界築路上，可是她卻不想到這一層。家是安全的。孤零零一個在陌生人間，她有些惘然，但沒多久車輛就疏散了。她

5・英國人的綽號。

進了一家百貨公司看牆上的鐘。該往回走了。底下一樓的小吃部飄上了過熟的雲腿香味。她買了一個咖哩餃和甜瓜餃，拿著紙袋吃起來。

「剛才那是什麼聲音，麥卡勒先生知道嗎？」男生們問道。

麥卡勒先生說不知道。

考完試琵琶繳卷，他向她說：「你母親打電話來，要你離開前打電話過去。你等一會，我帶你去打電話。」

她撥了母親家的號碼，陡然悚懼起來。出了什麼事？

「琵琶嗎？」露的聲音。「我只是要告訴你考完了過來我這裏。考完了吧？一個炸彈落在大世界遊藝場。我怕你回家去你父親明天不放你出來，明天早上還要考一堂。今天晚上還是住在這裏的好。」

炸彈落在大世界遊藝場，想想也覺滑稽，反倒使它更加的匪夷所思。鄉下人進城第一個要看的地方就是大世界，龐大的灰慘慘的混凝土建築，娛樂的貧民窟，變戲法的、說相聲的、唱京戲蘇州戲上海戲的、春宮秀，一樣疊著一樣。一進門迎面是個哈哈鏡，把你扭曲成細細長長的怪物，要不就是矮胖的侏儒。屋頂花園裏條子到處晃悠，捕捉涼風，也捕捉男人的目光。露天戲院貼隔壁是詩會，文人雅士坐著籐椅品茗，研究牆上貼的古詩。每一行都是謎，寫在單獨的紙條上。付點小錢就能上前去，撕下一張紙，猜詩謎，猜對了贏一聽香烟。大世界包羅萬象。琵琶從小時就讀過許許多多在大世界邂逅的故事。她一直都想去看看，沒人要帶她去。老媽子們偶爾帶鄉下來的親戚去，她總也在事後才知道。這下子看不到了，她心裏想，搭電車回母親家。全毀了麼？為什麼偏炸這個直立的娛樂園呢？為了能多殺人？可是下午一點的大世界幾乎是空蕩蕩的。那個地區當然人很多，法租界的中心，理當是最安全的地方。前一個世紀中期砲彈問世之後，就沒有一個砲彈落在租界上。這一個落在大世界，如同打破了自然法則。

開電車的在乘客叢裏推擠，嚷著：「往裏站，往裏站，進來坐客廳。做什麼全擠在門口？就算炸彈來了想跑，門也堵死了。」

乘客不理他。有人打鼻子裏冷哼一聲。

「還這麼輕嘴薄舌，大世界裏死了那麼多人。」有個人嘟囔。

一開始還沒有人接話，後來心裏的氣泡像是壓不住，咕嘟嘟往上冒，在死亡的面前變得邪門，活躍非常。

「炸了好大一個洞。」一個說。

「破了風水咒。」又一個說。「上海從沒受戰火波及過，這下子不行了。」

七張八嘴說個不停。

「都說上海這個爛泥岸慢慢沉進海裏了，我看也撐不了好久了。」

「想嚇唬上海人，不中用。難民照樣往上海逃，到底比別的地方強，嘿嘿！」

「是啊，上海那麼多人，未見得你就中頭獎。」

「都是命中注定。生死簿上有名字，逃也逃不了。」

「我本來要到八仙橋談生意的，要不是臨時有客來，我也難逃一死。」

「說到九死一生，我有個朋友就堵在兩條街以外。喝呀！不是他印堂高就是他祖宗積德。」

「我知道大世界有個說相聲的，正好到外地演出。真是運氣。」

「蒙裏戛戛，蒙裏戛戛！」開電車的吆喝，要大家往裏擠。

有乘客望著窗外一輛經過的卡車，沒教別人也看，可是整個電車一陣微微的騷動蠕蠕從頭爬到尾，伸長脖子的伸長脖子，彎腰的彎腰，抓著籐吊圈，看著車窗外。第二輛卡車開過來，放慢了幾秒鐘，正好讓琵琶看見敞開的後車斗。手腳糾纏在一起，堆得有油布車頂一半高。泛黃的灰白的肌膚顯得年青，倒像女人。女學童打球，絆倒了跌在彼此身上。街頭雜耍的脫得只剩一點破布蔽體，疲憊不堪的在彼此的肩頭上疊羅漢。她只看見胳膊和腿，隨便伸曲。有的不像是人的手腳，這裏那裏一片破印花布或藏藍破布。畫面一閃即逝。她完全給拖出了時間空間之外，不能思考也不能感覺。那些肢體上的大紅線條是鮮血，過後她才想到。可是看著像油膩膩、亮滑滑的蛇爬過黃色的皮膚。我看見的是大世界裏的屍體，她向自己說，卻不信。

卡車過後，電車上的人默不作聲。靜安寺站的報童吆喝著頭條，好幾隻手從車窗伸出去要買報紙。

「馬報，馬報！」

他們需要白紙黑字的安慰，可以使他們相信的東西。

接下來的一程她忙著想更緊要的事，怎麼同她母親說考試結果。

「我不知道，」她聽見自己說：「我覺得考得不錯，可是我真的不知道。」

古書她最有把握。除了英文還可以選一個語言，她選了中文，容易對付。可是試題卻使她看傻了眼，問的淨是最冷僻的東西，有些題目語法明顯錯誤。讓她父親知道了，準笑死，偏偏又不能告訴他。卻得向母親說，可是決不能說好笑，不然又要聽兩車子話了：

「我不喜歡你笑別人。這些人要是資格不夠，也不會在大學堂裏教書。你又有什麼資格說人家？」

問過考試之後，露道：「打個電話回去，姑姑要你留在這裏過夜。他們一定也聽見大世界的事了。」

榆溪接的電話。「好吧。」他甕聲甕氣的道：「要姑姑聽電話。」

珊瑚接過聽筒。「喂？……我很好，你呢？」她輕快的道。

再開口，聲調高亢緊繃。「等我死了他可以幫我買棺材，死了我也沒法反對了。只要我還有一口氣在，再窮我也不缺他那五百塊……太荒唐了，現在還要惺惺作態。誰的好處？……對，我就是這回覆，你不敢說那是你的事，少揑造別的話就行了。」她掛上了電話。

「怎麼回事？」露問道。

「謹池要他問我缺不缺錢過節，在榆溪那兒放了五百塊。」

「他這是存心侮辱人。」

「官司贏了以前他逢人就說：『她餓死我也一個子都不借給她，等她死了倒有五百塊給她辦後事。凡窮愁潦倒死了的，祠堂備下了這筆錢。』這會子他又要送錢給我了。」

「他就是那種人。」

「可不是，還把姨太太生的兒子的相片寄給大太太。自己覺得聰明得不得了。」

「榆溪怎麼說？」

「他說只是代傳個話，說上禮拜就想跟我聯絡了。」

「他不敢打電話來，怕是我接的。」

「還真心細。」

「尤其是他太太打了那通電話，他怕跟我說話。」

琵琶覺得母親姑姑又恢復了以前的老交情。露早晨起不來，珊瑚同琵琶搭電車去上打字課。琵琶告訴她古文試題上的古怪題目。

「我也聽過漢學家都問些最希奇古怪的題目。」珊瑚道：「我們到英國的時候，很多中國留學生修中文，覺得唬唬人就能拿到學位。」

「有些題目我倒想問問先生，他一定聽都沒聽過。」

「他倒不可能特為研究過哲學什麼的。那些漢學家知道的是多，也研究得很徹底，外國人就是這樣，就是愛鑽牛角尖。」

琵琶在基督教青年會下車，珊瑚以英語祝她順利，又囑咐她別忘了打電話給她母親。她該在考完後打，大約是下午兩點，露也起來了。

她考完試，剛趕得及回父親家吃中飯。自己覺得很重要，因為需要保密，更覺得是重要人物。搭電車，走過炎熱的長街，突然浸入了屋子清涼的陰暗裏，旗袍和臉上的汗味都聞得到。夠不夠時間上樓換衣服？她望進餐室裏，飯桌已經擺好了。她決定在這裏等，涼快又安靜，一個人也沒有。老媽子們必定是在廚房裏幫忙，廚房隔得遠。屋子的房間無論是在裏頭吃飯讀書閒晃，都像空房間。摺疊門兩側各有一個藍花磁老冰盒，不用了，摸著還是冰涼的，彷彿盒子裏還有稻草屑墊著冰塊。

下樓來的足聲不是她父親就是榮珠，只有他們倆可以搭拉著拖鞋在屋裏走。她走向窗邊，轉過身來等。榮珠進來了。

「娘。」她笑道。

「昨晚不回來，怎麼不告訴我一聲？」

「我打了電話。」琵琶吃驚道：「我跟爸爸說了。」

「出去了也沒告訴我。你眼裏還有沒有我？」

「娘不在。我跟爸爸說了。」

一句話還沒說完，臉上就挨了榮珠一個耳刮子。她也回手，可是榮珠兩手亂划擋下了，兩隻細柴火似的。

「嚇咦！」老媽子們跟著何干一齊噤喝，都駭極了。女兒打母親。

後面七手八腳按住了她。琵琶一點也不知道她們是幾時出現的。她拼命掙扎，急切間屋裏的樣樣東西都看得清清楚楚，藍花磁盒上的青魚海草，窗板上一條條的陽光，蒙著銅片的皮桌，筷子碟子，總在角落的棕漆花架，直挺挺、光禿禿的。榮珠往樓上跑，拖鞋啪噠啪噠，夠不著她。

「她打我！她打我！」嬰兒似的銳叫不像榮珠的聲音，隨著啪噠啪噠的拖鞋聲向上竄。另一雙拖鞋的聲音下樓來。老媽子們楞住了，琵琶也是。

「你打人！」榆溪吼道：「你打人我就打你。」

他劈啪兩下給了她兩個耳刮子，她的頭偏到這一邊，又偏到那一邊，跌在地上。她母親說過：「萬一他打你，就讓他打，不要還手。」倒像是按劇本演出，雖然她當時沒想到這一層。她在風車帶轉的連續打擊下始終神智清明。胳膊連著拳頭，鐵條一般追打著她。阿媽們喃喃勸解，忙著分開兩人。

「她打人，我就打她。今天非打死她不可。」

他最後又補上一腳，一陣風似的出了房間。琵琶立刻站起來，怕顯得打重了，反倒更丟臉。她推開老媽子們，進了穿堂，看也沒看一眼，進了浴室，關上門。她望著鏡子，兩頰紅腫，淨是紅印子，眼淚滾滾落下。

「我要去報巡捕房。」她向自己說。

她解開旗袍檢查，很失望並沒有可怕的瘀傷。巡捕只會打發她回家，不忘教訓她一頓，甚至還像報上說的「予以飭回，著家長嚴加管教」。這裏是講究孝道的國家。可她什麼也不欠她父親的。即便愛過他，也只是愛父親這個身份。說不定該先打電話給她母親。不行，因為她知道說什麼能驚動巡捕，而她母親可能不讓她說。露並不願舉發這屋子的人吃鴉片。

「在裏面做什麼？」何干隔著門問道。

「洗臉。」

她掬冷水拍在臉上，順順頭髮衣裳。她需要樣子得體，雖然是女兒檢舉父親。她又從皮包裏取了一張五元鈔票，摺好掗進鞋裏。不能不提防。

幸喜何干不在眼前。她悄悄走過男傭人的房間，不等門警打開前院的小門，自己動手去拉門閂。門閂巍然不動，鎖上了。門警走上前來，夏日卡其袴露出膝蓋，瘦削的坑坑疤疤的臉上不動聲色。

「老爺說不讓人出去。」他說。

「開門。」

「鎖上了，鑰匙不在我這兒。」

「開門，不然我就報捕房。」

「老爺叫開，我就開。」

她捶打鐵板，大嚷：「警察！警察！」路口指揮車輛的巡警應該能聽見。屋子正在街角，雖然大門並不對著街角。她的聲音哪去了？小時候在樓梯口喊何干，吼聲迴響，連自己的耳朵也震聾了。別的傭人笑道：「何干，何干的嚷嚷，真連河也讓你叫乾了。」拿諧音打趣。可是這會子扯直了喉嚨也喊不出聲。這還是她頭一次真的看見結實的大鐵門，蒙上灰塵似的黑色，釘上一個洋鐵盒，搖搖晃晃的，裝信件或牛奶。拍打踹踢鐵板間的脊梁，震得手腳都痛。

門警喝斷一聲，想拉開她，又發窘，不敢碰老爺的女兒。連她也窘了。這麼鬧法有什麼用？巡警是怎麼回事？怎麼不過來？是打仗的緣故，屋裏傳出的銳叫聲便不放在心上？

「警察！警察！」她自己也聽不下去那種欲喊不喊、唯恐倒了嗓子的嚷嚷。引起騷動竟是這麼困難。老鐵門每次開關都鏘鎯亂響，擊打鐵板間卻悶不吭聲。要不要退後幾步，朝門上撞？躺在地下撒潑打滾？門警作勢拉她，她死命去扭門閂，抓著門閂踹門。一連串的舉動一個也不見效，竟像做了場惡夢。她以為是暴烈的動作，其實只是睡夢中胳膊或腿略抽動了一下。

「嚇咦？」何干也和門警齊聲噤嚇，趕出來幫著把琵琶拖進屋裏。

琵琶冷不防退兵了，走進屋子。何干跟著她上樓。

「別作聲。」何干等進了她房間便道：「待在房裏，哪兒也別去。」

琵琶望著衣櫃鏡子，瘀傷會痊癒，不會有證據給巡捕看。能讓母親知道就好了。她沒打電話去，她母親能猜到麼？會怎麼猜？這場脾氣發作得毫沒來由，簡直說不通。莫不是發現她去考試了？

潘媽從洗衣房過來，害怕進門的模樣。

「是怎麼鬧起來的？」壓低聲音向何干說。

「不知道，潘大媽，我也跟你在廚房裏。」

她們沒問琵琶，半担心她會告訴她們，不希望聽見對榮珠不利的事。

「噯，正忙著開飯，」潘媽道：「就聽見餐室鬧了起來，衝進來一看——也不知道是怎麼回事。」

過道上有腳步曳地前衝的聲音。只聽見三四步緊走，門砰地飛開來。什麼東西擦過琵琶的耳朵，撞在地上砸了個粉碎。她掉過頭，正看見榆溪沒有表情的臉孔，砰地關上門。房裏每個人都楞了楞，然後兩個阿媽彎腰收拾肝紅色花瓶的碎片。琵琶記得住天津的時候在客室裏撫弄肥胖的花瓶頸子和肩膀。

「嘖嘖，多危險。只差一寸就——」潘媽低聲嘀咕，皺著眉。「我去拿掃帚。」導引著龐大的軀體向另一扇門走。

「下樓去。」何干著惱地向琵琶說，倒像是她在樓上使性子砸東西。

琵琶帶著書本，表示不在乎，下樓走進了一間空著的套間，擱滿了用不著的家具。她揀了張靠窗的黃檀木炕床坐下，有光可以看書。何干也跟進來，在椅子上坐下。整個屋子靜悄悄的。在這半明半暗棄置的物件之間像是很安全。

「大姐！」何干突然喊，感情豐沛的聲口。「你怎麼會弄到這個樣子？」

像是要哭出來了。可是琵琶抱住她哭，她卻安靜疏遠，雖然並沒有推開她。她的冷酷倒使琵琶糊塗了。是氣她得罪了父親？儘管從不講大道理，也以不慍不火的態度使她明白是責難。琵琶倒覺得並不真的認識何干，總以為唯有何干可以依靠。何干愛她就光因為她活著而且往上長，不是一天到晚掂斤抹兩看她將來有沒有出息。可是最需要她的當口，她突然不見了。琵琶不哭了，鬆開了何干的頸子。

何干陪她坐了一會，立起了身。

「我上樓去看看。」

她去了一陣子，琵琶聽見腳步窸窣，隱隱有人說話，一壁往樓上走，倒像有高跟鞋的聲音。她極想衝出去看是誰。最有可能是榮珠的姐妹。即便是親戚也不願插手家務事，給孩子撐腰，造父母的反，幫著女兒一路打出去，只會規勸她回家。眼前別引人注意的好，免得給鎖了起來，等人走了再說。為迎客開大門，也會再開門送客。有人下樓來。為客人泡茶。不，是何干。

「你千萬不要出去。」她低聲道：「姑姑來了，還有鶴伯伯。」

琵琶喜出望外。怎麼知道的？她沒打電話過去，準是珊瑚打過電話來。也許是榮珠想搶在頭裏，先告訴出來，免得別人議論。還是榆溪說溜了嘴，所以珊瑚過來了，雖然她再也不想與他有瓜葛。

「待在房裏。」何干又道：「一步也別跨出這個門去。」

「知道了。」她得不使何干起疑。等珊瑚與秋鶴一下樓，她就要衝出去，跟他們一道走。到了大門口再拆散他們，放他們兩個走，獨拖她一個回來，可沒那麼容易。總不會在大門口眾目睽睽之下拳打腳踢，門警也不能拿槍脅迫他們。她想像不出秋鶴會打架，可是有個男人總能壯壯胆。

何干拖過一把椅子，促膝坐下，低著頭，虎著臉，搭拉著眼皮。鬥牛犬的表情使琵琶很是震動，剛才還覺得何干不再喜歡她了。顯然還是幫著她的，希望她能與父親言歸於好。

「現在出去了，就再也回不來了。」她冷酷地對著地板說。

琵琶沒言語。何干說的一點也不錯。可她也知道這個家裏再沒有使她留戀的地方了。

兩人一齊等著下樓的動靜。寂靜一步步地拖下去。她不忍看何干，她頑固的決斷表情透著絕望。琵琶小時候總明明白白表示她更相信母親的判斷。年紀越大，也讓何干知道她自己的看法更可靠。可是兩人對面而坐，擺出爭鬥的姿態，她猛然覺悟到不能再傷何干的心，不把她年深月久的睿智當一回事。一出了這個門，非但不能回這個家，也不能回她身邊。

兩人一動不動坐著，各自鎖在對方的監視眼光內。不等最後一刻我決不妄動，琵琶心裏想。她們聽見生氣的叫嚷。兩人都紋絲不動，都覺得起不了身到門口去聽個究竟。珊瑚緊薄的聲音在樓上喊，夾雜著榆溪的怒吼與秋鶴焦灼的講理。提到了巡捕。正是琵琶第一時間想找的人。突檢鴉片，順便拯救她。她也覺得聽到了醫院。驗傷嗎？還是珊瑚提醒她父親上醫院戒毒的事？「我還得跟他大打出手才把他弄了進去。我救了他的命。」珊瑚前一向總這麼說。沒有時間給她納罕。腳步匆匆下樓，她心裏亂極了。樓上無論是什麼情況，她都還是可以趁此跟著他們闖開大門。場面一亂，連蒼蠅也飛過了。

「千萬別出去。」何干一氣說完一句話。

她怕極了何干不再愛她，柔順地服從了。心突突跳著，聽見一個聲音說：「大好機會溜了，大好機會溜了。」

他們走了，穿過過道到廚房與穿堂，再經過男傭人的房間到大門。門閂咕滋咖滋抽了出來，又鏘鋃一聲關上，如同生銹的古老銅鑼敲了一聲。全完了。

何干與她不看彼此。過了半晌，覺得安全了，何干方起身去打聽消息。

琵琶等著巡警來。珊瑚勢必會舉發他們抽大烟吧？她還有第二次機會。自責業已如強酸一樣腐蝕她。方纔怎麼會聽何干的？

當天並沒有巡捕上門。戰事方殷，阿芙蓉癖這等瑣事算不上當務之急。何干端了晚飯來，憂心地問：

「今天晚上怎麼睡？」

「就睡這兒。炕床上。」

「舖蓋呢？」

「用不著，天氣不冷。」

「夜裏還是需要個毯子。」

「不用，真的，我什麼也不需要。」

何干躊躕，卻沒說什麼，怕人看見她拿毯子下來。她收拾了碗盤走了。這些房間沒安燈泡，漆黑中琵琶到敞著房門的門口側耳傾聽。樓上隱隱綽綽有人活動。莫非也怕突檢？忙著把大烟都藏起來？開窗讓房間通風？又能敷衍多久？榆溪在穿堂裏兜圈子，一面說話，也跟他走路一樣話說得急而突然，一下子就又聽不見。這會子他在樓上大喊：

「開槍打死她，打死她。」

她父親用手槍打死她，想著也覺得滑稽，卻又想起很久前就知道他有手槍。搬了幾次家還在嗎？門警不會把槍借給他吧？殺死自己的孩子不比殺死別人。如同自殺，某些情況下甚至是美德。現今是違法，可是傳統上卻不然，還看作是孝道。

相連的兩個房間鑰匙孔裏沒有鑰匙。何干睡覺之前會再來看她嗎？即便來了，琵琶也不會要她去問男傭人拿鑰匙。何干怕一舉一動會引起注意，又惹出麻煩。琵琶自己羞於露出懼色，況且她也並不畏懼。慣性使她安心，她是在家裏。簡直不可能甩掉這種麻木。在家裏還會發生什麼事？用手槍殺人全然是小說與電影情節。也是奇怪，她要去報巡捕房一點也不是說著玩的，可是她父親想殺死她，她卻覺得異想天開。儘管她覺得對父親已經沒有了感情，她卻不相信父親一點也不喜歡她了。黃檀木炕床很舒服。籐椅座向一邊捲成筒狀，作為頭靠，略帶灰塵的氣味。黑暗是一種保護。他會不會記得帶手電筒下來？她把一扇落地窗開著，聽見了什麼動靜，可以逃到洋台，翻過闌干，跳到幾尺下的車道上。問題是門關著聽見不聽見樓梯上的腳步聲？可是敞著門又像是等著人來殺。她還是把門關上了。任何時候都可能聽見趿著皮拖鞋，急促滑衝的足聲，房門會猛然打開，子彈像那隻花瓶一樣亂射進來。看也不看打中了沒有，一逕上樓。他怕不怕傭人拿他殺死女兒的事勒索？家業已不是封建的采邑，傭人也不再是過去的半奴半僕。可是從前那時候真的過去了嗎？有時候榆溪似乎不知道。

她死了會在園子裏埋了，兩隻鵝會在她身上搖擺踱步。她生在這座房子裏，也要死在這裏？想著也覺毛骨悚然。籐椅座很涼快。她撐著不睡，豎著耳朵聽。黑暗中感覺到沒上鎖的門立在那裏等待著，軟弱的表面如同血肉，隨時預備著臣服。

風變冷了，從落地窗吹進來。她早晨醒來，抽筋了。

二十二

她整天待在房裏。除了何干送三餐來，誰也不看見。到了第三天，顯然巡捕是不會來了。她不怪她母親坐視。姑姑來得非常之快。她們兩人能做的都做了，是她白白糟蹋了好機會。要怎麼逃出去？《九尾龜》裏的女孩子用被單結成了繩子，從窗戶縋到底下等著的小船上。別的小說裏的女主角寫封信包住銅錢，由窗子擲出去。這個屋子沒有一扇窗臨街。花園的高牆牆頭埋了一溜的玻璃碴。白玉蘭樹又離牆邊很遠，雖然高大，樹幹卻伸了老長之後才分枝。唯一靠牆的是鵝棚，小小的洋鐵棚，生了銹，屋頂斜滑而波浪起伏。搬一張桌子出去，踩著爬上鵝棚屋頂，說不定一踩洋鐵皮就鏘鎯鎯地掉下去。儘管晚上鵝鎖進鵝棚裏從不聽見叫喚，她也知道兩隻強壯的大鳥會發出震破耳膜的警報聲。屋子裏的人隔得太遠不聽見？爬上了牆頭又怎麼下來？摔斷一條腿還是會給抬回屋子裏。也許附近有崗警會幫她下來，還許外國的志願軍會在蘇州河巡邏，過來幫她。都不可能。這時倒後悔小時候沒爬過牆。牆太高，鵝棚太破舊，鵝太吵，在在都是顧慮。在心裏反覆想了又想，想得頭暈腦脹，總是看見自己困在玻璃碴之間。

何干判斷夠安全了，可以等一家人吃過飯之後叫她到餐室來吃飯。別的老媽子也都躲開，讓出空間來給她。連何干也留下她一個人吃。這樣子成了常態。有天幸喜在餐具櫥上找到信紙、一個墨水盒、一隻毛筆。有顏料就更好了。橫豎無事可做。有張紙團成了一團，她攤平了，是張舊式信箋，上面是她弟弟的筆跡，寫的是文言文，寫給上海的新房子的一個表哥：

「楓哥哥如晤：

重陽一會，又隔廿日。家門不幸，家姐玷辱門風，遺羞雙親，殊覺痛心疾首……」

寫了一半沒寫完。琵琶瞪著空白處，腦子也一片空白。然後心裏銳聲叫起來。這是什麼話？玷辱門風？這只有在女子不守婦道的時候才用得上。也許他也覺得這麼說不妥，所以寫了一半便擱下了。仔細回想起來，弟弟活了這麼大，還真沒聽他說過什麼。這還是第一次。還許他並不是當真以為她有什麼，只是套古文引喻失當。可是她的外交豁免權失效了，他一定也幸災樂禍，不是只有他一個受害人了。比較起來，他在父親與後母面前倒成了紅人，自己就封自己是他們的發言人了。

他把信箋團縐了。可是事實俱在，她只從他那兒聽見過這些話。除了這個怪異的掉書袋聲口之外，她沒有別的話可以據以判斷。她慌忙把紙放下，怕他進來看見，依舊團縐了擱在桌上。絲毫不想到要找他當面說清楚，他反正是什麼話也不會說。

倒讓她想到了為虎作倀。老虎殺死的人變成倀，再也不離開這頭老虎。跟著老虎一齊去獵殺，幫著把獵物驅趕到老虎的面前，打手一樣，嚇唬小動物，也在單身旅客前現形，故意引他們走上歧途。陵也讓老虎吃了，變成了倀。

幸喜心痛只一下就過去了。兩人這一輩子裏，陵當孩子太久了，她並不認真看待他。

何干胆子大了，偷拿了條毯子來，一頭鋪床一頭咕嚕道：「講要你搬到小樓上去。」

「什麼小樓？」

「後頭的小樓。」

「在哪裏?我怎麼沒看過?」

「後面樓上。前一向是給傭人住的,好兩年沒人住了。壞房子。」她隨口說,微蹙著眉,撇下不提,像是拂開臉上的蜘蛛網。

後頭的小樓聽著耳熟。明代小說和清代唱曲裏做錯事的女兒都幽禁在後花園裏。若是鄉下就是柴房,城裏就是後頭的小樓。三餐都從門底下的小門板推進房裏。房裏的冤魂除非找到了替死鬼,不然不能投胎轉世,所以誘惑新來的人自殺,使她的心塞滿怨苦,在她耳邊喃喃勸她一了百了,在她眼前掛下了繩圈,看上去像一扇圓圓的窗子,望進去就是個綺麗的花園。

琵琶想笑。竟然是我?為了什麼?我做了什麼?瑰麗的古代的不幸要她來承受,卻沒嘗過情愛的羅曼蒂克!她不再多問,可是何干又開口,岔了開去:

「也只是講講,好在還沒說呢。」

臉上有種盤算的神氣,指不定是在想能搬點什麼進去,讓琵琶住得舒服些。

竟是要把她關到死。放出來的時候也念不成大學了。四年?七八年?光想到就不寒而慄。快著點,快著點,趕不上了。露從她小時候就這麼說她。「你都十六了。」珊瑚也提醒她,辯解似的。而如今呢?她這一生最重要的時刻被割了一大塊去。她非逃走不可。這些時候急切著要走,被圈禁的動物的狂亂發作過之後,她尋思著母親說的話:「跟父親,自然是有錢的。跟了我,可是一個錢都沒有。」不會有錢上大學,更遑論去英國。找工作?她甚且沒有高中文憑。不能就這麼增加母親的負担。母親的家是明淨美麗的地方,可以讓她投奔,而不是走投無路的時候賴著的去處。說老實話，她並不知道富裕的滋味，也不清楚貧窮是怎樣一個情形。可是貧窮始終是真實的，因為老媽子們是活生生的證據。

全是為了錢的緣故。她父親與後母的這頓脾氣究竟並不是莫名其妙。跟他們要一筆不小的支出，等於減了他們十年的陽壽。或許不知道她去參加考試，卻猜到有什麼事在進行。榮珠逮住了機會就吵嚷起來，抓個藉口，怪她沒把她放在眼裏，宿夜沒告訴她。無論藉口多薄弱，必得道德上站得住腳。這是她的方法，也是中國政治的精髓。軍閥開戰尚且要寫上一篇長長的檄文，四六駢文，通電全國，指責對方失德失政。

琵琶並不想要窮，可是要她金錢與時間二擇其一，她絲毫沒有遲疑。人生苦短，從小她就清楚。她必須逃走，不能等他們狠下心來把她鎖在後頭的小樓，鎖一輩子，成了幽囚在衣櫃裏活著的骷髏。

秋天來了，風和日麗，空氣中新添了寒意。聽見了飛機她就到洋台上。赫赫的藍天上三四架一群的飛機掠過，看不清機身上漆的符號，但是她知道是敵機，來得太規律，而且像是如入無人之境。空戰的日子過了。她看著飛機掠過，渴望能聯絡上，卻沒有法子能攔下他們鋼鐵的航路。有個炸彈掉下來，將花園圍牆炸開個口子就好了。或者炸中屋子沒人住的地方，引起大火，她可以趁亂逃出去。有個炸彈掉在屋子上，就同他們死在一起也願意。《詩經》裏的一段說的是人民痛恨商朝亡國君，咒罵他：「時日曷喪，予及汝皆亡！」[6]

6．此語應出自《尚書》〈湯誓〉，而非《詩經》，所指之亡國君則是夏桀，而非商紂王。

她看著飛機，把手緊緊捏著洋台上的木闌干，彷彿木頭上可以榨出水來。薄薄的小闌干柱，沒有上漆，一根根頂著鑄鐵闌干，歲月侵蝕裂出長短不齊的木纖維，後來又磨光了。掌心裏像捏著骨稜稜而毛茸茸的胳膊，竟使她寬心。許多東西摸起來都比這個溫潤。飛機走了。就許連同她和許多人一塊殺了，也並不特別殘酷，因為他們並不認識她。

晚上何干向她說：「起了大火，在閘北那邊。」

「看得見麼？」

「看得見，就在河對岸，大家都在看。」

「洋台上就看到麼？」

「不行，要到屋子後頭看。」

「樓上？」

「噯，後頭的小樓。噯呀，好大的火啊。」

何干比過節喝酒，酒後臉緋紅卻分外沉默還要更興奮。大火必是延燒上她的頭了，不然決不會問：「要不要看？」

「要。」

「大家都在樓上，後頭的小樓上。」

「在哪裏？我從來沒見過。」

她也想看小樓。

何干帶頭穿過樓梯口。琵琶張了一張吸烟室緊閉的門。門要是打開來，從烟舖上看見不看見她？幾個星期來他們都沒理她。這會子她大搖大擺走過去，他們會不會覺得是招搖，又來討教訓？她怎麼會來？一定是太無聊，失心瘋了。可是外頭的大火似乎是種屏障，前所未見的不花錢的表演，讓屋內的敵意暫時休止。她跟著何干穿過門洞子，決定不扭頭看，走進後方狹窄的樓廊，老媽子慣常都來這裡晾衣服。一盞燈泡的昏暗光線照著圍木欄杆的狹長木板人行道，到處什麼都看不太清楚。她還是第一次看見樓廊上有一排小房間，倒像釘在屋子上的鷹架。

「小心腳。」何干說。

她不是說大家都在看？榆溪與榮珠不會也在看吧？可是琵琶不想問。何干引她進了一個陰暗的房間。兩個阿媽立在窗前，只看見輪廓。聽見又有人來了，愉快地掉過頭來，沒有同琵琶說話，只挪了位子給她。

「看那邊。」潘媽喃喃說道：「燒了這麼久，還沒有一點火小的樣子。」

「噯呀！」何干從齒縫間迸出嘆息。

「燒了多少房子吶，還有那麼些沒逃出來的人。」潘媽說。

「我還沒去過閘北呢。」佟干說。

「我上舊城去過，倒沒去過閘北。」何干說。

「不知道是什麼樣子。」琵琶說。

「房子小啊。」潘媽不屑地說。

「舊城我見過，那年我上那兒去給城隍爺燒香。」何干道：「倒沒去過閘北。」

「閘北都是工廠。」潘媽說。

「地方很大是吧？」佟干說。

「噯，看它燒的。」

窗外一片墨黑。遠處立著一排金色的骨架，犬牙交錯，烈焰衝天，倒映在底下漆黑的河面。下上一模一樣，倒像是中國建築內部的對稱結構，使這一幕更加顯出中國的情味。護城河裏倒映的是宮殿、寶塔、亭台樓閣的骨架。元宵節一盞燈籠著火了，焚毀了上林苑。處處都有輕薄的橙光籠罩住一幢屋子，一團團粉紅烟霧滾動，又像一朵朵的花雲被吹散。漆黑的地上只剩了燃燒的骨架。金燦燦的火舌細小了，痴狂地吞噬脆弱，耗損了精力，到末了認輸陷了下去。倒下了一個骨架子，後面旋又露出一個熊熊的火架子，仍是俯對著自己的倒影。前景總不變，總是直通通的黃金結構，上下是大團的漆黑空間。

「那是蘇州河。」潘媽道。

「蘇州河真寬。」何干詫異的聲口。

琵琶也不知道蘇州河這麼遼闊。有次她走家附近的小路，經過蘇州河，只看見一條水溝，紅泥岸上拉起了鐵絲網，東倒西歪的。水溝中段蜿蜒紆曲，黃黃的水停滯了不動。雖然現在看不到河水，只看見河上的倒影，但是河水似乎像運河一樣筆直。

「何干，你去替我拿粉蠟筆和紙來好不好？」

「什麼樣的紙？」

「上頭沒線的都可以。喔，還有蠟燭。能不能拿蠟燭來？」

她看了火勢許久才決定要畫畫看，看上去像一點變化也沒有。隱晦的黑暗中抓不準距離，可是一點聲音也沒傳過來。濾掉了吵嚷與驚惶，大火似乎是發生在遙遠的歷史裏，從過去來的一幕，帶著神秘感，竟使人心裏很激動。她記得看過一把黑扇子，扇面上畫了戰場，是彎的，順著弧形的扇面。而這卻是畫在墨黑的紙張中央，端端正正的畫。過後她可以用水彩上色，這時候去提水太麻煩，窗台上的空間也不夠。她覺得有些歉疚，大家都忙著看，偏支使何干。她們並不等著有什麼變動，這會子也知道不能夠留下來看到最後，卻還是一點也不想錯過了。

何干拿碟子托著一小樁蠟燭照路，回來了。其他人眼睛始終不離大火，騰出空間，讓她將蠟燭與蠟筆盒擱在窗台上。琵琶拿著畫板，急急畫著。

「何干，幫我拿著蠟燭好不好？就是這樣。」

畫得不對。她塗塗改改，漸漸覺到了佟干與潘媽不喜歡，人體不由自主躲開去，她立得這麼近，不會不察覺到，雖然她們留神不碰著她的手肘。她們的眼睛仍是黏著窗子外頭，她們的臉在燭光下淡淡的。可是她們厭倦了她，厭倦了她老是畫圖讀書，彷彿她聰明得不得了，其實是既傻又窮途末路，挨後母的打還還手，自己找罪受，帶累得大家也都沒有好日子過。這會子她又大模大樣作起畫來，跟個沒事人一樣。人人都往外看，只想欣賞，她卻非要人欣賞她。她把心裏的念頭推到一邊，究竟也只是她自己這麼想。她一個人太久了。但是在燭光中，房間漸漸在她的眼角成形。這裏就是她的囚房。不犯著四下環顧，她也知道牆壁是沒有上過漆的粗木板，小小的房間裏什麼也沒有。地板有裂縫，還有甜絲絲的腐朽的木頭的氣味，像巧克力和灰塵。猛然間她覺到了。老媽子們的嫌惡透著不祥之兆，她們知道什麼何干不知道的事，至少也比何干告訴她的事要多。她隨時都會被鎖在這裏。要是他們在吸烟室裏知道她在這裏，今晚就會把她鎖起來。她瘋了才會上來，活該被當作瘋婆子鍊起來。樓廊只要傳出啪噠的拖鞋聲，門口只要一個示意，老媽子們就會齊齊衝出去，鎖上房門。何干會同她們一起在房門外，相信這麼做都是為她好。

她忙忙收拾蠟筆。老媽子們讓開路。

「不看了？」何干問道。

「我要下去了。」

「我再看一會。」

「喔，你只管看，何干。」

她拿著蠟筆畫，面朝外，怕糊了畫。昏黃的燈泡下，患了軟骨症似的樓廊像隨時會崩塌。好容易兩腳踏上了堅實的穿堂地板，回到了已知的世界。吸烟室的門仍關著，開著無線電。一路下樓，可能是敞開的房門吹過來陣陣微風，搔著她的頸背。但是她平安地回到房間。

她在這裏一個月，考試結果也該寄到她母親那裏了。萬一考上了，卻走不成，甚且連考上沒考上都不知道?大朵的玉蘭從夏天開到秋天，髒髒的白色，像用過團縐了的手絹。她病了，發高燒。

「都是睡籐炕睡出來的。」何干道：「籐炕太涼了。」

仗著生病這個名目，何干從樓上拿被褥下來，揀了房間避風的一隅鋪床。過了好兩天不見她好轉。何干有天下午進來，有些氣忿忿的。

「我今天告訴了太太，老爺也在，可是我對著太太說。我說：『太太，大姐病了，是不是該請個醫生來？』——一句話也沒說。我只好出來了，臨了就給我這個。」拿出一個圓洋鐵盒，像鞋油。「就給了這個東西，沒有了。」

虎頭商標下印著小字：專治麻瘋、風濕、肺結核、頭痛、偏頭痛、抽筋、痠痛、跌打損傷、晒傷、傷寒、噁心、腹瀉、一切疑難雜症；外敷內服皆可。

「聽說很見效。」何干道。

「我抹一點在太陽穴上。」琵琶道。

「味道倒好。」

還是頭痛。她覺得好熱，以為是夏天，坐她父親剛買的汽車到鄉下去兜風。

「你說什麼？」何干問道。

「沒說什麼。」琵琶心虛地道。

「你說夢話。」

「我沒睡。」

「沒睡怎麼會說夢話？」何干不罷休，很衝的聲口，倒是希罕。

「我說了什麼？」

「汽車什麼的。」

「噯，我夢見坐汽車去兜風。」何干可別聽見了她同她父親說的話。「我一定是做夢了。我不知道我睡著了。」

何干坐在床上，直勾勾看到她臉上來。琵琶知道她怕她會死，良心不安，後悔當初有機會沒讓她和姑姑一塊走。

「放心吧，我死不了。」她想這麼說，但是何干只會否認屋裏的人有這種念頭。常識告訴她，是不會有死亡的。她的生命就如她的家一樣安全，她也不習慣有別的想法。何干的焦慮倒使她著惱。以前生病，何干總要她別急：

「病來如山倒，病去如抽絲。」

這次她不套俗語，甚且半向自己喃喃說：「這麼多天了還不見好，會是什麼病？」

琵琶知道她是怎麼想的。家裏請的先生去年患了肺炎，送醫院以前她們都見過他生病的樣子。都說他那麼一大把年紀了還能康復，真是運氣。

「我沒事。不是什麼嚴重的病，我知道。」她向何干說。

話是這麼說，她還是病著。病得不耐煩，五臟六腑都蠕蠕的爬，因為她不能讓何干知道不要緊，不需要為了攔住她不讓她走而自責，磨折自己。她的新床在窗邊，對著車道。每次大鐵門開啟放汽車通過，鐵板就像一面大鑼「哐」的一聲巨響。她貼著牆睡，聲音響得不得了。她盼望這個聲音的磨折，豎著耳朵聽，開門的響聲過了又等著關門的聲音，因為總是兩聲一套。這是她唯一想聽的動靜，雖然使她從裏冷到外。放人進出的小門聲音也幾乎一般嘹亮。門不響，她只躺在床上，什麼也不想。還是有些事情徐徐變得清晰。第一天她抱著何干大哭，何干冷酷生疏，那一刻總像什麼東西梗在心裏。這如今她知道了何干是指望她帶著她父親給的妝奩出嫁，她的老阿媽可以跟過去，幫她理家。那是她安度晚年最後的機會。她愛琵琶，如同別人愛他們的事業，同時期待著拿薪餉。她會這麼想當然有她的道理。倒也沒關係。人會忘記祖母，卻不愛為了這個那個原因才愛祖母。琵琶很遺憾讓何干失望了。她仍是照顧琵琶，像她每次生病一樣，可是她也清楚心裏抱著的一個希望是死的。

「柳絮小姐來看你了。」她說。

「琵琶！」柳絮笑著進來一面喊，特為壓低聲音，秘密似的。

因為她是朋友，琵琶的眼淚滾了下來，連忙掉過臉去，淚珠流到耳朵上，癢酥酥的。

「好點了嗎？」柳絮說。

一切探病的敷衍問候，而何干也是標準答覆：「好多了，小姐。」替她拉了張椅子。

「我說：『我要去看琵琶。』」柳絮說，帶著快心的反抗。「榮姑姑沒言語，我就出了房間，下樓來了。」

兩人相視一笑。柳絮的笑容雖然是酬應的笑容，看著也歡喜，是大世界吹進荒島上的一股氣息。

「榮姑姑其實是喜歡你，」她低聲道：「她老說陵像你就好了。其實你要出國一點問題也沒有，就只是事情太多了，你姑姑又跑來，姑爹又是那個脾氣。」

鬧了半天又怪珊瑚多事了。他們在吸烟室裏整天無事可做，抓到人就隨他們說去。一張嘴也不過兩片嘴皮，怎麼翻都行。

「我就不懂榮姑姑怎麼能讓你受同樣的罪。你知道榮姑姑的事吧？」

「不知道。」

「她喜歡一個表哥，祖父不准她嫁。把她鎖在房間裏，逼她自盡。同樣的事她怎麼受得了又來一次？」

琵琶倒不覺得奇怪。榮珠慣了這樣近便的意念，雖然她準是覺得厭惡，她自己的悲劇竟讓一個冷酷討厭的十來歲孩子重演。她的天真無邪必是使榮珠看著刺心。只因為她是一個年青女孩子，她無論怎麼犯錯，人家也還以為她是天真無邪的。

柳絮自管自下起結論：「都是姑爹。有時候榮姑姑怕他。」她低聲道：「對，她真怕他。」

靜了半晌，又道：「你一定累了。」

「不累，不累，多虧你來了。」

「我聽見說你病了，心裏就想：這下子就好了。」

柳絮在學校英文課讀了不少維多利亞小說。暴虐的父親到末了跪倒在女兒的病榻前，請求寬恕。琵琶對她笑。她們也許是活在維多利亞時代，不過是維多利亞時代的中國。

「不是只有你這樣。」柳絮道：「我們家裏也是，還許更壞，你只是不知道。學校裏，三四百個女孩子，差不多人人都跟父親鬧彆扭，不然就是為鴉片，不然就是為姨太太，不然就是又為鴉片又為姨太太吵。真的。誰的家裏風平浪靜，我們都說她有幸福家庭，她就特別的不一樣。」

「你們學校還停課？」

「噯，可是我倒忙。我在戰時醫院裏做事。」

「真的？難怪你一身的藥味。」可惜沒能托她帶點藥來。

「我身上的氣味很可怕是不是？」

「不，倒是很清新。你照顧的是兵士？」

「噯。」

「真刺激。很感動麼？」

「是啊。醫院跟別的地方兩樣，很多人在一起做事，不給人穿小鞋，同省份的人也不拉幫結派，也不分貴賤，不犯著成天提醒自己是女孩子，四周都是男人。」

「也許是中國在改變。」

「是打仗的緣故。當然醫院裏亂還是亂，錢也不夠，又缺這缺那，可是確實有一種異樣的感覺。」

「我能想像。」琵琶輕聲道。她至少能想像被關在一個忙碌的衛生的庫房門外。

「有一個年青的兵士，他們大半年紀都不大，這一個只有十九歲，一隻手的手指頭都炸爛了，可是他一聲也不吭，一句抱怨也沒有。其他的，你知道，有時候簡直蠻不講理。可是這個兵士什麼話也不說，也不跟你要什麼。他長得很好看，五官清秀，仙風道骨的。」陡然間警覺了，她不作聲，顯然想說她並不是愛上了他，頓了頓，便淡淡說道：「他死了。」

琵琶想不出該說什麼。

柳絮的眼眶紅了。整了整面容，又道：「醫院的事可別跟旁人說去，我媽還不知道我去做志願軍。我有些同學去，我也跟著去。可我得跟我媽說芳姐姐是醫院委員會的，要我去幫忙。其實芳姐姐是管籌募基金宣傳的。」

「我什麼也不會說。」

「我知道你不會。」

「仗還沒打完麼？」

「這附近暫時停火了。」

她走了，消毒水的氣味還縈繞不去。外在的世界在變動，一縷氣息吹了進來，使她圈在這個小房間裏更難挨。大門的哐鏘聲聽在耳裏迫促了。她病了將近一個月，不會還費事成天鎖住大門吧？要逃就是現在，只恨自己站不住。

何干準定是想早晚風波就過去了。她病了這麼久，她父親後母氣也消了，琵琶也會請他們原諒。要緊的是讓她的身體康復。她哄著何干說話，而何干也歡喜她的氣力恢復了，想說說話了。

「吃過飯了？」

「噯，吃過了。」

「這一向多少人吃飯？」

「六七個吧。今天七個，汽車夫回來了。」

「門警也跟你們一道吃？」

「噯。」

「兩個一塊吃？不是一個吃完了再換一個麼？」

「有時候會一塊吃。一個睡覺，要不出去了。今天倒是兩個一塊。」

聽起來像放心了，不再留一個看門，一個去吃飯了。
「他們多久換一次班？」
太明顯了。機會生生讓她毀了。
「不知道，現在吧。」
琵琶仔細釘著她看。何干沒有這麼笨。「他們兩個都是山東人吧？記不記得教琴的先生的廚子？他也是山東人。」
「噯，那個廚子。」她愉快地回想。「是個山東人。」
「好不好替我把望遠鏡拿來？我還可以看看鳥，躺在這裏真沒意思。」
「我這就上去拿。」
「不，不急，明天再拿吧。」
「我怕忘了。」
「那順道幫我把大衣也拿來，坐起來可以披在身上。」
「大衣。好。」
莫非何干心裏雪亮卻假裝不知道是幫她逃走？因為覺得幹下了什麼虧心事，害了她，困在這裏險些送了命。正在納罕，何干回來了，拿來了望遠鏡，擱在有肩帶的皮盒裏。大衣也披掛在椅背上。她溫和的面容看來分外殷勤，不是因為琵琶要走了，只因為她的身體好多了。不，她決不會放她走出這個屋子。
她想坐起來，一動就頭暈。兩腳放到地上，幾乎不感覺到。兩條腿像塞了棉花的長襪，飄在雲間，虛浮浮的。等了一會，還是站了起來，走了幾步。

隔天傍晚，她側著耳朵聽餐室的動靜。晚飯開遲了。有客人？還是他們出門了？會不會汽車來來去去，門警只好守著大門？

晚飯開上來了，也吃過了。該換傭人吃飯了。確定了何干不會進房間來，她忙下床，穿上大衣，取了錢包與望遠鏡，走到洋台上。半個身子都掛在側面闌干上，車道到大門都看得清清楚楚。暗沉沉的沒有燈。望遠鏡緊貼著眼睛，四面八方又掃視了一圈，砂礫路面連她自己窗子裏的燈光都吸收了。清一色的暗灰直伸到大門邊上。大門一側是黑鴉鴉的哨崗，另一側是甬道，有燈，通到傭人住的地方與廚房。路邊的磚牆上沒有門，沒有樹籬，沒有汽車，沒有藏身的地方，這要是半路上有誰從哨崗還是傭人的房間裏出來，簡直進退不得。

她先下了台階，走上車道，過了長青樹叢，繞過屋角，開始那條筆直的長路，扶著牆走，支撐自己，也是一種掩護，不能讓人在黑魆魆的樓上窗子往下看見。腳下的碎石子一喀嚓，她就一縮。速度要比謹慎重要，她早該學到了。然而她仍儘量自然，一面蟲子似的蠕蠕沿著牆根爬，手上出的力比腿上出的力多。在砂礫路上奔跑太吵了。真要跑她也跑不動。漆黑安靜的哨崗裏說不定就伏著一個盹著的人。

她走到了大門口，幸喜沒遇見人。還許大門上了鎖？不。門閂蠕蠕由插口裏抽出來，吱嘎叫得刺耳。她推開了門。不能帶著望遠鏡走，她慌亂地想著。外面在打仗，給人家看見我帶著望遠鏡，還不定怎麼樣疑心呢，走不了多遠就會給攔下。她將望遠鏡小心擱在釘在門上的郵箱上。跨過了突起的鐵門檻，沒把門關死，留了條縫，知道大門一關會發出聲響。

門外是一片黃陰陰的黑。街燈不多，遙遙地照耀。看著十字路口的對過，整個空蕩蕩的。決不能酒醉似地東倒西歪，不能讓人看見了。腳下像踩著雲，偶爾覺到硬實的路面。一拐過彎她就要跑。她要朝電車站跑，跑不多久該許會看見黃包車。才離了沒兩步，就聽見望遠鏡從郵箱上落下來，鏘的一聲。她的頭皮發麻，怕給揪住了頭髮拖回去。正想跑，又停住了。十字路口遠遠的那頭竟轉出了一輛黃包車，腳踏邊的車燈懶洋洋地搖晃咯吱，簡直不像是真的。車轅間的車夫也漫不經心地信步遊之。

「黃包車！」她只喊了一聲。靜謐的冬夜裏，高亢的聲音響徹了方圓各處。她不能跑。黃包車車夫就怕惹麻煩，不肯送扒了錢躲巡捕的賊或是妓院逃出來的女人。

黃包車輕飄飄地過了街。

她直等到夠近了，才壓低了聲音說：「大西路。」

「五毛錢。」車夫頭一歪，童叟無欺的神氣，伸出了五根手指頭。

「三毛。」她向自己說：我沒錢，不能不還價。

「四毛，就四毛！大西路可不近，得越界呢。」

「三毛。」

她急步朝電車站走。黃包車也待去不去的跟在後面。真是發瘋了，她心裏想。屋裏的人隨時就可能出來，把我重新抓進去，到時誰會幫我？這個車夫麼？他比我還窮，我還非要殺個一毛錢。

「四毛好吧？」

「三毛。」

她也不知道何必還說，無非是要證明她夠硬氣，足以面對世界。

他跟了有十來步，正要拐彎，嘟嘟囔囔著說：「好啦好啦，三毛就三毛。」

他放低了車轅。她心虛地踩上了腳踏。黃包車往前一顛，車夫跑了起來，像是不耐煩，趕著把她送到了完事。直到這時候，她才覺到了北風呼嘯。今晚很冷。她豎起了大衣衣領，任喜悅像竄逃的牛一樣咚咚地撞擊。

二十三

「原來是你！我還納罕這麼晚了會是誰呢。」珊瑚穿著晨褸低聲笑道。關上了門，領頭往裏走，先喊道：「琵琶來了。」

露正在浴室照鏡，聞言扭過了頭。「噯唷！你是怎麼出來的？」她笑道：「我聽說你病了。怎麼回事？」

「我現在好多了，就溜了出來。我病了，他們也不鎖大門了。」

「我們去找巡捕，可是因為打仗，他們什麼也不管。」珊瑚道。

「我們還想花錢找幫會去跟他們說呢。」露道。

「是誰說他在黑道上有認識人的？」

「她舅舅的保鏢胖子說的。都說跟那種人打交道只有這一個法子。」

「要是幫會答應了代你出頭，他們就會請對方到茶室喝茶，客客氣氣的。通常一杯茶也就解決了。」

「可我們還是覺得別招惹他們，誰也不知道往後是不是麻煩事沒完沒了。」

「不是還有人出主意？——喔，對了，是看衖堂的。」珊瑚道。

「那些人還不是淨想些餿主意。」

「他說在他們靠衖堂的牆上挖個洞。」

「他可以從洞裏鑽過去，可是他還是得找得著你，我們又不知道你關在哪個房間，樓上還是樓下。」

「他認識我？」

「他看過你。」

「要是在屋子裏亂晃，給抓住了呢？」露道：「他們知道他，也保不住不把他當強盜，到時把他倒吊起來毒打，往鼻子裏灌水。」

「太危險了。」

「我們担不起那個責任。」

「我的考試通過了嗎？」

「沒有，算術考壞了。反正半年也過了。」

「麥卡勒說你得補課。」珊瑚道：「英文也是。」

「他這個先生太貴了，可是也沒辦法。」

「要不要喝茶？」

「我來泡。」琵琶道。

「發不發燒？先拿溫度計來。」露向珊瑚道：「喝過熱茶再量做不得準。」

她們拿沙發墊子給她在地板上打了個舒服的地舖。躺在那裏，她凝望著七巧桌的多隻椅腿。核桃木上淡淡的紋路渦卷，像核果巧克力。剁下一塊就可以吃。她終於找到了路，進了魔法森林。

隔天下午露要她整理一下儀容，有醫生要來給她看病。

「姑姑有件藍棉袍，你可以穿。年青女孩子穿藍棉布，不化妝也有輕靈靈的感覺。」話是這麼說，她還是幫琵琶抹粉，將她的頭髮側梳，似乎恨不得能讓她一下子變漂亮。整個下午琵琶都覺得額頭上的頭髮輕飄飄、鼓蓬蓬的，像和煦的清風。頭髮落到眼睛上也不敢去碰，生怕弄亂了。

快六點了伊梅霍森醫生才來。他個子大，氣味很乾淨，沒有眉毛，頭髮也沒兩根，可是看著卻很自然，倒像是為了衛生的原因特為剃得太徹底。給她檢查過後，他退到房間另一頭，低著聲音同露說話。

「你自己怎麼樣？」聲量放大了些。「不咳嗽？不頭痛？」

他又取出了聽診器，向露點頭，露向前一步，羞澀地抬起臉，等著聽診器落在她的胸上。她知道這個男人要她，琵琶想著，震了一震。可是她很美，必定有許多男人要她。不，是她的羞意不對勁，無論是從不拘舊俗的標準，還是從琵琶在家裏學會的老法禮教來看，都不對勁。舊禮教嚴防男女之別，故作矜持也屬下品。剛才當著醫生的面脫衣服並不使她發窘，雖然她對自己直條條的體格並不自負。她倒不是想了個通透，只是看著房間那頭，使她沒來由的遽然震驚。然後醫生收拾了皮包，道別走了。

「他說是肺炎，快好了，可是還是得小心，臥床休養。」露向她說。

她下床走動那天，何干來了。

「太太！」何干立在門口喊，用她那感情洋溢的聲口。又喊：「珊瑚小姐！大姐！」

「你好啊，何大媽。」
「我好，太太。太太好嗎？」
就和露與珊瑚回國那時一樣。
「你今年多大歲數了，何大媽？」又「她一點也沒變，是不是，珊瑚？」
「我倒看的像高了點。」
「老縮了，珊瑚小姐。」
「你母親還健在？」
「是啊，太太。」
「噯唷，年紀可也不小了吧？」
「八十六了，太太，不對，是八十七。」
「噯唷，身體還好嗎？」
「好，太太。」
「噯，這麼硬朗！」
「窮苦人死不了啊，太太。」她無奈地笑道。
「她還是跟你兒子住？」
「噯，珊瑚小姐。」也不知道什麼緣故，何干似乎不太願意提起她母親。橫豎照例的應酬話也說完了。
「大姐走了他們說什麼？」珊瑚笑道。

「沒說什麼。」何干低聲道，微一搖頭，半眨了眨眼。

琵琶巴不得知道他們發現她逃了是怎麼個情況。誰先發現的？有人聽見望遠鏡從郵箱上掉下來嗎？還是誰也不察覺異狀，還是何干吃了飯回來看見屋子空的，只點著燈？點點滴滴都是她亟想聽的。但是她沒辦法開口問，因為騙了何干。再問只會更把事情弄擰。

「他們不生氣？」珊瑚追問道：「一定說了什麼。」

「我們什麼也不聽見，只知道太太把大姐的衣服都拿去送人了。」

「就當她死了。」露道。

「噯，衣服都送人了。」何干倒是氣憤的聲口，琵琶知道並不是特為說給露聽的。

「反正我也沒什麼衣服。」琵琶道。

「倒不是心疼衣服，要緊的是背後的含意。」珊瑚道。

「就當你死了。」露咕噥著。

一陣的沉默。琵琶仍是不大懂得如此的決絕有什麼值得不悅的，反正她是認為再也不會回去那個家了，並不知道其他人仍希望她會回去，不是現在，但終究會回去。她雖然不知道，勝利的心情還是沖淡了些。

「他們知道你來這兒嗎？」珊瑚問道。

「不知道。」何干道，半眨了眨眼。

「他們不怪你？不覺得是你放她走的？」

「沒有。」又是微一搖頭，半眨了眨眼。

琵琶逃家那晚撇開不想的意念猛地打上臉來了——她走了，何干在家裏也待不下去了。他們準定是怪她幫著琵琶逃走，還許並不會打發她走，卻會逼得她自動求去。

「我給大姐送了點東西過來。」她放下一個小包袱，動手解開大手巾。「她小時候的東西，這些他們不知道。」

她打開了一個珠寶盒，拉開小抽屜。也有一條紫紅色流蘇圍巾與兩個綉花荷包。

「咦，這不是我的東西嘛！」珊瑚笑著抄起了圍巾。「真難看的顏色。」她披在肩膀上，攬鏡自照。

「原來是珊瑚小姐的？」何干笑道。

「本來就是我的。」

琵琶打開一把象牙扇，綴著鮮艷的綠羽毛，輕飄鬆軟。「我小時候用沒用過？」她搧著扇子。

「這是誰送的來著？」何干道。

「掉毛了。」琵琶哀聲道。

「這是金子還是包金的？」露揀起了一個黑地鑲金龍籐手鐲。

珊瑚拿到燈光下，瞇眼端詳背後銀匠的記號。「包金的。」

「我還以為是金子呢。」何干道。

她其實不必送過來，琵琶心裏想。誰也不會惦念這些東西，我就不記得有這麼個珠寶盒。在家裏誰也不知道這個東西。她大可以自己留著。看我們這樣子，倒像這些東西天生就是我們的，卻是那麼的不珍視。琵琶硬擠出幾滴淚。搧著扇子，脫落的羽毛飛到臉上，像濛濛細雨。

「別搧了，羽毛落得到處都是。」露道。

「這是什麼鳥的毛？鸚哥？」何干問道。

「看，到處都沾上了。」珊瑚將羽毛一根根從沙發面與墊子上撿起來。

「給何干倒茶。」露向琵琶道。

「不用了，我得走了，太太。我只是偷偷出來，看看大姐好了沒有。」

露搋了張鈔票到她手裏。她推拒了一會，但是並不是真心拒絕。她走了，過後露道：

「我給了她五塊錢。畢竟跟了你那麼多年。現在知道新太太的厲害了吧，一比才知道兩樣。從前對我那樣子！」

「他們不是都挺好的麼。」琵琶茫然道。

「哈！那些老媽子和王發，一個個的那樣子啊——噯唷！眼裏只有老爺，沒有別人。現在知道了吧。」

他們不敢護著你因為你總是來去不定，琵琶心裏想。他們不想丟了飯碗。

露囑咐琵琶別應門。「誰知道他們找不找，說不定僱了幫會的人。」

有個星期天下午門鈴響了，珊瑚應的門。「陵來了。」她的聲音緊憋微弱，彷彿等著麻煩上門，先就撇清不管。

他帶著一包東西，拿報紙裹著，進門後擱在角落桌子上。他也幫我帶東西來了，琵琶心裏想，很是感動。

「你是怎麼來的？他們知不知道你來？」露問道。

「不知道。」他咕嚕道。

「坐吧。有什麼事？姐姐走了他們說什麼？」

「沒說什麼。」

「那你這一向好不好？你怎麼不聽我的話去照X光？」

他低垂著頭。

「那一包是什麼？」珊瑚端茶給他，順便問道。

「沒什麼。」

露道：「你說什麼？我不聽見。是不是帶東西給姐姐？」

「不是，沒什麼。」

「陵，我跟你說過的話你有沒有仔細想過？你大了，不是小孩子了。得好好照顧自己的身體，身體不好什麼都是空。你得要對抗你父親，不是叫你忤逆，可是你也有你的權利——」

「我不回去了。」他忽然咕嚕了一聲。

「你說什麼？不回去了？」露忙笑道：「為什麼？出了什麼事？他們打你了？」

他搖頭。

「我看也不會。姐姐走了，他們只有你這麼一個孩子了。」

「我也不回去了。」

屋裏頓時非常安靜。珊瑚在書桌前轉，一聲不吭。琵琶坐著動也不動，心裏想：沒有別的指望，他便也活在他的悽慘中，不想什麼變動，可是眼前卻看見我被收容了。

露柔聲緩氣的喊他的名字：「陵，你知道我一向待你跟姐姐沒有分別。你如果覺得我注意姐姐多些，也是為了讓她受教育，因為女孩子在我們這樣的家裏都得不到多少教育。你是男孩子，我比較放心。我現在的力量只負担得起你姐姐一個人，負担不起你們兩個。你還是跟著你父親。不用多久你就可以自立了，可是先得要受教育。別怕維護自己的權利，該要的就要，好的學校，充分的營養，讓你長大長寬，健康檢查……」

她說話真像外國人，隔靴搔癢。琵琶覺得不好意思。

陵扭過頭去，像是不願聽，這姿勢竟然讓他的頸脖更觸目，既粗又長。

「你拿了什麼來，陵？」露問道。

「沒什麼。」

「你說什麼？包裏是什麼，陵？」

他無奈地走過去，解開了繩子。琵琶看見他把兩隻籃球鞋和珊瑚好兩年前送他的網球拍包在報紙裏。她走到廚房去，淚水直落下來。珊瑚業已在裏頭洗抹布了。琵琶站著，手背擋著眼睛。

「我覺得好難受。」

「我也是，所以才進來。」珊瑚道：「他那兩隻大眼睛眨巴眨巴的，都能聽得見眼淚。」

露進來說：「泡壺茶。餅乾還有沒有？你哭什麼？」她向琵琶道：「哭解決不了問題。」

「我希望能把他救出來。」琵琶脫口說，抽抽嗒嗒的。「我想——我想要——把他救出來

——讓他學——學騎馬——」

露輕笑道：「騎馬的事不忙，要緊的是送他上學校，讓他健康起來。我正在跟他說。」

她回客室去。茶泡好了，琵琶進去組桌子。擺盤使她覺得心虛，像已經是主人，弟弟卻不能留下。珊瑚也坐下後，談話也變得泛泛。

「何干好嗎？」琵琶問道。

「何干的母親死了。」他道。

「何干的母親？死了？」珊瑚道。陵說的話你都得再重複一遍，方能確定沒聽錯。

「聽說是給何干的兒子活埋了。」

從進門來這一刻才顯得活潑而嘴碎。

「什麼？」露與珊瑚同聲驚呼。「不是真的吧？」

「我不知道，是佟干聽他們村子裏的人說的。」

「怎麼會呢？」琵琶問道。

「說是富臣老問他外婆怎麼還不死，這一天氣起來，硬把她裝進了棺材裏。」

二千五百年來的孔夫子教誨，我們竟然做出這種事？琵琶心裏想。儘管是第一次聽見，也像是年代久遠的事，記憶失準。她極力想吸收，卻如同越是要想起什麼越想不起來。中國人不會做這種事。她是立在某個陌生的史前遺跡，繞著圈子，找不到路進去，末了疑心起來，究竟是不是遺跡，倒還許只是一堆石頭。

「是真的麼？」

「不知道。」他道。

「把老外婆活埋了。」珊瑚自己向自己說。

琵琶不認識何干的母親，只知道她一定很窮，比何干他們還窮，才會把小女兒送人做養媳婦，比丫頭好不了多少。何干到城裏幫工，她就搬了進去，照顧孫兒。

「唉，哭啊。不放心啊，我媽年紀大了。」何干講起的時候像是還有什麼沒說的聲口。另一次她提到她母親是上次回鄉下。

「她不怕。」何干低了低聲音，倒像不高興。「她活了這麼大的歲數了，什麼也不怕了，什麼都看開了。」

要她一個人操心。

琵琶極力想像老太太被按進棺材裏，棺蓋砰地闔上，手指頭硬是一個個扳開來往裏塞。

「富臣本來就不是好東西。」珊瑚道。

「我記得他很油滑，人也聰明，一點也看不出是何干的兒子。」露道。

「他老是來找何干要錢。」陵道。

「她幫他找到過一個差事，可是他學壞了。」珊瑚道。

「怎麼壞？」琵琶問道。

「花頭太多，還玩女人。」

「他老是來要找事做。」陵道。

「他就是以為城裏好。」珊瑚道。

琵琶記得看見他立在父親面前，勞動與不快樂燒得他焦黑了，棗紅色臉上忿忿的，她看見了還震了震。

「何干怎麼說？」珊瑚問道：「她相信不相信富臣活埋了他外婆？」

「她當然說是沒有的事。」

「那怎麼會有這樣子的謠言？」

「她說她母親越來越像小孩子，富臣脾氣又不好，所以有人造謠言。」

「將來她回鄉下可怎麼辦？帶著全部的家當，那不是進了強盜窩了。」露道。

「何干沒有錢。」琵琶道。

「喔，她有錢。」珊瑚道。

「她還許積攢了一點錢。」陵道。

「富臣老跟她要錢，就是攢了也不會剩多少。」琵琶道。

「那個富臣——自己的外婆都活埋了。這倒讓我想起你們大爺來。」珊瑚笑著掉過臉去看陵，突然要向他探問什麼。「是怎麼回事？說是姨太太把大爺餓死了？」

「是啊，外頭風言風語的倒不少。」他道。

「我跑出來了，聽見說大爺死了倒嚇了一跳。」琵琶道。

「他病了好些時候了。」珊瑚道。

「他那個病，醫生差不多什麼都不叫吃。大媽和姨太太都說她們可担不起那個干係，兩個人都不敢給他吃。」他道。

「大媽不敢給他吃倒是一定的，」露道：「她還在氣吉祥的事。倒是吉祥怎麼也這樣子？」

「她也跟他們住在一塊？」珊瑚問道。

「她到末了兒才搬進去了，方便照顧。」

「傭人也一樣？他們也不給他吃？」

「他們不敢。」

「他們都是太太的人。」露道。

「難道他不同客人抱怨？」

「客人來了也都不大進病人房裏。」

「你父親也不進去？」

「不知道。爸爸最後幾次去，大爺已經不能說話了。」

「你父親怎麼說？」

「爸爸沒說什麼。」他咕嚕了一聲。在父親與後母的敵人面前總是守口如瓶。

「那麼有錢，怎麼會餓死。」露詫異地說。

「說不定反正是個死。」陵補上一句。

「這年頭報應來得可真快。什麼都快。」露道。

「可是吉祥呢？不是說她好，大爺待她也好，又寵她的兒子——」琵琶覺得額頭後面開了個真空，不停地打轉。雖然習慣了弟弟那個細小的聲音帶來的驚人消息，這個消息卻是無論如何不吸收。他那種言簡意賅的好處卻更使她頭上腳下。
「我一直喜歡吉祥，她可不是好欺負的。」珊瑚欣賞地道。
「是不是也鬧翻了？」露問道。
「不知道。大爺病了之後就誰也不信，一個人住在樓下，大太太和姨太太都不理會。」
「他一定說大家都巴不得他死這些話。」露道。
「他一定是覺得他們是兩對母子，他卻是孤家寡人一個。」珊瑚道。
覺得是該結束了，露用愉快的聊天口吻道：「你也該走了，陵。他們不知道你上這兒來。」
「沒關係。」他喃喃說著站起來。
他收拾了鞋子網球拍，走了。

二十四

琵琶總是丟三落四的。

「在外國護照要丟了，只有死路一條。」露道：「沒了護照，留也不是走也不是，不是死路一條還是什麼？」

越是訓練她，越覺得她不成材。露也不喜歡她說話的樣子、笑的樣子，反正做什麼她都不順眼。有時候琵琶簡直覺得她母親一點也不喜歡她。

「也不知道是打哪學來的。」她道：「你父親也不是這樣子。上次我回來，你也沒像這樣。」

珊瑚容忍琵琶，只當是生活中起的變化。「我只要求看完了我的書放好。人家來看我的威爾斯、蕭伯納、阿諾．班尼特倒著放，還以為我不懂英文。」

「姑姑不管你因為她不在乎。」露道：「將來你會後悔再也沒人嘮叨你了。」

琵琶打破了茶壺，沒敢告訴她母親，怕又要聽兩車話。去上麥卡勒先生的課，課後到百貨公司，花了三塊錢買了最相近的一個茶壺，純白色，英國貨，拿她從父親家裏帶出來的五塊錢。三塊似乎太貴了，可是是英國貨，她母親應該挑不出毛病來。

露倒是吃驚。「不犯著特為去配一個，我們還有。」她輕聲道，心虛似的。

琵琶每個星期上麥卡勒先生那裏補兩次課。她到英國的事成了榮譽攸關了。

「看麥卡勒先生的長相，怎麼也猜不到他那麼羅曼蒂克。」有天午餐的時候露在說。「他娶了卡森家的女兒。」

「那三個歐亞混血姐妹。」珊瑚道。

琵琶怎麼也想不出肌肉發達、性情爽快、生意人似的麥卡勒先生配上混血太太是怎樣一個畫面。他的蘇格蘭喉音很重，也打曲棍球。

「她漂亮嗎？」

露的眉毛挑了挑。「我們只在跑馬地的馬場看過卡森家的女兒，沒有人不認識她們。」

「出了名的交際花。」珊瑚道。

「他娶了一個，被她耍得團團轉。她那一家子訛上了他。這些混血的人有時候真像中國人，一生就是一堆。可憐的麥卡勒，又沒有錢。」

「補課的錢倒是收得挺貴的。」珊瑚道。

「教書能賺多少錢？」

「他在這裏是英國大學的聯合代表，也不知道拿多少錢。」

「他們生了一個兒子，他寵得不得了。等兒子大了可以回英國上學了，他太太也去了。所以這一向住在倫敦，他一個人在這裏做牛做馬，攢的每分錢都往他太太那兒送。」

「他多大了，五十？」

「這要寫下來，準是一篇感人的故事。」琵琶道，沒讀過毛姆。

「只有外國人才這樣。」露道：「我們中國人就會担心做烏龜。」

「也有人笑他。」珊瑚道。

「前兩天拿了兒子的相片給我看，我一點也不知道他還有中國人的血統。」琵琶道。

「他兒子現在一定也大了。」珊瑚道。

「說是十七了。穿著蘇格蘭裙。先生說他在學校成績很好，將來要做工程師。」

「一個鐘頭收十五塊，他還淨說這些閒話？」露道，突然憤激起來。

「他一說起兒子就止不住，我也不好意思阻止他。」

「你倒好意思浪費我的錢。我在這裏省這個省那個，這麼可憐，噯唷！」她嘆道，聲音登時變得粗啞，像是哭了許久。

琵琶沒接這個碴。怪她不好，忘了決不能同母親提起不重要的事。她怕問她母親拿公共汽車錢，寧可走路去補課。上海現在成了孤島，四面八方都被日本人佔領了。日本間諜好兩次設法炸掉一家愛國的報社，編輯部的人住在報社樓上，不敢回家，被怕暗殺。學校球隊與孤軍賽籃球。這支孤軍是中國軍隊撤退之後留下的一個營，現在隔離在市中心一家銀行大樓裏，外頭拉起來鐵絲網。日本人在上海的西區扶植了一個傀儡政府，距離琵琶住的地方不到兩條街。偽政府控制的地區稱作惡土。大賭場林立，生意興隆。國柱每次帶全家人去試手氣，總會到露這裏轉一下。

「噯！」國柱嘆氣，向姐姐說：「真要成亡國奴了，跟印度鬼子一樣咧。可是真要亡國還是亡給英國人，法國人不行，看看安南人，可憐咧，瘦瘦小小的，印度人那麼健壯。日本鬼子最壞了，噯呀！」

「你這話可不氣死人。」露道：「還情願亡給英國人，難怪給人看不起。」

「我不是說情願亡國，只是不想亡給日本鬼子。」

「真亡國了還能讓我們挑三揀四的？中國會亡都是因為有你們這些人。」

「咦，怪起我來了！」

「你們這些人不知道當亡國奴的滋味。就說印度吧，在那裏能認識個英國人，喝，可不是身價百倍了！印度到處都窮，疾病又多。我去的時候住在普納附近的一個痲瘋病院，那還是全印度最衛生的地方。」

國柱看著對過的琵琶。「琵琶怎麼這麼瘦。」

「她的肺炎還沒好。」

「有你這麼個專家照料，還不好？我就說還是照我的老法子。看看我們家這些。」比了比一群荳蔻年華的女兒。「街上買來就吃，切片的西瓜蒼蠅到處飛，可吃死了沒有？還不是長得結結實實的。」

「光靠本底子怎麼行。」露道，掉過臉去，不高興又為這個吵。

「『粗生粗長』嘿。」

「現在大了倒讓人操心了。」國柱太太道：「還得托她們姑媽給介紹朋友。」

「她們哪需要人介紹，不是很出風頭嘿。」露道。

「姑媽認識留學生啊。」國柱太太道。

「她一門心思只想要留學生，在外國鍍過金的。」國柱冷嗤道。

「既是想要有學問的女婿，當初怎麼不送女兒上學校？我就不懂。」
「不上學校就夠麻煩了。」他道。
「她們沒那麼不好。」國柱太太道：「兩個大的越來越能幹了。」
「我高興起來寵她們，生氣起來揍她們，也還不是規規矩矩的女孩子，嘿嘿！」
「那還是多虧了她們是好孩子。」露道。
她略有些傷心的聲口。國柱也覺到了她對自己兒女的失望。國柱儘管友愛，卻不似舊時那麼起勁地緊咬住這話題不放，也不明白怎麼說來說去總是又繞回這個上頭。
他的幾個女兒都笑著聽他們說作媒的事，漠不關心。她們夠守舊，自己的婚姻受到討論，懂得沉默以對，也夠時髦，假裝不放在心上。
「琵琶！這一向看見不看見你弟弟？」國柱太太低聲道，秘密似的。
「不看見，他沒來。」
「不讓他出來？」
「不知道。」
「我就不懂你父親是怎麼回事。就這麼兩個孩子，怎麼這麼鐵石心腸？」
「不是都說娶了後母，爹也成後爹了。」國柱笑道。
「琵琶！你怎麼不上我們那兒去呀？只管來，來吃飯，舅舅家就跟自己家一樣，多個人也不過就是多雙筷子。」
「好，我想過去的時候就過去。」

「還有啊，琵琶！」她的身子往前探了探，方便低聲說話，抹得暗紅的小嘴一開一闔，琵琶聞到了久年的鴉片的氣味。「下次你來，舅母翻箱子，給你找些衣服，一點也不麻煩，舊衣服有得是，真的。」兩隻眼睛瞪得圓圓的，勸解似的，倒像默片演員演得過火了。

冷不防眼淚滾了下來。

「不要緊，舅母不是外人。」國柱太太含糊地道。

琵琶立時止住淚，走到表姐那邊。

「你真應該跟我們到賭場去。」一個表姐道：「好玩呢。就算是為吃，也該去一趟。」

「我們不去賭，光去吃。」另一個道：「什麼樣的麵食都有，城裏面最好的。想吃什麼點什麼，賭場請客。」

「真不錯。」琵琶道。

「沙發椅子不在賭桌邊上，才坐下來，就有女服務生過來，送上熱毛巾，問你想吃什麼。爸爸老是釘著人家不放。有的搖骰子的女孩子長得真好看。有一個曲線玲瓏的，搖骰子胸脯也跟著晃，銳聲喊：『開啦！』滿場都是『開啦』的聲音，好刺耳。」

「你一定得去看看——就在這附近。」

「住在這裏進進出出不怕麼？我聽見說日本人用汽車綁女孩子的票，拉過了界，就再也沒下文了。下次要是看見汽車在你旁邊慢了下來，可得當心。」

琵琶想起來那天一輛汽車緩緩開在她旁邊，她怕一跑那隻噴氣抽鼻的動物就會攻擊。回頭匆匆一瞥只看見是輛舊的黑色汽車，前座只有一個汽車夫，後座倒有好兩個人。她加緊步伐，一心只想找個巷子躲進去，偏是一長排的竹籬笆。太陽烘烤得橫街上一個人也沒有。這裏是公共租界外延出來的地方，屋子都嶄新而不見特色，淡黃的水門汀穿插著波紋棚子。她抽冷子跑了起來，耳朵裏只聽見腳步聲，可還是覺得聽見了大笑聲，有人以外國話說了什麼。

汽車加速，仍是跟著她。她發現自己正朝著一扇大門跑，有兩個崗警守衛。一個灰泥哨崗豎了個牌子，「大道市政府」。傀儡政權。他們決不會插手。她緊跑兩步停了下來，書與皮包落在面前馬路上。最靠近的崗警是個很年青的小個子中國人，長相溫吞，露出驚詫的神色。汽車開走了，她將書本撿起來。崗警的神色又恢復了戒備的莫測高深。他的制服是黃卡其布。帽子平頂有帽舌，黃色短紋，按照神秘的《易經》八卦排列，如同道士帽。大道市政府，道家的道，古老的哲學名詞，放在這裏卻荒謬可笑。大道，再添上飾了卜算的符號——再挖苦的中國人也設計不出來。霎時間，她只面對面瞪著這個外國的心態。「敬告中國人，」它像是這麼個意念，「這是從他們的過去截取的淵博學問，同時也帶有市井的況味——還有什麼比得上算命更受歡迎？」真像是牛津的漢學家出的試題，就只是有什麼她抓不住的含意，她斷定是典型的日本作風，無心的幽默中未馴的野性。

她回家說了這件事，露道：「我不想嚇唬你，可是你父親可能會綁你回去，誰知道。」

「我也不能担保，可是我想他們不會再讓麻煩上身。」珊瑚道。

「他們倒不是要她回去，倒是想洩憤。」

「他們現在應該是只顧著省儉，沒有餘力做什麼。」珊瑚道。

「她的娘當然是高興得很，這麼輕易就打發了她。」

「最可怕的是眼下的上海什麼事都可能發生。」

「就是啊。」露道：「前兩天那個日本人從城裏一路跟著我回家來，我都嚇死了。若是別的時候，男人在街上跟著你，誰也不害怕。」

「我去上班也嚇死了。」珊瑚剛在一家英國貿易公司做事。「從這裏走到公共汽車站很不平靖。」

表舅媽來報告消息，她們方始不將榆溪的威脅放在心裏了。她向琵琶勾了勾頭：

「她父親搬家了。」

「喔？搬到哪？」珊瑚問道。

「雷上達路。」促促的一句，唯恐多說了什麼。

「可遠了！」

「噯，是遠，他們又沒有汽車了。」

「賣了？」

「他們是圖省錢。」她忙道，怕聽著像是說他們窮了。

「如今誰不想省錢。」露打圓場。

「聽見說陵好像不大好。」表舅媽道。

「怎麼了？」露問道。

「說是發燒。這一向他來不來？」

「沒有。去看醫生了沒有？」珊瑚道。

「噯，就憑他父親？」露忙笑道：「他的姨太太得了傷寒都捨不得請醫生。」

「誰？老七嗎？」表舅媽吃吃笑。

「老七得過傷寒？」琵琶倒詫異。

「是啊。你父親就只請了個草方郎中，熬了草藥給她吃。我聽說了，請了個醫生過去。我倒不是要當好人，可畢竟是人命關天。」

「她好了，還過來給太太磕頭。」珊瑚回憶道。

「她會來磕頭倒也是難得，差點還哭了，過後就又像沒事人一樣，還跟以前一樣眼睛長在頭頂上，尖酸刻薄。」

露沒有請表舅媽再多打聽陵的事，知道她怕極了得插手。倒是要珊瑚托秋鶴代為打聽。秋鶴為了琵琶的事也出了不少力，陪珊瑚去營救她，還大吵了一架。可是委實無人可找了。等秋鶴去，陵業已復原了。他的肺不好，一向是一個敬醫生看的。秋鶴回來也這麼報告。

「這麼說是肺結核。」露道。

「娘傳染給他的。」琵琶作證道，自己也半懍然。

除了請秋鶴時時注意之外，也無計可施。「他們搬到那麼遠的地方。」他埋怨道。老房子成了襪子工廠，珊瑚從看衖堂的那裏聽來的。

琵琶與她母親在浴室裏，珊瑚接完電話回來。

「秋鶴打來的。」她向露說。「是陵，昨天不知怎麼突然惡化了，送到醫院人家也不收。今天早上死了。」

「他不是說好了嗎？」露道。

「秋鶴說每次問都說好了，要不就說好多了。總是好多了。前天他才跑了一趟，他們說陵好多了，還要香蕉吃。他們還真叫人買去了。」

兩人刻意的家常口吻只透出一絲的暴躁。弟弟死了，琵琶心裏發慌，彷彿看著什麼東西從排水道往下掉，還撈得回來。

「怎麼會這麼快？」露道。

「他這年紀是會這麼快。」

「誰知道他病了多久了。我叫他去照X光。我就不信他們給他請的是個正經的醫生，白白送了一條命。」

「都怪他的娘。」

「她當然是，我不懂的是他父親。一門子心思省錢，可是有些事情怎麼也省不得。就這麼一個兒子——等他死了要怎麼跟老太爺老太太交代？我不一樣。再說離婚的時候我都放棄了。」

一向就是這樣，琵琶心裏想。出了大事總是這樣，對她一無所求，只要她露出懼色，一聲不響，而且總是在最不適宜的地方，像是這間小小的浴室，她母親立在鏡前說她的教育訓話，而且磅秤上總是一雙灰姑娘的小鞋。弟弟不存在了。一開始世界上只有他們兩個人。如今只剩下她了。她覺得心裏某個地方寒冷而迷惘。

梅雨季開始了。走半個城去上課，在濛濛細雨中想著陵死了。在街上這意念總覺得兩樣，雖然並不會更真實。她喜歡街衢，如同其他孤獨的人，下雨天四周的接觸更多，天地人都串了起來。噴在臉上的細雨，過往雨傘滴下來的水，汽車濺上她腳踝的水，濕淋淋的雨衣拂過，在在都是一驚。這一刻她感覺不出弟弟不在人世有什麼不同。

要不是紅頭巾的錫克巡捕與披著雨簑的黃包車苦力，上海就同其他的大城市沒有兩樣。她也就是喜歡這個地方。不同的時代有不同的種族來興建，大雜燴反倒讓它練達了，調和了。長時間的熟悉給她的感覺是上海是她的，是讓她成長的地方。也許是她母親與姑姑的緣故，她總覺得等夠大了，沒有她不能做的事。形形色色的旗袍皮子、時髦的室內裝潢、歐陸的甜品、金漆的鴨，一切都是窺入她將來的窗子。將來她會功成名就，報復她的父親與後母。陵從不信她說這話是真心的。現在也沒辦法證實了。他的死如同斷然拒絕。一件事還沒起頭就擱起來了。他究竟是什麼樣子？對人生有些什麼冀望？倒可以一語帶過，說他完全是個謎。她始終都知道。他就同別人一樣，要的是娶個漂亮的女孩子，有一點錢，像大人一樣生活。她記得談到舅舅的可愛女兒們，他那興味的神情。露離婚後他極少看見她們，可是琵琶仍經常去舅舅家。

「三表姐會溜冰？就在衖堂裏溜？」他笑道，眼睛瞪得圓圓的。

「最小的那個還那麼兇？」他傻笑道。他們前一向拿她來打趣陵，他不喜歡，因為那時她還很小。

她儘量去體會他的不存在。他們曾是現世最古老的土著。他們一起經驗過許多事，一點也不在意由他那雙貓兒眼看出去，是不是全都兩樣，找他驗證是一點辦法也沒有。

到頭來，他並不是死在老房子裏。老紅磚房如今製造起棉襪，女人穿上會使兩條腿像肥胖的粉紅香腸，總覺得可笑。必定是棉襪，因為真絲與人造絲袴襪都是舶來品，而上海有許多的棉織廠。那些隔音而漆黑的高房間始終乾淨沒有人住，無論繞著它如何擴展，拉上百葉窗的清涼陰暗像夏天裏的冰咖啡，很難想像裏頭擱了戳著天花板的機器。上海的女工向來大胆輕佻，都管她們叫湖州絲孃。最早到城裏來在工廠做事的都是湖州人。和其他女孩子不同，她們自己有錢，下班後也沒人管束。三三兩兩到大世界去看表演，除了妓女之外只有她們也賺皮肉錢。何干就不願讓外孫媳婦到工廠做事，雖然賺的錢比阿媽要多。露與珊瑚試用的年青阿媽都是雙棲動物，時而幫工時而在工廠做事，而且都有愛情的問題。不是家人逼婚，便是拋下丈夫，或是工頭對她們心懷不軌。機器轟隆聲裏雜糅著她們的笑聲、罵聲、彼此取笑、哭訴不幸，塗抹去來到這片屋簷下之前發生過的一切。霎時間，琵琶一陣心痛，倒不是她還想再看見老房子，可是它徹底的改頭換面了，她的記憶失效了。她父親當初再婚，買下這幢大房子，也許是想要生更多孩子，她倒從沒想到這一層。榮珠來自一個子孫滿堂的家庭，可是他得到的只是親戚。可憐的爸爸。他是個廢物，就連揮霍無度這樣的惡名也沾不上邊。進了堂子，還得千哄萬哄才哄得他出手豪氣。改過自新之後，他年復一年撙節開銷，一切花費都省儉了，延挨著不付賬，瞧不起這個看不起那個，這裏摳一點那裏摳一點，到末了兒割斷了根，連繫過去與未來的獨子，就如同他的父母沒生下他這個人。從另一層看，榆溪倒也像露與珊瑚一樣反抗傳統。他捨得分權給家裏人，好讓他自管自吃他的大烟、玩他的女人、享受不多幾樣的安逸，其中之一是每年一罐鹹鴨蛋，由何干親手揀選醃存。我們都突破了，琵琶心裏想，各人以各人的做法。陵是抱著傳統的唯一的一個人，因為他沒有別的選擇，而他遇害了。

人人都有一把刀。沒法子割外人的股肉往家裏帶油水，就割自家人的。她想到何干的兒子富臣。富臣與她的父親不同，聽說他年青時來上海，機靈聰明。倘若不是急著往脂粉堆裏鑽，他還許功成名就，撐起一個家來，而不像現在活埋了外婆。她再見到他，兩條胳膊緊貼著瘦薄的身體，離她父親躺的烟舖五步遠。她父親穿著睡袴，腿微向後彎，腳衝著富臣，忙著在烟燈上燒烟槍，一壁說著上海的工作難找。

漫漫雨季上海處處汪著水。公寓房子四周的水不退，土地吃不住高房子的重量，往下陷。黃包車緩緩經過，濺起雨水，車夫的袴腿捲到大腿上。

「過街？」他們吆喝。「過街一毛錢。」

她搖頭，脫掉鞋子。微微鼓蕩起一點意志力，才踩進了褐色的水潭，非但有帶病的叫化子蹚過，還吐痰。水底滑溜溜黏膩膩的。路面向下傾斜，水從腿肚子漫到膝蓋，一波一波的蕩漾。她拿腳去摸索馬路的邊緣，就怕絆倒。上了公寓台階才穿上白色涼鞋，免得嚇壞了開電梯的。

珊瑚只比她早回來一會。也是涉水而過，正在浴室洗腳。

「何干來了。」露向琵琶說。「她要回鄉下了。去車站送送她，她那麼大的年紀了，往後見不著她了。」

隱隱約約的壓迫感坐住了琵琶，彷彿一隻鳥剛覺察到大網罩在頭上偷眼看天。

「她什麼時候走？」

「下個禮拜，星期二下午。她會在車站大門找你。珊瑚，到北站有沒有電車？」

珊瑚揚聲指引了方向，末了還說：「琵琶找不到的。」關了水後，又問：「陵的事何干怎麼說？」

「什麼也沒說。你以為會說什麼？」露道：「都嚇死了。」

琵琶還剩兩塊錢。給了何干，還是落到富臣手裏。她寧可給什麼不能送人的東西。她到靜安寺去，有兩家貼隔壁的商家，都叫老大房。各自聲稱是老字號，比現在活著的人年紀還要大，誰也不知道是左邊這家還是右邊這家才是當年真正的創業之基。她揀了人多的那家，花椒鹽核桃與玫瑰核桃各買了半磅。東西極貴，她相信何干在上海雖然住了三十年，絕對沒吃過。紙袋裝著，她得在路上吃完，沒辦法捎回家帶給孫子吃。

到北車站並不近。她在車站大門等，紙袋上漸漸滲出油來。然後她看見何干坐著黃包車，包袱抱在大腿上，兩腿間夾著灰白色水牛皮箱子，頭後面還抵了個網籃。她平靜地向周圍張張望望，高貴的頭形頂上光禿了一塊，在扁扁的銀髮下閃著光。

「大姐。」她笑著喊。

亂著付黃包車錢，下行李，她不肯讓琵琶代她提，兩人總算進了車站，立在矮柵欄裏，把東西放了下來。

「大姐！」感情豐沛的聲口。「何干要回去了，你自己要照應自己。」

她並沒有問候露與珊瑚，也不說害她跑這麼大老遠的一趟。琵琶覺得虧負了何干。她倒不為逃走害得何干日子難過不得回鄉而感到心虛。弟弟的死開脫了她。眼見得何干無人可照顧了，儘管她知道這只是她後母的藉口，因為何干忙著粗活，極少有時間照顧陵。

「大姐，陵少爺沒了！」何干激動地說，怕她沒聽見這消息似的。

「我都不知道他病得這麼厲害。」

「誰知道？說是好多了。我跟自己說怎麼這麼瘦？吃補藥，什麼都沒少他吃。太太相信這個推拿的大夫。才十七。誰想得到……？」她低頭，拿布衫下襬拭淚。

他們不曾輕輕鬆鬆談過陵，事實上在此之前不曾談過他。何干照顧他就跟照顧琵琶一樣的真心實意，琵琶覺得陵似乎也喜歡何干。然而仍是覺得陵是秦干托孤給她們的。

「我帶了這個。」

何干接過紙袋，淡淡一笑，也沒謝她，只急忙岔開話。琵琶突然明白自己做錯了。她是該為今天弄點錢的。她不能問她母親要錢，也不想問姑姑要錢，姑姑自己一個月也就是五十塊的薪水。她考慮過問舅舅要。要十塊，他會立時從皮包裏掏出二十塊來。「還要不要？」他會再追問一句，一條胳膊整個探進袍子裏。問舅母要也行。他們就是這樣。可是不能背著母親去找舅舅。她真該做點什麼的。要給現在就該給，過後再送就是白送。信件都送到最近的小鎮的雜貨舖，凡署名是她的東西都會交給她兒子，她只怕連影兒也不知道。

礙眼的紙袋一轉眼不見了，掖進了何干的寬袍和包袱裏，變戲法似的，還許一點油膩也沒沾上。

「我還要再考試，考過了今天秋天就要去英國，」琵琶急忙道：「三年我就回來了，然後我就可以賺錢了。我會送錢給你，我真的會。」

何干一句話也不信。女孩子不會掙錢。珊瑚也去了外國，在寫字樓做事又怎麼樣？況且遠水救不了近火，她都這把年紀了，簡直像是下輩子的事情。

「到了外國可得好好照應自己啊，大姐。」

「給我寫信，寫上你的名字，好讓我知道你好不好。你會寫何吧。」琵琶教過她這個字。

「噯。你也要寫信給我，大姐。」她咕嚕了一聲，顯然只是酬應一下。

「鄉下現在怎麼樣了？」

「鄉下苦啊，又逢上打仗，不過鄉下人慣了。」

「我聽見說你母親過世了。」

她的臉色一閉。「她年紀太大了。」她斷然道，也許是疑心琵琶聽說了她兒子把外婆活埋了。

「家裏都好麼？富臣呢？」

「都好。富臣老寫信來要我回去。他說我年紀大了，不能操勞了。」

富臣知道揀他母親愛聽的話說。告訴她收成不好，要她寄錢，要她不要幫工了，回家去吧，他想她。只消這裏仍要她，她自然也不會回去。

「你一定很高興，一家子終於團圓了。」

她笑笑。「出來這麼多年，我也慣了。」

琵琶看見像地板或是乾涸的海的遼遠鄉下等著她，而她兒子也在其中等著。儘管無力再賺錢，她帶回了她的老本，雖然不多。琵琶應當再添上二十塊錢，即便只是讓富臣從何干那裏再蠶食更多錢。事到如今，她回了家連提到琵琶都還不好意思，眼睜睜看著她空手回去。

她拿起行李。琵琶堅持要幫她提大網籃。網子底下有一層報紙。她知道報紙下是什麼，收集了一生的餅乾罐，裝滿了什物、碎布，都捲成一小束，拿安全別針別住。可是她不敢真去看，唯恐何干疑心別人以為她在沈家做了四十年，私藏了什麼寶貝。

火車尚未開動，她們已無話可說。

「我該上車了，先找個好位子。你回去吧，大姐。」說著卻哭了起來，拿手背揩眼睛。她不說怕再也見不到她了，倒說：「我走了，不知道下次再見面是什麼時候。」

「我會寫信給你，我幫你把東西拿上去。」

「不，不，不用了。三等車廂，什麼樣的人都有。」

「三等車廂？」一個腳夫抓起她的東西。

何干深怕被搶了，急忙跟上去，上了階梯，進了火車，立在門口回頭喊：「我走了，大姐。」

火車很快就上滿了人。不見何干出現在車窗裏，定是在另一側找到了位子，看著行李，不敢須臾或離。琵琶立在月台上，一簾熱淚落在臉上。剛才怎麼不哭？別的地方幫不上忙，至少可以哭啊。她一定懂。我真恨透了你的虛假的笑與空洞的承諾。這會子她走了，不會回來了。琵琶把條手絹整個壓在臉上，悶住哭聲，滅火一樣。她順著車廂走，望進車窗裏。走道上擠滿了人，可是她還許能擠進去，找到何干，再說一次再見。她回頭朝車廂門走，心裏業已悵然若失。寬敞半黑暗的火車站裏水門汀迴盪著人聲足聲，混亂匆促，與她意念中的佛教地獄倒頗類似。那個地下工廠，營營地織造著命運的錦綉。前頭遠遠的地方汽笛嗚嗚響，一股風吹開了向外的道路。火車動了。

張愛玲•典藏系列

易經

張愛玲自傳小說三部曲
《小團圓》、《雷峯塔》、《易經》終於完整問世！

雖然家族秘史謎雲滿佈讓琵琶很迷惘，但童年畢竟是悠長而美好的。十八歲那年，她因爲惹怒了父親與後母，驚險地逃出那個囚禁她的豪宅，去投奔母親與姑姑。原本母親打算讓琵琶去英國留學，卻遇上了戰爭爆發，只好安排她去香港大學唸書。烽火很快地威脅到香港，學生們也開始過著戰戰兢兢的日子。隨著香港被日軍佔領，琵琶不得不中斷學業，她和比比商量要一起回上海，她相信只有故鄉能與自己的希望混融！爲了拿到船票，琵琶必須發揮從小累積的世故與智慧，即使那要冒上生命的危險……

接續《雷峯塔》的故事，《易經》描寫女主角十八歲到二十二歲的遭遇，同樣是以張愛玲自身的成長經歷爲背景。張愛玲曾在寫給好友宋淇的信中提及：「《雷峯塔》因爲是原書的前半部，裏面的母親和姑母是兒童的觀點看來，太理想化，欠眞實。」相形之下，《易經》則全以成人的角度來觀察體會，也因此能將浩大的場面、繁雜的人物以及幽微的情緒，描寫得更加揮灑自如，句句對白優雅中帶著狠辣，把一個少女的滄桑與青春的生命力刻劃得餘韻無窮！

張愛玲●典藏系列

小團圓

這是一個熱情故事，我想表達出愛情的萬轉千迴，
完全幻滅了之後也還有點什麼東西在。——張愛玲

從幼年傳統家族在新舊世代衝擊中的爭鬥、觀念對立的父母籠罩的陰影，到讀書時修道院女中千面百樣的同學、戰時人與人劍拔弩張的緊繃感……點點滴滴的細碎片段，無一不在九莉生命刻下印記，並開出繁盛的文字。而就是這種特殊的文采，吸引了邵之雍天天來拜訪九莉。他眼中的光采像捧著一滿杯的水，他說就算這文章是男人寫的，也要去找他，所有能發生的關係都要發生。二十二歲還沒談過戀愛的九莉，覺得這一段時間與生命裏無論什麼別的事都不一樣，恍如沉浸在金色的永生中，讓她不顧一切，即使之雍被說是漢奸、即使他是有婦之夫……

讀中國近代文學，不能不知道張愛玲；讀張愛玲，不能錯過《小團圓》。《小團圓》是張愛玲濃縮畢生心血的顛峰之作，以一貫嘲諷的細膩工筆，刻畫出她最深知的人生素材，餘韻不盡的情感鋪陳已臻爐火純青之境，讀來時時有被針扎人心的滋味，因爲故事中男男女女的矛盾掙扎和顛倒迷亂，正映現了我們心底深處諸般複雜的情結。墜入張愛玲的文字世界，就像她所寫的如「混身火燒火辣燙傷了一樣」，難以自拔！

張愛玲●典藏系列

傾城之戀

短篇小說集一・一九四三年

凡是中國人都應當閱讀張愛玲的作品！

——【中央研究院院士】夏志清

一九四〇年代，抗戰淪陷期的上海文壇出現了一位奇才——張愛玲，她發表了一系列描繪平凡男女的殘缺愛情故事，立刻掀起一陣狂熱！每一篇看似眞實的浮世情事，卻又帶著大時代驚心動魄的傳奇色彩，並拓展了女性批判的視野，也難怪會讓評論家們反覆鑽研、萬千讀者迷戀傳頌，果然是「傾城」的不朽經典！

紅玫瑰與白玫瑰

短篇小說集二・一九四四年～四五年

張愛玲的時代感是敏銳的，
敏銳得甚至覺得時代會比個人的生命更短促。

——【名作家・評論家】楊照

談論到張愛玲的小說特色，幾乎不免要提到文字華麗、比喻創新、體裁大膽、意象繁複、色彩濃郁……這些外在的技巧，但讓追隨者最難以企及的，應該是她累積的智慧與世故的體悟。張愛玲的小說不只描敘出一段精采的來龍去脈，還囊括她對人性、對生命的思索，並充滿文學藝術的渲染力，値得一而再、再而三地細細品味！

色，戒

短篇小說集三・一九四七年以後

許多人是時間愈久，愈被遺忘，
張愛玲則是愈來愈被記得。

——【名作家・評論家】南方朔

隨著環境、時代、心境的變遷，張愛玲的小說進入轉變期，雖然她的靈感仍以上海和香港雙城爲主，並保有一貫冷眼看世情的敏銳，但手法卻更加圓融成熟，最明顯的是從早期濃烈外放的風格，逐漸凝鍊昇華爲自然素樸，更接近她所追求的創作理念。

張愛玲●典藏系列

赤地之戀

我只希望讀者們看這本書的時候，能夠多少嗅到一點眞實的生活氣息。

——張愛玲

爲了提升農民的生活，政府動員學生參加「土改」，剛從北京的大學畢業的劉荃也積極地搶著報名。他興奮不已地來到農民的家中，卻赫然發現國家所謂的改革和他想像的完全不同。他實在無法面對這樣矯枉過正的兇殘世界，但和一般人一樣，在面對巨大的恐怖時首先只想到保全自己；另外，他還要照顧同行的黃絹，擁抱著心愛的她，劉荃什麼都能忍受，什麼苦難都能想辦法度過！於是，他有了個簡單得近乎可笑的決定……

赤地或許依然有眞愛，有情男女的心中也依然熱烈地渴盼著，但在那個隨時要習慣死亡相隨的時代，靈魂似乎都被鮮血浸染得錯亂了，幸福的戀曲更是渺茫！繼《秧歌》之後，張愛玲再度以中國農村爲寫作背景，在她飽含特殊美感的筆墨下，我們嗅到一段血淋淋的生活氣息，眞實得逼使我們省悟人性的愚昧與瘋狂，是一部充滿歷史傷痕與文學價值的傑作！

怨女

張愛玲也許不是時下「正確」定義裡的女性主義者，但在《怨女》中，她從未停止對女性命運的嚴肅思考。

——【美國哈佛大學講座教授】王德威

十八歲的銀娣是出了名的「麻油西施」，由於父母早逝，拮据的哥哥和嫂子一直想把她早點嫁出去。其實銀娣心裡有喜歡的人，但那人似乎不會有多大出息。沒有錢的苦處她是受夠了，於是，銀娣終於同意姚家瞎子少爺的這門親事。雖然她嫁的人永遠不會看見她，但今後一生一世都會像在戲台上過，腳底下是電燈，一舉一動都有音樂伴奏。但這時候的銀娣當然不會知道，她未來的人生舞台是荊棘遍地，而她的少爺也不只是看不見她而已……

《怨女》是張愛玲創作晚期的代表作之一，不僅被改編成電影，更備受國內外文壇重視。這本由短篇小說〈金鎖記〉擴充改寫而成的長篇小說，描繪大時代下女人被命運撥弄而扭曲的一生，從青春年少的充滿憧憬，一直到被現實環境壓迫的人生幻滅，在張愛玲臻至化境的文字中，讓人唏噓也讓人心驚。

海上花開

張愛玲情有獨鍾，
耗盡心力重譯清代才子韓子雲《海上花列傳》！

十九世紀末的上海黃浦江畔，多少男人於此留連忘返，上至達官顯貴，下至販夫走卒，齊聚在一起聽曲、飲酒、吟詩、吸鴉片，讓身心銷磨在花叢間。他們看似各懷心機、荒誕度日，以金錢換取慾望的滿足，然而卻又不經意地流露出款款深情。而這裡的女人更是個個嬌美如花、多姿多樣，有的風騷、有的癡情、有的憨厚、有的潑辣，讓男人甘願耽溺在虛實難辨的感情遊戲裡……

《海上花列傳》原本是清代才子韓子雲以蘇州吳語寫成的章回小說，內容描寫歡場男女的各種面貌，並深深影響了日後張愛玲的創作，她便曾說自己的小說正是承繼自《紅樓夢》和《海上花列傳》的傳統。而也正因爲這樣的情有獨鍾，張愛玲耗費了無數時間、心力，將《海上花列傳》重新譯寫成英語版以及國語版的《海上花開》、《海上花落》，並針對晚清的服飾、制度、文化加上詳盡的註解，讓我們今日也得以欣賞這部眞正的經典傑作！

海上花落

張愛玲的小說傑作，
成爲電影大師侯孝賢的經典力作！

在婚姻不自由的晚清時代，男人往往只能在妓院裡尋覓談戀愛的對象。當時的妓女被稱爲「先生」，和客人划拳喝酒、平起平坐，遠比家中的妻子知情識趣。別以爲婊子無情，如果無情，漱芳就不會和玉甫生死纏綿，小紅也不該因爲吃醋而齜牙咧嘴地哭鬧打人；而他們更絕不只是逢場作戲，否則子富便不必向翠鳳全面投降，蕙貞也不可能嫁給蓮生。發生在這裡的種種故事，講的其實正是男男女女最迫切需要的——愛情……

張愛玲從十三四歲就開始讀《海上花列傳》，非常著迷於這部看似散漫隱晦、卻蘊藏無限餘韻的小說傑作，更讚歎其淒清的境界是愛情故事的重大突破！電影大師侯孝賢並曾根據張愛玲版的《海上花開》、《海上花落》拍成「海上花」，透過封閉空間的長鏡頭，觀照出情愛的縹緲與人性的幽微，正如張愛玲筆下那股含蓄不盡的美感。

國家圖書館出版品預行編目資料

雷峯塔 / 張愛玲 著. 趙丕慧 譯.
-- 初版. -- 臺北市：皇冠, 2010.9
面；公分. --（皇冠叢書；第4020種）
（張愛玲典藏；9）
譯自：The Fall of the Pagoda
ISBN 978-957-33-2710-3（平裝）

857.7　　　　99015732

皇冠叢書第4020種
張愛玲典藏 9
雷峯塔
The Fall of the Pagoda
作　　者—張愛玲　　譯　　者—趙丕慧
發 行 人—平雲
出版發行—皇冠文化出版有限公司
台北市敦化北路120巷50號
電話◎02-2716-8888
郵撥帳號◎15261516號
皇冠出版社(香港)有限公司
香港上環文咸東街50號寶恒商業中心
23樓2301-3室
電話◎2529-1778　傳真◎2527-0904
出版統籌—盧春旭
責任編輯—金文蕙　　版權負責—莊靜君
美術設計—吳欣潔　　外文編輯—洪芷郁
行銷企劃—李嘉琪　　印　　務—林佳燕
校　　對—余素維・劉素芬・金文蕙
著作完成日期—1963年
初版一刷日期(張愛玲典藏初版一刷)—2010年9月

法律顧問—王惠光律師

讀者服務傳真專線◎02-27150507
電腦編號◎001109
ISBN◎978-957-33-2710-3
Printed in Taiwan
本書定價◎新台幣300元